これが恋だと言
誰か好きの定義を教
北条連
サコ
1

「悠さん、お願いです。
……寝るまで、手握ってて下さい」
藤《ふじ》宮《みや》光莉《ひかり》

寺《てら》田《だ》悠《ゆう》

真冬の夜の海で水のかけ合いとか、
傍から見たらこいつら何してんだバカなんじゃないの？って絵面だ。
けれど、何故だろうか。
冷え切った身体は凍てついていて、水の感覚は冷たいというよりもはや痛くて、
こんなの寒くないはずがないのに。
なのに、不思議と寒さは感じなかった。

「——悠、さん」

ドクンと、心臓が鳴った。耳鳴りがした。脳内で、二文字の単語が浮かんできた。

でも、それをしたら、多分何かが決定的に変わり、俺と藤宮の関係性は確定してしまう。

そうしたら、俺と藤宮はきっと世間で一般的に言われている
『普通』の一つの関係性に当てはめられてしまうだろう。

けれど、俺は——。

第1章　side 寺田悠

第2章　side 藤宮光莉

第3章　side 寺田悠

最終章　寺田悠 & 藤宮光莉

これが「恋」だと言うのなら、誰か「好き」の定義を教えてくれ。1

北条連理

OVERLAP

イラスト／サコ

【アセクシャル】

他人に対して性的欲求を抱かないセクシュアリティのこと。特に他人に対して恋愛感情も性的欲求も抱かないものを「アロマンティック・アセクシャル」と呼び、他人に対して恋愛感情は抱くが性的欲求を抱かないものを「ロマンティック・アセクシャル」と呼ぶ。

「ねえ、教えて。悠《ゆう》はわたしのこと、本当に好きで居てくれているんだよね……？」

──ああ、またこの夢か。

「分からないよ……。なら、なんで何もしてくれないの？　なんで抱き締めてくれないの？　なんで、わたしに触れてもくれないの？」

──毎晩毎晩飽きもせず、未練がましいにも程がある。

「お願い。だったらちゃんと信じさせて。言葉だけじゃなくて、今ここで、わたしにキスしてみせてよ。……本当にわたしのことが好きならできるでしょ？」

──別に、今更やり直したい訳でもないくせに。

「ほら、やっぱり。だから結局、悠はわたしのこと別に好きでもなかったんだよ。なのにわたし、一人で舞い上がっちゃってバカみたい」

――無意味な後悔に囚《とら》われたまま、何処《どこ》へ行くことも能《あた》わない。

「わたしたちさ、多分付き合わない方が良かったよね。好きだなんて、言わない方が良かったよね。……そうすれば、こんなに苦しい想《おも》いをしないで済んだのにね」

――それでもただ、どうしても知りたいことが一つだけ。

「ごめんね、自分勝手で。でも、これで全部終わりにしよう？　これ以上一緒に居たらわたし、多分ダメになる。きっと、もっと悠のこと傷つけちゃうから」

――なあ、「恋」ってなんだ。「好き」ってなんだ。俺の「それ」は違ったのか。

「ばいばい、元気でね、悠。――わたし、あなたのことが本当に大好きでした」

――なら、俺のこの感情には一体どんな名前を付ければよかった？

涙のように桜の花が散っていたあの日から、もうすぐ二年。
その答えの在処《ありか》を、多分、今でもずっと探している。

第1章　side 寺田悠

第1話　ごくありふれた奇跡の始まり

深夜一時半を回った高田馬場《たかだのばば》には、しんしんと雪が降り続いていた。

夜の九時過ぎから降り始めた雪は、東京《とうきょう》では十年に一度のレベルのものらしく、既に辺り一面はすっかり雪で覆われている。

真っ黒の夜空と純白の結晶。二つの色で染め上げられた世界を満たすのは、痛いくらいの静寂だ。その静けさは、とうていこの場所には似つかわしくなかった。

何しろここは眠らない街、高田馬場。深夜となれば、名物の駅前ロータリーでは大学生の群れがバカ騒ぎしていて、ネオンが煌々《こうこう》と輝く繁華街ではキャッチのお姉さんがウインク、泥酔したサラリーマンはふらふらと街中を彷徨《さまよ》っているはずである。

なのに、今は俺を除いて誰も居ない。

消灯した店、止まった電車。全てが死に絶えたような沈黙が今の高田馬場の全てだった。

だから、まるで世界に俺一人だけが取り残されたようだ——なんて、あまりに陳腐な感慨を抱いてしまう。思わず苦笑して、次いで息を吐く。吐き出された息は白く、一瞬で夜空に溶けて消えていった。

無論、その行方を追う徒労はしない。ただ、息の白さ加減を目の当たりにして、ようやく身を刺すような寒さを自覚する。そういえば今日はいつもより寒い。寒さに慣れ切っているせいか、温度を感じる機能が麻痺《まひ》しているのかもしれない。

「――さむいな」

だが自覚した瞬間、寒さは痛みとなって襲ってくる。

俺は首を竦《すく》めながらぼやくと、コンビニのビニール袋を提げたまま両手をポケットに突っ込んだ。腹が減ったからカップ麺を買いに来たのだが、流石《さすが》に一月の深夜にジャージで街に繰り出すのは無謀だったようだ。

さくさくと積もった雪を踏み抜きながら、身を縮めて家路を急ぐ。

大学進学を機に上京してから早二年弱。一人暮らしには慣れたものの、こういう時には不便を感じずにはいられない。実家に居た頃は冷蔵庫を開ければ何かしら食料はあったし、――何より、温かくて美味《おい》しい食事を作ってくれる親が居た。

夕飯のメニューが肉料理でないと文句をつけまくったことや、昼の弁当のレパートリーに飽きたなどと言って困らせたことを思い出し、少し後悔する。

「なに言ってんだか……」

らしくない郷愁と感傷を追い払うように呟《つぶや》く。望んで選んで――あるいは逃げるように故郷を出て来たというのに、これでは意味がない。

ゆえに俺は、不意に湧き上がってきたもの寂しさと孤独感を雪のせいにした。

寒くなると人は人恋しくなるという。つまりこの感覚はまやかしで、錯覚の類に過ぎないのだと。そう言い聞かせ、故郷を思い出す度にちらつく「彼女」の顔を決して見ないように蓋をする。

とっくの昔に終わったことだ。今更思い悩むことに何の意味も有りやしない。

「――やめやめ」

じくじく膿《う》んで痛みを主張する傷に絆創膏《ばんそうこう》を張り付けて、俺は白銀の世界を見渡した。

それにしてもすごい雪だ。多分もう十センチは積もっているのではないだろうか。恐らくこの有様では明日の講義は休講だろう。もしくはオンラインにでも切り替えるかもしれないが。

幸か不幸か、まあ九割方不幸なのだが、つい最近まで大流行していた感染症のせいで大学のオンライン授業環境は完全に整備されている。なんなら俺が一年の頃はフルオンライン授業で、わざわざ上京してきたのに大学にも行けず、部屋で淡々と授業を受ける羽目になっていたままであった。

一人で居るのはそれほど苦ではないから、別に辛《つら》かった訳ではないが。……本当だぞ。

「……」

再び俺は深々とため息をついた。ともすれば気分が沈みがちになる。どうも今日のメンタルはバッド状態らしい。だが、メンタルの浮き沈みが激しいのはままあることなので、気にしないに越したことはなかった。

多分今日は低気圧がひどいんだろうな。いや、知らんけど。

「……お、人が居る」

などと適当な脳内会話を一人で繰り広げながら歩いていると、視線の先、小さな公園に設置されたベンチに座る人影が見えた。第一村人発見だ。

一体、こんな大雪の真夜中に何を思って外出しているのだろうか。正直、そんな奇怪な人物とはあまり関わりたくない。

俺はしっかり自分を棚上げにしつつ、さてさてと思案する。

どうしたものか。俺の自宅はこの公園の先なので、このままだと奇怪な人物の前を通る必要が生じてしまう。だが迂回《うかい》するとて、この雪道だ。歩き辛いし、何よりくそ寒い。一刻も早く家で暖まりたいというのが本音だった。

「しゃーない……。正面突破か……」

となると取るべき選択肢は一択。極力その人物を視界に入れないようにして、早歩きで人影の前を横切るのみだ。

さくさく、さくさく。音をなるべく立てないよう、雪をそっと踏んで歩く。視線を真正面に固定しながらジーと音を立てる真っ赤な自販機の横を越え、その隣のベンチの前を通り、よし行けると俺が思った瞬間、

「――あ。……えっと、あー、寺田《てらだ》、さん？　じゃないですか」

「え？」

名前を呼ばれて、つい顔を横に向けてしまった。必然、ベンチに座る人物と目が合う。

目の前のベンチに座っていたのは少女だった。

ふわふわした毛糸の帽子と、もこもことしたマフラー、あとは亜麻色の分厚いコートを身に纏《まと》い、鼻の頭を赤くした女の子がこちらを見ている。クリっとした大きな瞳、あどけない表情。セミロングの茶髪がさらりと揺れる。

第一印象を端的に言うと、キャンパスに居れば人目を惹《ひ》く清楚《せいそ》系可愛《かわい》い女の子だった。もう少し言葉を尽くすならば、サークルに居たら男受け抜群かつ同性にがっつり嫌われる感じ。何これ、我ながら偏見がすごい。

それはともかくとして、問題は俺がこの少女を知らないということだった。

「あの、誰……？　なんで俺の名前知ってんの？」

知らない相手に顔が割れている恐怖感と、このくそ寒い夜中に外に一人で座っている女子とかいう地雷感満載のシチュエーションに慄《おのの》きつつ、俺はおずおずと問う。

すると少女はこてりと意外そうに首を傾《かし》げた。

「え？　寺田さん、私のこと知らないんですか？」

「え？　知らん。むしろお前が俺のこと知ってる理由が知りたい。ストーカーか何かか？」

俺が警戒も露《あら》わに問いを重ねると、少女はムッとしたような顔をした。

「ストーカーなんかしませんって。なんでって聞かれても、そりゃ授業で同じ班だからとしか言いようがない、というか」

「……ん？」

「だから、月曜二限の英語演習！　今週も顔を合わせてるはずなんですけど、私たち！」

「え、ちょっと待って」

咄嗟《とっさ》にタイムアウトを要求し、俺は混乱を極めた頭を整理する。確かにそう言われると、見覚えがないような、あるような、いやでもやっぱりないような気がしないでもない。

まあ待て、落ち着け俺。頑張って思い出すんだ。でなければ、対面の授業なのに同じ班の人間すら覚えていない超失礼な人間だと誤解されてしまう……！

必死に記憶を巡らせつつ俺が少女をまじまじと見つめていると、少女は半眼で俺を睨《にら》み、呆《あき》れたようにふすっと息を吐いた。

「で、思い出しました？」

「あー思い出した思い出した。あれだろ？　えっと、ほら、あれ、あの、……田中《たなか》さん？」

「全然違いますけど。誰だよ田中さん。そんな人うちの班に居ませんって」

「違う、間違えた」

とりあえず思いついた苗字《みようじ》を言ってみたが外れだった。しかし、思い出したと田中さん

（仮）に言ってしまった以上、今更やっぱり覚えていませんとは言い辛いものがある。

「えーと、じゃあ佐藤《さとう》さん」

「違います。ていうか、じゃあって何ですか。適当言ってます？」

「そんなことはない。流石に人の名前を忘れるほど俺のコミュ力は退化していないはずだ。そう信じたい」

希望的観測を込めて返事をすると、どんどん俺を見つめる佐藤さん（仮）の視線の温度が下がっている気がした。多分もう氷点下超えてるだろ、これ。

しかしその時、ふと俺の頭の中を一つの苗字が掠《かす》める。

これだ。確信はないけど多分これだ！

「オッケ。今本気で思い出した」

「マジですか！　じゃあ言ってみてください」

俺の答えに佐藤さん（仮）が期待に顔を輝かせる。だから俺は自信を持って名を告げた。

「市川《いちかわ》さんだろ、間違いない！」

「はい残念！　それはもう一人の女の子の苗字ですね。私じゃないですー!!」

そして俺の答えに即座に市川さん（仮）が飛び切りの満面の笑みを浮かべた。ただし目は笑っておらず、視線の温度は絶対零度に達していて、死ねば？　と無言の圧を感じる。端的に言うと怒っている。

いやまあ、怒るよね。俺でも怒るわ、これ。あまりに失礼すぎる。なので俺は自らの非を認め、正直に白状することにした。勢いよく頭を下げ、迅速に謝罪の体勢に移行する。

「すみません、実は全く覚えていませんでした……」

すると、俺と彼女の間に沈黙が降りた。

五秒か十秒か。降り積もる雪の音が聞こえるくらいに、完全な静寂が場を満たす。

え、無言ってなに？　怖い。めちゃくちゃ怖いんだが。怖すぎてこの寒さの中でも冷や汗がとまらないまであった。気まずすぎて窒息死するかと思うほどの沈黙。

ややあって俺が恐る恐る顔をあげて様子を窺《うかが》うと、ぽかーんと呆気《あっけ》にとられたような表情を浮かべていた少女が、ふと耐え切れなくなったかのように吹き出した。

「――っふ！」

そのまま彼女はお腹《なか》を抱えて爆笑し始める。

「あははは！　ダメだウケる、この人ガチでヤバい奴《やつ》だ！　私、こんな人初めて見たかも!!っ、ははは、はははは、ヤバい、マジで変なの!!」

「マジか。今ウケる要素あった？」

俺は急に笑い出した少女を奇妙なものを見る目でみつめた。今のやり取りのどこがつぼに入ったかさっぱり分からない。深夜テンションか、怒りすぎて一周回ったのかのどちらかだろう。

だがそれはそれとして、人がゲラゲラ笑っているのを見ていると何故《なぜ》か笑いが込み上げてくる。じわじわ溢《あふ》れてくる笑いの衝動に堪え切れず、俺もまた笑みを零《こぼ》した。

「ふっ」

「は？　なんで寺田さんが笑ってるんですか？　寺田さんは真摯に謝罪するとこでしょ？」

「あ、はい。すみません」

瞬間、急に真顔で言われて俺は思わず謝ってしまう。

その様子を見てか、再びぶはっと吹き出す少女。

「あ、だめ、面白すぎる……!!　ふふふ、あはは」

なるほど、こういう奴か。目の前で爆笑する少女を前に俺はこいつの性格を察した。

見かけの清楚さに騙《だま》されてはいけない。この女、絶対にいい性格している奴だ。

渋い顔をする俺を尻目に、しばらく笑っていた少女がようやく笑いを収める。

「あー、面白かった。私、こんなに笑ったの久しぶりです。なのでまあ、寺田さんの失礼な言動は許してあげましょう」

「……そりゃどうも。で、結局誰なの？」

「授業の時にとっくに名乗ったんですけどね……」

不満げに頬を膨らませた後、少女はしゃきんと人懐っこい笑みを浮かべた。

「私は藤宮光莉《ふじみやひかり》です！　ハセ大一年で、皆からは光莉ちゃんって呼ばれてます！」

「藤宮光莉、藤宮光莉……。あー、なんか居たわそんな奴……」

あざとめの自己紹介にげんなりして、俺の微《かす》かな記憶が刺激された。

確か少し前にもこんな自己紹介を受けて、うわ……と思ったはずだ。ついでにこのげんなり感にも非常に覚えがある。

思い出した、藤宮光莉。全学部共通の英語演習で、キラキラやかましいのが一人居たはずだ。藤宮、お前だったのか。あの鬱陶しさは……。

などと俺が兵十《ひょうじゅう》ばりに感慨に浸っていると、少女――藤宮が半眼になってこちらを見た。

「ちょっと。人が可愛く名乗ってあげたのになんでそんなうんざりした顔になるんですか。私、華の一女ですよ？ なんかこう、もっとあるでしょ」

「いや特に」

ないな、うん。それに俺の名前が知られている事件も解決したし、これで気にすることは何もなくなった訳だ。よし、それじゃあさっさと暖かい家に帰ろう。

そう結論付け、俺はひらひらと藤宮に手を振る。

「んじゃそういうことで。また来週――」

「は？」

「へ？」

そのまま藤宮に背を向けて歩き去ろうとしたのだが、ドスの利いた声が聞こえてきたので思わず振り返ってしまった。すると、藤宮が信じられないという目つきで俺を見ている。

「なに、どしたの？」

「なに、どしたのってこっちの台詞《せりふ》なんですけど？　ちょ、今、寺田さん帰ろうとしてませんでした？　私の気のせいですよね？」

「いや、普通に帰ろうとしてたが」

「嘘《うそ》でしょ？　正気か？　こいつ」

とうとう正気まで疑われてしまった。

それから藤宮はわなわなと身体《からだ》を震わせながら立ち上がって力説を始める。

「あのですね！　今、私、一人！　真冬、雪、深夜！　私、置いてく、死ぬ!!」

「何故に片言……」

「女の子が真冬の夜に一人で寒さに震えてるんですよ!?　それを無視して置いていきますか!?　人として有り得なくないですか!?」

憤慨して雪をボフボフ踏みつける藤宮。

まあ確かに彼女が言わんとしていることは分かる。分かるのだが。

「だってお前、地雷臭がヤバいんだもん……。関わったら絶対めんどくさいじゃん……」

「な!?　言うに事欠いて地雷認定とは失礼ですね！　可哀想《かわいそう》だと思わないんですか！」

「すみません、流石《さすが》に自ら地雷原に突っ込んでいくほどお人好《ひとよ》しじゃないので……。という訳で帰ってもいいすか。つか、くそ寒いんで今すぐ帰りたいんだが」

「なにを贅沢《ぜいたく》言ってるんですか！　私だって寒いですし、それなら私も帰りたいです！」

「じゃあこんなとこで油売ってないでさっさと帰れよ……」

何なのこいつ。

俺が呆れて言うと、彼女は何故か晴れ晴れしい笑顔でやけくそ気味に言った。

「だから私、帰れないんですよ、物理的に！」

「は？」

「えっとですね。事情を説明すると長くなるんですけど」

「じゃあいいわ。強く生きてくれ。達者でな」

「待てい」

長話などに付き合ってられんと俺が踵《きびす》を返すと同時、がしっとジャージの背中を掴《つか》まれてしまった。ちくしょう逃げられねえ。

「あの、はなしてくれない？」

「お、ようやく話を聞く気になったみたいですね。よしよし」

「ちげえ！　話せじゃなくて放せって言ったんだよ！　酔ってんのか!?」

「そうなんですよー。実は今日飲んでたんですけど、雪で電車が終わっちゃってですね」

「聞いてねえし、こいつ」

俺の叫びも虚《むな》しく、藤宮は俺のジャージを摑んだまま事情を語り始める。

「それにですよ？　タクシーも止まって帰れなくなるわ、帰宅難民が大量発生したせいで既にホテルもカラオケもネカフェも埋まるわ、挙句スマホが寒さでやられて電源が点《つ》かないわ、財布のお金も碌《ろく》にないとかいう四重苦。ついてなさすぎでしょ、今日の私。で、途方に暮れてたら、おぼろげに見覚えある人が通りかかったので、逃がす訳にはいかないなって思って、今ココです」

ぜはーっと一息に捲《まく》し立てた藤宮が長々と息を吐く。

それから藤宮はうるうると瞳を潤ませて、上目遣いで懇願してくる。

「ね？　可哀想でしょ？　だから助けて下さい、寺田《てらだ》さん……」

確実に自分の容姿の良さを理解している感じのあざとい仕草だ。だが、この可愛《かわい》らしさにそう易々《やすやす》と騙されてはいけない。確かに藤宮の語る言葉には同情の余地がほんの少しある気がするが、しかし。

「お前な、雪が降るのは予報で分かってたんだから、家で大人しくしとけばよかっただろ」

「だって、来てって言われたから……」

「はい、先生……」

「だってじゃありません」

俺が言葉を重ねると、藤宮がしゅんとして項垂《うなだ》れた。それからくちゅっと可愛らしくくしゃみをする。そりゃこの気温だ。外に居たら寒いだろうとは思う。

「大体、一緒に飲んでたやつはどうなったんだよ」

「あー、あはは。それは、その、色々ありまして……」

問うと、曖昧な笑みで藤宮に返答を濁される。

まあさして彼女の事情に興味がある訳でもなし、特段掘り下げて聞くものでもなかろう。

今大切なのは俺がどうすれば早く家に帰れるかだ。

「で、帰っていい？」

「ダメです。私が死にます」

「それ俺に責任なくない……？」

「なるほど。では寺田さんは私がこのまま凍死して良いと。私を見殺しにする訳ですね」

ふむんと藤宮は頷《うなず》くと、しくしくと泣き真似《まね》を始めた。

「ああ、可哀想な寺田さん。明日の朝に凍死した女子大生の遺体が見つかって、警察に事情聴取される羽目になるなんて……」

「いや、なんでそうなるんだよ」

「なぜなら私が、『長谷田《はせだ》大学の寺田』とダイイングメッセージを遺《のこ》して死ぬので……」

「嘘だろ、もしかして脅迫されてんの俺!?」

自分の命をベットしてまでの脅迫とか、強盗犯もびっくりの脅し文句だった。

とはいえ、この状況は流石にまずい。流れを持っていかれている気がする。なので俺は、一応の理論武装を試みることにした。

「いや待て。なら逆に聞くが、お前は碌に知らない男の家に泊まるのでいいのか？　そんなの普通は手を出されるだろ」

「ふっふっふ、甘いですね。寺田さん、手を出す気とかどう見てもないでしょ。だからそれは杞憂《きゆう》です」

「――」

自信満々に断言され、一瞬だけ息が詰まった。

それをため息で押し殺し、俺は問いを重ねる。

「……、なんでそう思う？」

「分かりませんか？　簡単な推理ですよワトソン君」

すると何やら藤宮はふふんと笑みを浮かべて、得意げに解説し始めた。

「あのですね、もし本当に手を出す気があるのならわざわざそんなことは聞かないんですよ。さっさと持って帰ってベッドにゴーなんですよ。分かります？　そもそも、こんな可愛い女の子の名前を覚えてない時点で私に興味がないのは分かりますし」

「なるほど。確かに微塵《みじん》も興味はないが」

「でしょ？……だから安心なんですけど、うーん、何だろこの釈然としない感じ……。そこは嘘でも『そんなことないよ、君は十分魅力的な女の子だよ』って言っとくとこじゃないですか？　思いやりとかオブラートって言葉知ってます？」

藤宮が不満げに睨《にら》んでくるが、俺はそれに無言で肩を竦《すく》めて応じた。

大体、少女マンガのヒーローでもそんな浮ついた台詞は言わねえだろ……。

するとややあって、気を取り直したように藤宮がうんと頷く。

「まあでも、これで何の問題もないことが確定した訳ですし、寺田さんが断る理由はないですよね？」

そのままにっこり笑って藤宮は「私まだ死にたくないですー」とか「見殺しにするのは殺人だぞー」とか何やらわーわー訴えてきた。

それで、俺の中でエクスキュースが積み上げられていくのが分かる。

どう考えても関わるべきでない。どうせ碌なことにはならない。分かっているはずだ、お前のような人間は極力関わらずにいるべきだと——そんな理性的な自分の声を誤魔化す言い訳、藤宮を助けることを承認するための建前が、次々に構成されていく。

「……分かったよ」

結局、ため息と躊躇《ためら》い交じりに首肯すると、藤宮がぱあっと顔を輝かせた。

「おお、神……。まあぶっちゃけ断られても勝手に後ろから付いて行って家を突き止めて、泊めてくれるまで一晩中インターホンを連打するつもりだったんですけどね」

「は？　こっわ。何それ怖すぎる。どこのホラーですか……？」

ぼやきつつ、けれど俺はその言い訳に俺が溜飲《りゅういん》を下げたのを理解した。

決まり手は、脅迫だから仕方なくだ。

×　×　×

「おー、ここが寺田さんの城ですか……。思ったより綺麗《きれい》というか、意外とまともでびっくりです。もっとポスターだのフィギュアだのゴミだので乱雑だと思ってました」

「お前、今すぐ追い出してやろうか⁇」

高田馬場駅から徒歩十分。我が家は築三十年くらいの木造アパートの一室だ。

家賃は五万円のわりに結構設備は悪くない。見た目はボロいが、近隣住民とのトラブルもないし、住めば都というものだ。

だが今日は我が家に異分子が存在する。興味深げにきょろきょろと部屋を見回す、藤宮《ふじみや》光莉《ひかり》その人だ。藤宮はてこてこ部屋の中を歩き回っては、本棚をしげしげと眺めていた。

「わー、小説もマンガも多いなあ。寺田さんって文学部でしたっけ？」

「だな」

「ですよね。見るからにザ・文学部って感じですもんね」

「それは皮肉か？　皮肉だな？」

うんうんとしきりに頷く藤宮に問い返す。こいつ、人を煽《あお》らないと会話できないのか？

すると藤宮はパタパタと両手を顔の前で振った。

「そんな、違いますよー。いいじゃないですか文学部。オタクっぽ――知識が豊富で、なんか面倒くさそ――もとい、思慮深くて慎重そうですし」

「言っておくが、それで取り繕えてると思ったら大間違いだからな？」

「はっ！　つい本音が、わふっ！」

てへと頭を叩《たた》く藤宮に軽くイラっときて、俺は予備の枕を藤宮に投げつけた。

ついでに煽られたので、ちゃんと煽り返しておくことにする。

「それ枕な。で、藤宮は何学部だって？」

「商学部です」

「だよな。見るからにザ・商学部って感じだもんな」

「それは皮肉ですか？」

俺がうんうん頷くと、藤宮がムッとした顔で問いかけて来た。

なので俺はパタパタと両手を顔の間で振る。

「そんな、違うってー。いいじゃん、商学部。大学を遊び場と考えてるバ――大学生活を全力で楽しんでるし、ウェイウェイうるさ――もとい、ノリが良くてフッ軽だし」

「なるほど、そうですか。よく分かりました」

「何が？」

「寺田さんが素晴らしい性格をしているのが、です」

「奇遇だな。俺も藤宮がすげえいい性格してるなってさっきから思ってたんだわ」

そのまま顔を見合わせると、二人してニコニコ作り笑顔で笑い合う。

何だこれ。あまりに不毛なやりとりに俺が呆《あき》れていると、ふっと藤宮が表情を緩める。

「……やっぱり寺田さんって頭おかしいっていうか、結構ガチめにヤバい人ですよね。あ、これ一応褒めてるんですけど、ちゃんと伝わってます？」

「いや微塵も？　褒めるセンス壊滅的か？」

むしろなんで伝わると思ったのか知りたいレベルだった。

とはいえもう深夜二時過ぎだ。適当に喋《しゃべ》っているのも悪くはないが、この調子でやり取りをしてると夜が明けてしまいそうである。

それは流石《さすが》に勘弁なので、これくらいが頃合いだろう。

「んじゃ、藤宮はそこの寝袋と毛布でも使っといて。俺は寝るわ」

「あ、ほんとにそのまま寝る感じなんですね」

「……いや、さっきそう言ったろ。なに、俺のことなんだと思ってんの？」

「え？……あー、まあ、最悪そうなっても文句は言えないかなーとは思ってました」

言って、曖昧な笑みを浮かべる藤宮。だが、こいつのことを碌に知らない俺には彼女の内心を窺《うかが》い知ることはできない。だから俺は、俺に言える事実だけを告げた。

「アホか、しねえよ。──」

──そもそも、したいと思ったこともないし、きっとこれからもずっとない。

続く言葉は内心だけで呟《つぶや》いて、代わりに適当なことを口にする。

「それとも、まだ寝たくないなら大富豪でもやるか？」

「お、いいじゃないですか、修学旅行の夜っぽくて！　でも二人で大富豪ってそれ何が面白いんです？」

「さあ？　てかマジでやる気なの？　冗談のつもりだったんだが……」

思ったよりも藤宮の食い付きが良くて戸惑ってしまう。すると、恐らく深夜テンションでおかしくなっているであろう藤宮が力強く宣言した。

「せっかくなんでやりましょうよ。多分絶対クソゲーですけど！」

二時間後。予想に反して、手札が多いが故の幅広い戦略性が好評を博し、熱い戦いを俺たちが繰り広げていた最中、突然電池が切れたように藤宮が寝落ちした。それから何を言っても起きる気配がないので、仕方なく彼女にベッドを譲り、俺は寝袋にごそごそと入る。

「何やってんだ、俺は……」

何というか、我ながらアホなことをしている自覚は多分にあった。そして、普段であれば絶対にやらないようなことをしている自覚も。

もしかすると、雪のせいで童心が蘇《よみがえ》ってしまったのかもしれない。

だが、であるならばこの出会いも不合理でおかしな行動も大体雪のせいだといえよう。

そんな感じで思考を彼方《かなた》にぶん投げつつ、俺はリモコンで部屋の照明を消す。

「――」

すると、先の大騒ぎとは打って変わった静寂に包まれた闇の中、すうすうと静かな寝息が聞こえてきた。そのまま自分のものではない呼吸音と、ゴーッという暖房の駆動音を聞くでもなく聞いていると、次第に瞼《まぶた》が重たくなっていく。

何故《なぜ》だろうか。暖房はいつも通りの設定温度のはずなのに、普段より暖かく感じるのは。

途切れがちな意識の中でそんなことを考えて、でも、その理由など明白だった。

――今日はいつもより寒くない。理由など本当にそれだけだ。

それからやがて身体《からだ》の芯までじんわりと温まってきて、本格的に意識が遠のいてゆく。

けれどその中でも、胸の奥に刺さった氷柱《つらら》は解けないままで、ちくりと痛むのを感じた。

第2話 欠落、空白、あるいは孤独

『ねえ、教えて。悠《ゆう》はわたしのこと、本当に好きで居てくれているんだよね……？』

震える声と、泣きそうな瞳。

ぎゅっと制服のスカートの裾を握りしめながら、記憶の中の彼女が問うた。

俺は、それに対して何と答えたのだったか。あるいは何も言わなかったのだったか。

だが、いずれにしてもあの結末は何も変わらなかっただろう。

言葉は不確かで、感情は不明瞭、関係性は曖昧で。

そんなもので伝わるはずがなかった。伝えられるはずがなかった。

あの時の俺は。

——相手のことはおろか、自分自身のことさえもよく分かっていなかったのだから。


「——う」

耳障りな目覚ましの音で目が覚めた。いつも通りの苦味を伴う目覚め。

俺は顔をしかめると、目を瞑《つぶ》ったままで枕元に置いたはずのスマホを探る。

「ふぎゅ」

すると俺の手が何かにぶつかり、奇怪な声が枕元から聞こえた。

「ん？」

何だこれ。

目を開けるのが億劫《おっくう》だったので、二度、三度と、べしべしと手でそれを叩いてみる。

「ふぎゅ、って何するんですか！　顔殴るの止《や》めて下さい！　痛いんですけど！」

すると、声と共に頭をべしりと叩かれた。誰だよ、朝からうるさいのは……。

俺が唸《うな》りながら目を開けると、顔を怒らせた女の子とばっちり目が合った。

セミロングの茶髪。クリっとした大きな瞳。長いまつ毛。整った鼻梁《びりょう》。

どちらかといえば綺麗《きれい》というより可愛《かわい》い系の少女が、俺の顔を覗《のぞ》き込んでいる。

「おはようございます、寺田《てらだ》さん。朝ですよ」

「……。……。誰？」

「まさかの忘れられているパターン!?　光莉です！　藤宮光莉！」

「……あー」

くわっと驚愕《きょうがく》に目を見開いて騒ぐ姿を眺めていると、段々と脳が動き出してきた。

そういえば昨夜、俺はこいつを泊めたんだったか。

「寺田さん、寝起きアホほど悪いですね。もう十時過ぎですけど、一限ないんですか？」

「……ねえ」

寝起きで人と話す機会が皆無すぎて、言葉が一音以上出て来ない。

俺はのそのそと立ち上がると冷蔵庫を開けて、ペットボトルの麦茶をごくごく飲み干す。

それでようやく声帯が機能を取り戻した。

「あー、お前は？」

「私も二限からです。なので、そろそろお暇《いとま》しようかと」

「マジか！」

「いやなんで急にテンション上がってるんですかね、ムカつくなあ……」

何やらぶつぶつ言いながらも藤宮《ふじみや》は既に荷物を纏《まと》め終えていて、出ていく準備ができているようだ。俺はひらひらと手を振って藤宮を追い立てつつ、玄関まで見送りに出る。

「じゃあな。雪で地面凍ってるかもだし、気を付けろよ」

「はい。ありがとうございました。一泊のお礼はちゃんとしますから、また後で、です！」

そのまま去って行く藤宮の背中を見送り、玄関のドアを閉める。

途端に、一人の家は嵐の後のように静まり返った。

俺は小さく息を吐くと、さっさと部屋に戻る。俺のものじゃない甘い香りの残り香。換気の為《ため》に窓を開け、寝袋を片付ける。それから部屋着を脱ぎ捨てて着替えて、パンをトースターに突っ込んだ。

日々のルーティーン、代わり映えのしない日常。けれど今朝は温《ぬく》もりの残滓《ざんし》を感じ、どこかが僅かに暖かい。それで一泊のお礼は十分だ。

偶《たま》さか交差した時間は平常に戻り、俺と彼女が深く交わることは恐らくない。

否、ないではなくそのつもりがない。それでいい。そうあるべきだ。それが正しい。特に、僅かでも楽しいと感じたならば尚更《なおさら》に。

もう同じ言い訳は効かないし、過去の事例と実績が反駁《はんばく》の余地もなくその結論を弾《はじ》き出している。基本的に関わらないのが、理論上、理屈上の、最善手だ。

そう考えて、俺はそれきり藤宮のことを頭から消去しようとして。

——また後で？


五限の授業を終えると、時刻は既に午後六時を過ぎていた。

「なんかマジで疲れたな……」

俺は大きく伸びをしながら、日の沈んだキャンパスを歩く。

この時間はサークル活動が始まったり、飲みに繰り出したりする学生が多く、大学構内は騒がしい。その喧騒《けんそう》はキャンパスを出ても続いていた。

日本有数の学生数を誇る我が長谷田大学の周辺は、学生街としても有名だ。大量の飲み屋に、飲食店。カラオケ、麻雀《マージャン》、ダーツ、貸し金屋と、何でもありのとんでも街。それが高田馬場なのだ。

俺はけれど、その喧騒から外れるように歩みを進める。サークルも入っていなければ遊び回る友人がそれほど居る訳でもない。ゆえに、向かう先はもちろん我が家だ。

はいそこ、ぼっちとか言わない。これに関しては一つ言い訳をさせて欲しい。

そもそも大学って自分で動かなければ本当に友人ができない場所なのである。クラスという小さな単位にぶち込まれる高校までとはマジで難易度が段違いだ。

加えて俺は一年時が全てオンライン授業かつ、上京組とかいうクソ仕様。こんなので友達作れる方がやべえと思う。それで結局サークルにも参加しないまま、ズルズルと今を迎えたという訳だ。

ここまで来るともはや慣れる。

なんなら人と話す機会がなさすぎて、自分と対話している方が多いまであった。

だから思考が拗《こじ》れていくんですけどね。はい、分かってますよ、そんなの。

閑話休題。

ぼーっと適当なことを考えながら帰り着いた我が家の前には、見覚えのある人影が手すりに寄りかかってスマホを弄《いじ》っていた。

「お前、何してんの？」

俺が声をかけると、人影——というか藤宮がスマホからパッと顔を上げる。

その頬は不満げに膨らんでおり、鼻の頭は寒さのせいか赤い。

「やっと帰ってきた。遅いですよ、寺田さん。こんな寒い中でどれだけ女の子を待たせる気なんですか」

「待ち合わせしてないんだよな……。つか、なんでここに居るの？」

「は？　何言ってるんですか？　お礼するって言ったじゃないですか」

バカなんですかとばかりに藤宮が首を傾《かし》げる。

それから藤宮は手に持っていたビニール袋を俺に突き出した。

「はいこれ。あげます」

「おー、わざわざサンキュ。別に礼なんてなくてもよかったけど」

「それじゃ私が借りっぱなしですから」

どうやらそこら辺はきっちりとしているらしい。なので俺は有難く受け取ることにした。貰《もら》えるものは貰っておく。それが一人暮らし貧乏生活の中で身についた生活の知恵だ。

「で、これ何？」

「ケーキですよ、ケーキ。エーグルドゥーズのやつなんですから」

「へえ。で、それ何？　呪文？」

「は？　エーグルドゥーズ知らないんですか？　マジ？　寺田さん本当にハセ大生？」

問うと、藤宮が信じられんとばかりにまじまじと俺を見てきた。

「ハセ大生でも知らねえものは知らねえんだよ……」

「はあ。これだから文学部は……」

藤宮が嘆かわしいとばかりにため息をつく。うるせえな、文学部は関係ないだろ。

「ようは美味《おい》しいって評判の有名なケーキ屋さんですよ。奮発して買ってきたんだから、感謝してくださいね」

「マジか。そりゃいいな」

指をふりふり藤宮が自慢げに語った。

特に店の名前に興味はないが、美味しいケーキなのはシンプルに嬉《うれ》しい。

「ありがとな。後で食べさせてもらうわ」

俺は素直に藤宮にお礼を言って家の鍵を開ける。そのまま家の中に入ろうとして、

「ちょっと待てい！」

「ぐえ」

藤宮にマフラーを摑《つか》まれてぐいと引かれた。何これ、すげえデジャブ。昨日もなかった？

なにするんじゃと俺が藤宮を恨めしげに見やると、それ以上のジト目で睨《にら》み返される。

「え？　は？　もしかして今、普通に家に入るつもりでした？　私を置いて？」

「そうだが……。なに、何の文句があるんだよ。お礼は受け取ったろ？」

「ああもう、このバカ者！」

俺がシンプルに肯定すると、瞬間、藤宮に一喝された。は？　なんで今怒られたの？

本気で分からず困惑していると、藤宮が鼻息荒く言い募る。

「ガチで分かんないのか……。あのですね、女の子が寒い冬に健気《けなげ》に人の家の前で男の子の帰りを待ってるんですよ？　しかも渡したお礼がみんな大好きなケーキですよ？」

「……お、おお」

「それならこういう時は普通、『うちで食べてく？』っていうもんじゃないですか？　バカなんですか寺田さんは？　バカですよね。バカでしょ。バカ。バーカ」

もはや最後はただの罵倒になっていた。

しかし、こうも馬鹿を連呼されると言い返したくなるのが人の常、いや俺の常だ。

「いや待て藤宮。なら逆接的に、俺が何も言わずに家に入ろうとしたのは『もう帰れ』という合図なのでは？　ほらあれだ、京都のお店でお茶漬けが出されるみたいに」

「ごめんなさい、ちょっと何言ってるか分かんないです」

「あ、そうですか……」

すぱっと切られて思わずしゅんとしてしまう俺。

しかし、である。

「それなら『食べて行ってもいいですか？』とか言えばよくね？」

「何言ってるんですか。行間読むんですよ。非言語コミュニケーションですよ。察するんですよ。全部言葉にしないと分かんないんですか？　はあ、これだから文学部は……」

「すみませんね……。本の行間読むのは得意なんですけどね……」

これはあまりに読み取るのが難解だった。なんなら入試の問題よりも難しいまである。

大体、言葉で言われても言葉通りかも分からないのに、言葉にならないものも読み取らないといけないとか、コミュニケーションってクソゲーじゃね？　コミュ力喪失した俺にはやっぱ無理だわ。

俺は遠目になりながら、嘆かわしいとばかりに頭を振る藤宮を見やった。

まあこいつのことだ。恐らくこの距離感の男友達などたくさん居ることだろう。であれば俺が殊更に気にする必要もない。

そこまで考えて、俺は一つ息をつく。それからご立腹の藤宮にお伺いを立てた。

「ふじみやさん、ぼくのおうちでケーキをたべていきませんかー？」

「棒読みムカつくなあ。……まあ、食べますけど」

すると藤宮は、そう言ってようやく苦笑交じりの笑みを浮かべた。

×　　×　　×

「おじゃましまーす」

一悶着《ひともんちゃく》あった末、藤宮が再び我が家の敷居を跨《また》ぐ。二度も招くことになるとは思っていなかったが仕方ない。俺はとりあえずケーキを冷蔵庫にしまい、藤宮の方へ向き直った。

「ケーキは食後に食べるとして、だ。お前、夕食はどうするつもりだったんだ？」

「え？　寺田《てらだ》さんちで食べるつもりでしたけど？」

「お、おう」

さも当然のように言い放つ藤宮。すごいなこいつ。遠慮というものがない。

藤宮は小さなテーブルに体重を預けながら、上目遣いに俺を見てくる。

「それで何食べるんですか？　何作ってくれるんですか？」

その瞳には無邪気な興味と期待があった。

俺は若干目を逸《そ》らしつつ、冷蔵庫の中身を思い浮かべる。

「……そうだな。……う、うどん、とか？」

「……」

藤宮から突き刺さる失望の視線と、張り詰めるような沈黙が痛かった。

「仕方ないだろ！　一人暮らしの男の冷蔵庫に碌《ろく》なものがあると思うな！　むしろうどんが作れるだけマシと思え！」

「なんか急に開き直ってるし。食生活どうなってるんですか？　ヤバくないですか？」

「ほっとけ」

男の一人暮らしなんかそんなものだ。だよな？　俺だけじゃないよな？

しかし今日は食客が居る以上、適当な飯という訳にもいかない。

どうしようかと思案していると、ややあって藤宮《ふじみや》が立ち上がった。

「仕方ないですね……。特別に私が作ってあげますよ。お礼ついでに」

「マジで？　お前、料理できるの？　すんげえ意外」

「今めっちゃ失礼なこと言ってる自覚あります？」

藤宮に半眼で睨まれる。だが、作ってもらえるというのならありがたく享受しよう。貰えるものは貰っておく。それが一人暮らし（以下略）。

「ふむ、ではお手並み拝見といこうではないか」

「何様……？　ちょっと冷蔵庫見せて下さい。いいですか？」

「どうぞどうぞ」

俺が場所を譲ると、藤宮はガバッとうちの冷蔵庫を開け、さっと中身を確認し、ばたんと即座にドアを閉める。それからすうっと息を吸うと、彼女はくわっと目を見開いた。

「何にも入ってないじゃないですか！」

「何も入ってないことはないだろ。ジャムとかお茶とかバターとか。あとなんかもうちょいあるじゃん」

「具材が！　ないと！　言ってるんです！」

べしべしと肩をぶっ叩《たた》かれた。痛い。藤宮は意外と力が強いというどうでもいい発見を俺が得ると同時、彼女は腕を組んで嘆息した。

「むしろこれでうどん作れる方が驚きですよ。何入れるつもりだったんですか？」

「ふっ、馬鹿め。具などというものは俺のうどんにはない」

「なんでちょっと誇らしげなの？　はあ、これだから文学部は……」

「うん……。なんかすみませんね……」

うがーと頭を抱える藤宮に、俺はついおずおずと謝ってしまった。

そんなに俺の食生活はヤバいのか。ヤバいつもりはないんだけどな……。

すると藤宮は今日何度目か分からないため息をついた後、俺を視線で促した。

「ほら、スーパー行きますよ。私、お腹《なか》減ってるんです」

夕飯前ということもあり、近所のスーパーは主婦や仕事帰りのサラリーマンでごった返していた。その中を俺と藤宮は連れ立って歩く。というか俺がカートを押して藤宮がぽいぽい食材を入れていくので、ご令嬢とその荷物持ちのような感じだった。

「で、結局何作るつもりな訳？」

迷いのない足取りの藤宮に問いかけると、彼女は一度ニヤッと悪戯《いたずら》な笑みを浮かべ、可愛《かわい》らしくこてんと首を傾げる。そうして藤宮が蠱惑的《こわくてき》に言葉を紡いだ。

「何が食べたいですか、あなた？」

「――そうだな。とりあえず肉が食べれればなんでもいい」

あどけなさと優艶さが同居した笑み。それは明らかに俺をからかっているものだと分かっているのに、それでも一瞬言葉に詰まるだけの威力があった。

やだ、怖いわこの子……。

しかしながら、そうした俺の反応は彼女にとっては意外だったようだ。

藤宮はぱちくりと瞬《まばた》きし俺をしげしげと見つめてくる。

「うーん、反応が薄い……。やっぱり寺田さん変な人だなあ」

「まて。まさか貴様、これを男子に連発してんのか？　可哀想《かわいそう》だからやめてあげて？」

「いえ連発はしてないですけど。気に入った人だけですよー」

「あ、はい」

てへと藤宮が可愛く舌を出すので、俺は戦慄が止まらなかった。

怖い……。やだこの子怖いわ……。こいつサークルクラッシュとか引き起こしそうで、ほんと心配（主に他の人が）。なので俺は恐る恐る藤宮に聞いてみることにした。

「藤宮。お前、サークル入ってるか？　何サーだ？　テニサーか？　テニサーだな？」

「いきなり何ですか。一応テニサーには入ってますけど」

「だよな。知ってた」

藤宮の答えには納得しかなかった。すげえなこいつ。期待というか、自らの持つイメージ像を完璧に理解している感がある。それが意識的か無意識的なのかは分からないが。

するとるするとと藤宮はふんとバカにしくさったように鼻を鳴らした。

「そういう寺田さんはサークル入ってないですよね。なんならぼっちですよね。見れば分かります。明らかにそういう感じですから」

「貴様に俺の何が分かる……。いるもん！　地元には友達たくさん居るもん！」

「うんうん、良かったですね……」

もはや普通に慰められていた。とはいえそこで熱くなって言い返すと、逆に気にしてるように見えて嫌なので反論はしないでおく。

「で、お友達がたくさん居る藤宮はなんで昨日は友人のとこ行かなかったんだ？」

「は？　ゆーじん？　何それ美味しいんですか？」

ところが非常に不思議そうに藤宮が首を傾《かし》げたので、俺も首をかしげてしまった。

「いや、え？　お前もぼっちなの？」

「違いますけど。あー、はいはい、お友達ですね。居ますよーたくさん。なにせ私と居れば男が一杯釣れますから。表では笑顔裏では陰口の利用し合う関係を友人と呼ぶなら、ですけど」

「うわあ……」

こっわ。怖すぎだろその関係性。何それ、地獄か？

俺が現実にドン引きしていると、藤宮があっけらかんと笑う。

「ちなみに補足すると、女子という生物は集団でしか生きられないか弱い生物なので、集団から外れた者や突出した者に対しては結束して攻撃を仕掛ける習性がありまして――」

「……あ、その辺で大丈夫です」

「えー、ここからが面白いのに……。まあざっくり要約すると、私的友人認定できる人とか、ほぼほぼ居ないんですよねー。ほら私可愛いから」

ドヤ顔で言う藤宮は、しかし一抹の寂《さび》しさを湛《たた》えているように見えた――なんて言うのは嘘《うそ》。きっと、ただの錯覚だ。

藤宮がそのままてこてこと歩き出したので、俺もカートを押してついて行く。

確かに、客観的事実として藤宮光莉《ひかり》は容姿に優れている。その上この性格だ。元からこういう性格なのか、色々あってこの性格に行き着いたのかは分からないが、同性に嫌われる事態が起こり得るのは想像に難くない。

いやまあ、流石《さすが》に普段からこんな調子で他人と接しているとは思えないが……。

ならばなぜ俺にはこんな調子なんだとふと思ったものの、そういえば初手から全力で舐《な》め腐った態度をとったのは俺の方だった。つまりは自業自得である。

ただ、今の藤宮光莉が「素」であるとは微塵《みじん》も思わなかった。

接する相手によって見せる顔が違うのは当然のことだし、そもそもの話、上辺を取り繕って不都合な真実を覆い隠すなんて、およそ全ての人間が行っている行為だからだ。

たとえば「ペルソナ」や「キャラ」なんてその最たるもので、本当の自分だとかありのままだとか、そんな脆弱《ぜいじゃく》で柔らかなものをバカ正直に晒《さら》していたら、多分この世では生きていけない。

だからこそ、仕様として人間の完全なる相互理解などは不可能なのだろう。

そんなものは成り立つはずがない。全部を分かり合えるなど有り得ない。

であれば、人の本質は孤独だ。

傍《そば》に居ても、共に居ても、傍に居なくても、共に居なくても。

理解者が居ないという点で、独りぼっちなのは変わらない。

俺が俺以外を理解できることはないし、その逆もまた有り得ないのだ。

絶対はない、永遠はない。

全ては時によって移り変わり、いずれは確実に失われる。

ゆえに関わることは無駄なこと。結局ただの徒労に終わる。

『わたしたちさ、多分付き合わない方が良かったよね。好きだなんて、言わない方が良かったよね。……そうすれば、こんなに苦しい想《おも》いをしないで済んだのにね』

でも俺は、それでもたった一つが欲しかった。

今はもう、手に入らないと知っている。

×　×　×

「かんぱーい！」

「乾杯」

二人でカツンと缶をぶつけて一息に煽《あお》る。口に広がるのは爽やかなレモンと仄《ほの》かなアルコールの風味。俺と藤宮はいかにも大学生らしく夕食を囲みながら宅飲みをしていた。

「でも、寺田さんもチューハイってなんか意外です。ビール飲むと思ってました」

「いや、ビールとか不味《まず》くね？　あんなのただ苦いだけで美味《おい》しさが微塵も分からん。その点チューハイとかもうほぼジュースだしな。甘い。美味《うま》い」

「右に同じく、です」

そう頷《うなず》く藤宮が手に持つのはみに酔いのピーチ。

チョイスからして「らしい」感じだったが、俺は今更になって気が付いてしまった。

「……なあ。ナチュラルに酒飲んでるけど、藤宮ってまだは――」

「おっと、その先は言わせませんよ？　大学生だからいいんです」

「いや、でもはた――」

「大学生だから！　いいんです！」

……まあ、大学生だからいいか！

俺は素晴らしく説得力のある藤宮の言葉に頷いておいた。

俺は何も知らないし何も聞かなかった。よしこれでＯＫ。

疑念をアルコールで流し込み、出来立ての夕食に手をつける。

「んじゃ、頂きます」

「はい。召し上がって下さい。味は保証します」

自信満々の藤宮に従い、俺はホカホカと湯気をたてる今晩のメインディッシュ――肉じゃがに箸をつける。

ホロホロとじゃがいもが溶け、柔らかな肉にはしっかりと優しい味が染みていた。

「……どうですか？」

不安そうな上目遣いで、藤宮が感想を求めてくる。

その仕草、このメニュー、この味。総じて俺の感想はただ一つだ。

「うん。あざとい」

「それは知ってます」

「知ってるのね……」

知ってるんだ……。さも当然のように頷く藤宮《ふじみや》に俺の方が驚いてしまった。

でも、それはそうか。むしろこれが素だったらその方が恐ろしい。納得して俺が箸を進めようとすると、すいっと藤宮に肉じゃがの器を奪い取られる。

「ダメです。まだ感想聞いてないので、ちゃんと言うまで肉じゃがはお預けです。めっ！」

「ええ……、犬のしつけ感えぐいな……」

びしっと指を突き付ける藤宮。だが肉じゃがをモノ質《じち》に取られてしまっては仕方がない。冷めるのももったいないし。なので俺は素直に認めることにした。

「はいはい、悔しいけど美味しいです。超うまいです」

「へえ。超美味しいですか？」

「ごめん盛ったわ。普通にうまい」

「そこは訂正しなくてもいいんじゃないですかね？」

藤宮は少し不満げだったが、及第点は取れたご様子。

返ってきた肉じゃがを俺はせっせと頬張った。

ところで俺は常日頃から白米最強理論を提唱している。この世の食事の全ては白米にあり、良いおかずというのは白米との相性の良さで決められるという理論だ。その点においてこの肉じゃがは素晴らしい。相性抜群、マリアージュってやつだ。

「うーん。やっぱ白米美味い……」

「米かよ。他のを褒めましょうよ他のを。ほらこの味噌汁《みそしる》とか。ちゃんと出汁《だし》からこだわってるんですよ」

「なるほど。うむ、あったかいのが加点ポイント」

「そうですか。ならもう熱湯でも飲んでりゃいいんじゃないですか？　めっちゃあったかいですよ？」

「温かいというより、それはもはや火傷《やけど》するレベルでは？」

なんて言葉を交わしながら俺と藤宮は夕飯を平らげ、お酒がいい感じに回ってくる。

ふわふわして、いつもはひたすらああだこうだこうじゃないそうじゃないとうるさい理性が眠りにつき、静かになっていく感覚があった。

こういう感覚は俺にとっては貴重で、だから酒を飲んで軽く酔うのは嫌いじゃない。

そして続いてはお待ちかねのデザート。藤宮が持ってきたケーキである。

コーヒーを淹《い》れ、いそいそと藤宮がケーキの箱を開けた。

中に入っていたのは艶々としたいちごがこれでもかと敷き詰められたショートケーキと、チョココーティングの施されたしっとりとしたショコラケーキだ。

「おお、美味しそうじゃん。何だっけ、エグイトゥースだっけ？」

「エーグルドゥーズ！　何ですかエグイトゥースって。春日《かすが》じゃねーよ！」

藤宮のツッコミは若林《わかばやし》並みのキレ味だった。喩《たと》えるなら、その右ストレートで世界を狙えるほどに。ともあれここまで綺麗《きれい》にボケを拾ってくれるとなんか楽しくなってくる。なので俺はちょっとボケを重ねてみることにした。ついて来れるか、このスピードに！

「うむ、今の素晴らしいツッコミだったな藤宮。これならM1狙えるんじゃないか。ほら、床で転がっていれば優勝できるらしいし」

「今すぐに全漫才師とマジラブさんに謝って下さい！」

「けどさ、もし俺が謝ってこられてきてたとしたら絶対に認められてたと思うか？」

「え、いやちょっと何言ってるか全然分かんないです。もしかして酔ってます？」

しかし、真顔で返されてしまった。否、もしかしたらこれはボケにボケをサンドしてかまを掛けてきたのかもしれない。藤宮光莉、侮れない奴《やつ》……。

閑話休題。

俺は酒で緩んだ頭のネジを締め直しケーキを頂くことにした。藤宮はいちごが大好きとのことでショートケーキを選んだので、俺は自然とショコラケーキとなる。

一口頬張ると口の中で生地が溶けた。くどすぎない甘さ、ほんのり混じるビターの苦味、しっとりとした舌ざわり。誇張抜きに今まで食べたケーキで一番な気がした。

「うまあ……」

「おいし……」

思わずそんな感想が漏れる。見ると藤宮も幸せそうに頰を緩めていた。ケーキの上に載っかっていたいちごは既になく、どうやら藤宮は好物を真っ先に食べる側の人間らしい。

「何ですか、もの欲しそうにこっちを見て。まあ交換っていうなら一口あげてもいいですけど。ていうか交換しましょう。私もショコラ食べたいです」

「あ、はい、どうぞ」

お皿を取り換え、揃《そろ》ってケーキを堪能する。ショートケーキはひたすらに甘い味がした。

気が付けば、時刻は既に午後十時近くになっていた。大分いい時間だ。そろそろお開きにするには丁度良かろう。俺はだらーっとしてスマホを弄《いじ》っている藤宮に声をかける。

「お前そろそろ帰れば？」

「え？　マジですか？」

だが、逆に藤宮は驚いたような顔でこちらを見つめてきた。

「私、てっきりこのまま泊まる流れかと思ってたんですけど」

その瞳から意図は読み取れない。ただ、恐らくは彼我の間に価値観と認識の齟齬《そご》が存在する。だからそれを正しておく必要があった。

「いや、俺としては帰ってもらう流れだったけど」

「えー、帰るの面倒くさいです……。泊まってっちゃダメですか？」

「ノー。昨日はお前が死ぬかもしれなかったから仕方なくだ」

藤宮は不満げに口を尖《とが》らせていたが、俺の態度から悟ったのか軽く息を吐いた。

「うう、めんどくさいなあ。ここから帰るの渋いんですよね……」

それから彼女の表情に、今まで見たことのない陰が過《よ》ぎる。

「──あとぶっちゃけ、うちって寒いんですよね。だから、あんまり帰りたくないんです」

およそ感情と呼べるものがすっかり抜け落ちた、ひどく硬質で平坦《へいたん》な声音。だからはじめ、その言葉が目の前の少女から発せられたものなのだと認識するのに時間を要した。それは、俺が知る限りの彼女とはおよそかけ離れた発言だったからだ。

だが、藤宮と視線が交錯した瞬間、一瞬で戸惑いは氷解する。

「──」

──同じだ、と思った。

一筋の光彩もない闇色の、虚無と欠落を抱えた瞳。それはまるで鏡に映った自分を見ているようで、だから、どうしようもなく分かってしまう。彼女の言う「寒さ」が、決して物理的な温度のことを話している訳ではないのだと。

「……分かる。俺の家もくそ寒いし、マジで寒いの無理だよな」

それで知らず、俺の口からは共感の言葉がまろび出ていた。

俺が抱いたのは、あまりに手前勝手な願望で、どこまでも自己本位な仲間意識だ。

もしかしてこいつなら俺を――なんて、この期に及んでまだそんなことを期待していることが、我ながら愚かしくて仕方がない。

「分かるって……」

だが、藤宮もまた、俺が彼女に覚えたものと同様の感覚を抱いたのかもしれなかった。

その証拠に、俺の瞳の奥を探るようにじっと見つめていた藤宮が、ややあってふと小さく笑みを零《こぼ》す。それはどこか、いつよりも淑《しと》やかで親しげな微笑《ほほえ》みだった。

「……なんか、意外です。寺田《てらだ》さんってそういうの気にしない人だと思ってました。ほら、寒いの慣れてそうじゃないですか」

「うるせえ、嫌みか。慣れてても寒いもんは寒いんだよ」

その微笑みから目を逸《そ》らすようにして俺がぼやくと、藤宮は目をパチクリした後、小さく嚙《か》み締めるように頷く。

「あー、それはそうかもですね。……分かります」

そのまま軽やかにこちらに近づいて来ると、藤宮は俺を見上げて小首を傾《かし》げた。

「けど、ってことは私たち、結構仲良くできるんじゃないですか?」

「――」

悪戯《いたずら》っぽく、それでいて艶《なま》めいた、小悪魔じみた仕草。

しかし、その僅かに濡《ぬ》れて揺れる瞳からは、いくらか本気の色合いも含まれているように感じた。無論、そんなものは俺の自惚《うぬぼ》れと思い込みに過ぎないのだろうけれど。

けれど、それでも俺は——俺たちはこの瞬間、確かに同じ感覚を共有していた。

そういう風に、錯覚した。

「……まあ、だからって泊まらせはしないけどな」

「え、マジですか。うわー、寺田さんドケチすぎるな……」

「いや、二日連続で泊まろうとする方がどう考えても図々《ずうずう》しいだろ……」

呟《つぶや》きながら連れ立って玄関に向かい、家を出て行こうとする小さな背中を見つめる。

どういう風に生きてきて、その背中に何を背負っているのかも知れない少女。

ただ、その内に抱えた欠落の、底知れぬ寒さだけは、きっと誰よりも知っている。

だからだろうか。

「——じゃ、またな、藤宮」

図らずも、俺がそんなことを口にしてしまったのは。

「——、はい。また、ですね」

俺に背を向けたまま返事をして、ぱたんと玄関のドアを開けて出ていく藤宮。

「それじゃあお休みです、寺田さん」

けれど、別れ際、振り返った彼女はにっこりと可愛《かわい》い笑みを浮かべていた。

第3話　知らない表情、知らない気持ち

目の前で春佳が笑っている。

見慣れた紺のブレザーに、青のチェックのプリーツスカート。肩にかかるセミロングの黒髪が揺れ、透き通った瞳が俺を見つめていた。

だから分かる。これは夢だ。いまだ薄れることもない、どこまでも鮮明で残酷な夢。

きっと夢を見るのは、後悔しているからなのだろう。もっと上手《うま》くやれたのではないかと、もっと違う終わりがあったのではないかと、今でもずっと考えている。

でも別にやり直したい訳じゃなかった。

何度やり直したところで、結局は同じ結末になるのは分かり切っているから。

故に未練はない。あるのは無意味な後悔だけで、いつまでもその後悔を抱えたまま、俺は何処《どこ》へ行くことも能《あた》わない。

春佳《はるか》が遠ざかっていく。

届かないのは知っているから、手を伸ばしたりはしない。

すると春佳が振り返った。

『そうだよね。追いかけてこないよね。だって悠《ゆう》は別にわたしを「好き」でもないもんね』

寂しげで泣きそうな顔は、俺が最後に見た彼女の表情。
違うと言いたくて言えなかった。喉が干上がって、言葉が詰まる。
前と同じ、あの時と同じ。なあ、誰か。誰でもいい、教えてくれ。
「好き」ってなんだ。どんな感情なんだ。俺の「それ」は違ったのか。
なら、俺のこの感情にはどんな名前を付ければよかった？
分からない、分からない、分からない。
俺も、春佳も、分からない。
けど、分からないから分かりたかった。分からないけど、分かって欲しかった。
今思えば、それはひどい傲慢だ。
分かっているはずだと、言葉にすらしなかった俺の傲慢。
身勝手で独りよがりな、叶《かな》うはずのない願い事。
『ばいばい、元気でね、悠。――わたし、あなたのことが本当に大好きでした』
待って、置いて行かないでくれ。独りにしないでくれ。
独りは、怖い。
独りは、寒い――。

「――」

目が覚めた。午前十一時。二限にすら間に合わない時間だ。高校時代に囚《とら》われたままの俺の時間は動きを止めているくせに、時計の針は容赦なく時を刻む。

「……死にてえ」

呻《うめ》くように呟いた言葉は、結局、ただの独り言だ。

× × ×

寒々しい街中を背を丸めて歩く。遅刻するくらいなら欠席も変わらんと開き直り、今日の二限は自主休講としていた。良いんだよ別に。欠席の一回や二回や三回くらい、特に影響はない。四回目くらいからは影響があるので、その管理は気を付けないといけないが。

という訳で、少し早めの昼食だ。うちの大学周辺には有難いことに非常に多くの飲食店が存在している。揚げ物から定食、ラーメン、中華、イタリアン、何でもござれだ。更にその多くの店が学生に優しい値段設定であることもあって、それらのお店は『ハセメシ』として、長谷田大学の学生たちに親しまれているのである。

そんな『ハセメシ』店の発掘――それが、俺の趣味だ。

はいそこ。ググればよくねとか言わない。自分で足を運んで、注文し、料理を口にするからこその発掘だろうが。そして困ったことに、いや別に困らないんだけど、この発掘がほんとにマジで楽しいんだわ。特に美味《おい》しい隠れ家的な店を見つけた時の感慨は異常。

「俺だけが知ってる」的な優越感が最高なんだよな……。

ささてどこへ行こうかなと考えていると、徐々に沈んでいた気分も上昇してくる。

「あれ、悠さんじゃないですか」

脳内で飲食店マップを展開していると、ふとそんな声が後ろから聞こえた。

「おお藤宮《ふじみや》、お疲れ」

言わずもがな、振り返った先に居るのは藤宮光莉《ひかり》だ。なにせ俺の名前を呼ぶ奴《やつ》なんか、基本的に教授が出席を取る時と、こいつと、あと一人くらいしか思い当たる節がない。

「お前、二限は？」

「今日は午後からなんです。悠さんもですか？」

「俺は自主休講」

「うわ、クズ大生……」

呆《あき》れたようにため息をつく藤宮とは、先日雪の中で遭難しているこいつを救助して以来、何かと関係が続いていた。我が家の住所が割れているせいか、ふらっと藤宮が家にやってくることもままある。

すると、藤宮が気を取り直したように笑みを浮かべた。

「今からお昼ですよね？　一緒に行きましょうよ」

「いいぞ。どこ行く？　學研《がっけん》？　図月《ずつき》？　それとも麺婆《めんばあ》？」

「なんで全部油そばなんですか……。まあいいですけど。じゃあ麺婆で」

「おっけ。ならばよし行こうすぐ行こう今すぐ行こう」

藤宮の返事に頷《うなず》きを返し、俺と藤宮はてくてくお店に向かう。

今日のお昼は、ハセ大生のソウルフード、油そばだ。

——油そばを喰《く》らわずんば、ハセ大生に非《あら》ず。

それは伝統と格式ある我が大学に刻まれた至高の名言であり、ハセ大に入学した者は、皆一様に油そば狂信者になる宿命を課せられているといっても過言ではない。

ちなみに先に俺が挙げた三店は、ハセ大周辺にある有名な油そば店だ。大抵の場合、各学生はこれらの店のどれかを推していて、三派閥の過激派は血で血を洗う——じゃなくて油で油を洗う抗争を日夜繰り広げているのだが、それはまた別の話。

「いらっしゃいませ——」

そんな訳で俺たちは麺婆に入店し、券売機でいつものメニューを購入する。

油そば五百八十円。チャ丼二百円。合わせて七百八十円。このお値段で男子大学生が満腹になる程のボリュームがあるのだから有難い。

ワクワクウキウキしながらテーブル席に座り、レモンの風味が香る水をコップに注いでいると、藤宮が半眼で俺を眺めていた。

「なに、どしたの？」

「いえ。なーんかテンション高くないですか？　私と会った時より油そばの話題になった時の方が数段生き生きしてる気がするんですけど。私と油そば、どっちが大事なんです？」

「油そば」

「ノータイムのアンサー……。まあ、そう言うだろうとは思ってましたが。悠さんは人嫌いそうですすもんねー」

「いや別に嫌いな訳じゃない、……はずだぞ？」

さらりと言われたので、返答が曖昧になってしまった。

あながち間違いではない気もするが、嫌いというのはいまいちしっくりこない。

なんと言うべきかと答えを探していると、また新たなお客さんが入店してくる。
四、五人の華やかな大学生らしい集団だ。するとその中の長身の男がこちらを向いた。
「光莉ちゃん、お疲れ。こんなところで奇遇だね」

「あ、和田《わだ》さん、お疲れ様ですー！」

藤宮がニコッと笑って挨拶を返したのを見るに、どうやら知り合いらしい。

丁寧にセットされた長めの髪、柔らかい雰囲気、人のよさそうな笑顔。

和田さんという男、なかなかのイケメンだ。絶対スペック高いだろこいつ。

俺がほへーと観察していると、すかさず藤宮が紹介を始める。

「こちらの爽やかな方が和田さんです。私のサークルの先輩で、めっちゃテニス上手いんです。それで、このやる気なさそうなのが悠さんです。ヤバくて変な人です」

「俺の紹介だけ適当すぎるだろ……」

ぼやいていると、穏やかに微笑《ほほえ》んでいる和田さんと目が合ったので軽く会釈しておく。

「どうも。紹介にあずかった文学部二年の寺田《てらだ》です」

「初めまして、政経三年の和田孝輔《こうすけ》です。『アドバンテージ』っていうテニスサークルの代表をやらせてもらってます。よろしくね」

「あ、どうも」

丁寧な自己紹介と共に右手を差し出され、俺は二度目の会釈をしつつ和田さんと握手を交わした。なるほど、この爽やかイケメン陽キャ感、いかにもテニサーに居そうな感じだ。

ついでにちらりと和田さんの後方を見やると、連れの女性陣がこちらの様子を気にしているのが分かる。案の定というべきか、相当に異性にも人気があるらしい。

「ところで光莉ちゃん。寺田君とはどういう感じの知り合いなの？」

それから、穏やかな笑みを湛《たた》えたまま和田さんが藤宮に会話の水を向けた。

まあ、そりゃ気になるわな。そもそもが俺と藤宮は明らかに接点がなさそうな感じなのにもかかわらず、あの適当な紹介だ。その上、紹介された当人も苗字《みょうじ》と学部しか名乗らないのだから、疑問を抱くのはある種当然と言えた。

いや、俺がちゃんと自己紹介しろよって話ではあるんだけど。

するると藤宮が頬を人差指でぷにっと押しながら、

「うーん、なんていったらいいんでしょ……。なんというかこう、成り行き上で仕方なく?」

「あはは、何それ。でも結構仲良さそうだね、二人って」

「え、そう見えます?」

和田さんの言葉に藤宮が眉根をハの字にした。

なんでちょっと嫌そうなんですかねこの子……。

するとそんな藤宮の様子に和田さんは目を丸くし、ややあってふっと淡く微笑んだ。

「見えるよ。だってあの光莉ちゃんが辛辣なんだもん。正直、ちょっとびっくりした」

「あー、あはは、それはその、なんていうか……」

何やら誤魔化すように曖昧な返答をする藤宮。

ていうか、なに言ってんだこいつら。ちょっと辛辣なくらいで驚かれるとか、こいつサークルでどんだけ猫被《かぶ》ってんの?

だが、それからニコニコと愛想よく笑って和田さんと話す藤宮を見ていると、その考えすらも俺の思い上がりに過ぎないのかもしれないと思う。

だって、そもそも俺は藤宮のことを碌《ろく》に知らないのだ。であれば、今の彼女と俺と居る時の彼女の、一体どちらが「猫」なのかなど分かる訳もない。

するとその時、ふと会話の水が俺の方に向けられる。

「――それで、寺田君はどんなサークル入ってるの？」

「……や、俺はどこも入ってないですね」

そのせいで話の脈絡が分からず、応答がワンテンポ遅れてしまう。

大体、なんで俺に会話振ってくるんだよこいつ。共通の知り合いを挟んでの初対面の人との会話とかどう足掻《あが》いても気まずくなるんだから、黙ってる方が良いに決まってるだろ。

しかし流石《さすが》はテニサーの代表を務める男と言うべきか、和田さんのコミュ力は伊達《だて》ではなかった。

「え、それならうち来なよ！　全然テニス未経験でもいけるし、きっと楽しいと思う！」

こいつ、正気か？

俺がまさかの提案に戦慄していると、横で藤宮が今にも吹き出しそうになるのを堪《こら》えていた。なんなら「ゆ、悠《ゆう》さんが、テニサー」とか呟《つぶや》いてひそかに爆笑している。

お前、なめとんのか。まあ実際テニサーなんかに入った日には、俺だけ浮きすぎてどこかに飛んでいっちゃうと思うが。俺、風船なの？

とはいえ、流石に藤宮のサークルの先輩の誘いを無下に断るのも外聞が悪い。

和田さんの誘いが本心なのか社交辞令なのかは知らないが、ここはとりあえずやんわりと入る気がないことを示しておくべきだろう。

そう考えると俺はなけなしの気合いをいれて、上っ面会話デッキをオープンにした。

「お誘いありがとうございます。いや、実は俺も中高とテニスやってたので興味はあるんですけど、去年は例の感染症でサークル活動制限されてたじゃないですか。それでどうにもタイミング失ってまして……」

まず初手で発動させたのは、カード〝全部感染症のせいだ〟である。

これは大抵の出来事に対していい感じの言い訳と責任転嫁を可能にし、加えて若干の同情も誘え、更に会話の話題を別に逸《そ》らすこともできるという、俺が現在保持している手札の中でも最強の一角だった。

「そうだよね。今の二年生はほんとタイミング悪かったよね……。でも全然今からでも馴《な》染《じ》めるから！　ていうか経験者ならむしろもっと歓迎だよ！」

しかし、あえなく撃沈。どうやら爽やかイケメンたる彼には効果はないようだ……。

なので俺は続いて第二の最強カード、〝行けたら行く〟を発動させる。

「マジですか！　それ聞くとちょっとやる気出ますね。じゃあ機会があれば是非！」

なおこれは派生カードとして〝今度飲みに行こうぜ！〟や〝色々落ち着いたらまた！〟みたいなものがあり、前向きな意志を示しつつも暗に行く気がないことを伝える効果があるのである。なにそれ、にほんごってむずかしい。

そんな感じで会話（なのか？）をしていると、和田さんのグループの女子がやってきて彼の肩をとんと叩《たた》いた。

「孝輔君、そろそろ注文したいんだけどいいかな？」

「ごめん。待たせちゃった？　それじゃ光莉《ひかり》ちゃんは後でね。寺田君も今度誘うから！」

和田さんは去り際まで爽やかな微笑みを残し、連れが座るテーブルに戻っていく。

だが、彼を呼びに来た女子はその場に留《とど》まり、ひどく冷たい視線を藤宮《ふじみや》に投げた。

「……ねえ、孝輔君にちょっかい出すのやめてくれない？」

「はあ……。や、私は別にそんなつもりは全然ないんですけど……」

「ははっ、なにそれ、本気で言ってるの？　男子に媚《こ》び売りまくってるくせに」

一睨《ひとにら》みして女子は元居た席に戻っていき、後には憂鬱そうなため息をついた藤宮と俺だけが残される。

何です？　この気まずい空気。

せっかくの油そばが不味《まず》くなるから止《や》めて欲しいんですけど……。

「……なんつーか、めっちゃ警戒されてたな。もしかしてお前、傾国の美女なの？」

「あはは、何ですかそれ。違いますよ」

俺が適当なことを口にすると、藤宮が呆《あき》れたように相好《そうごう》を崩す。

それから彼女は和田さんの居るテーブルの方をちらっと見やって、再度ため息をついた。

「まあ見ての通り、和田さんって女の子からの人気が凄《すご》いので、サークル内でも色々ある訳です。それにほら、私って可愛《かわい》いですし？　ほんとに罪な女ですよね～……」

「はいはいそうだな、可愛い可愛い」

「……ちょっと。流石に反応が適当すぎませんか？」

むっとした表情で睨んで来る藤宮に肩を竦《すく》めて応じつつも、俺は先の一幕に奇妙な納得感すら覚えていた。なるほど、確かにこれは面倒くさい。この状態のサークルで上手《うま》くやっていくのは、さぞ大変な苦労があることだろう。

「とりあえず、……あの、ほら、あれだ。……うん。なんか頑張れ」

「めっちゃ他人事《ひとごと》感がヤバいですね！　どうもありがとうございます！」

俺の励ましとも言えない励ましにやけくそ気味にお礼を言う藤宮。ついで彼女はふんと腕を組むと、俺をじろりと見やってくる。

「ていうか、ヤバいで言ったら先の悠さんもガチでヤバかったですけどね」

「は？　なにが？」

「惚《とぼ》けないで下さい。さっきの和田さんとの会話ですよ。興味はあるだの、行けたら行くだの、よくもまあそんなぺらぺらと心にもないことが言えますよね……。もしかして悠さん、人の心とかないんですか？」

「すっげえ言われ様だな……」

もはやサイコパスか狂人みたいな扱いである。

「いや、外面で社交辞令言っただけだろ。誰でも皆やってるやつ。大体、初対面なんだから失礼な態度が取れる訳ないじゃん。バカなのか？」

「私！　この前！　悠さんに思いっきり失礼な態度を取られたんですけど！」

「あー、あれはな……」

憤慨する藤宮に俺は遠い目になった。

いや、あれは違うだろ。そもそもあの時は藤宮がヤバい奴《やつ》感満載だったから、上手くやり過ごす気すらなかったし、しかも深夜二時だったし……。

「あれはな……、ってなんですか。私には失礼な態度でもいいと思った訳ですか。もしかして舐《な》められてます？」

「違うって」

ただ、諸々《もろもろ》を上手く説明するのが面倒で、俺は投げやりに口を開いた。

「いいんだよ。たまには外面使っとかないと錆《さ》びちゃうだろ」

「そのアホみたいに分厚い外面が錆びる訳ないでしょ……。でも、それ使えるならもっと人と関わればいいのに。全然上手くやれそうですけどね」

藤宮が不思議そうに首を傾《かし》げる。

その言葉にはおっしゃる通りと頷《うなず》かざるを得ない。だって、誰もが皆やってることだ。

でも、俺は。

「やだよそんなの。面倒だし疲れるだろ」

「まあ、そういう時もありますけど……」

端的な返事に藤宮は渋面し、それからふふっと柔らかく笑った。

「ほら、やっぱり人嫌いじゃないですか」

「──かもな」

「ですね。面倒くさい人だなあ、悠さん。めっちゃ生き辛《づら》そう」

返す言葉もない。

上っ面の関係、薄っぺらの関係。それを俺が忌避しているのは事実だった。

そういうものに俺は価値や意味を見出《みいだ》していない。そんな関係を維持するくらいなら、一人の方がずっと楽でずっと良いと、そう思っている。

けれどそのくせして俺は独りを恐れている。ひどい矛盾だ。呆れるほどに馬鹿馬鹿しい。

大体、初めから取り繕わない関係などあるはずがないだろう。

スタートは外面から、少しずつ分かりあって近づいてゆく。

それが人間関係の正しい在り方で、それを忌避する人間などまさしく人間失格だ。

分かっている、そんなこと。

でも、それでも。そうやって取り繕われるのは、隠されるのは、覆われるのは、見えないのは、分からないのは、――やっぱり、酷《ひど》く怖いことだ。

ちらりと目の前の藤宮を見やる。こいつも正直よく分からない。

「ん、何です？」

「何でもねえよ……」

だが。

――寒い。

その一言で、理解した気になった。

その一言だけで、全部分かるんじゃないかって思ってしまった。

間違いだと、おかしいと、有り得ないと分かっていて、それでも僅かに期待している。

だから俺は、人が嫌いな訳じゃなくて。

俺は、そんな俺自身が何より嫌いなだけなのだろう。

×　×　×

「おい寺田《てらだ》どうした。お前に何があったんだ。遂《つい》に余命宣告でも受けたのか？」

それから数日後、大講堂で金曜五限の講義が終わった頃。

俺がルーズリーフの整理をしていると、そんな声と共にこつんと頭を軽く小突かれる。

「痛えし、いきなり物騒だな……」

　ぼやきながら振り向くと、立っているのはひょろ長い体軀《たいく》に茶髪マッシュの男。典型的男子大学生を地でいくそいつは誠に遺憾ながら俺の友人、つか中学くらいからの腐れ縁の杉山泰示《すぎやまたいし》だった。

「大体余命宣告ってなんだよ。そんなに死相出てんの？　俺」

「それはそうじゃね？　寺田って基本的に顔が死んでるし。いや、そうじゃなくてだな」

　杉山はどかっと俺の隣の席に腰を下ろし、労《いた》わるような視線を向けてくる。

「なあ寺田、お前最近、英会話教室に誘われたり壺《つぼ》を買わされそうになってないか？　あるいは上手い金儲《かねもう》けの話とか聞かされてない？　もしくは貴様、寺田悠の偽者か？」

「はいはい偽者です。そんじゃ俺、帰るわ」

　だが秒でこいつの話を聞く価値がないと分かったので、俺は颯爽《さっそう》と席を立とうとする。

　しかし流石《さすが》は杉山。俺の行動を予測していたのだろう、奴はあろうことか俺のリュックを胸に掻《か》き抱《いだ》き、しっかりとホールドしていた。

「ふははは、これでお前も帰るに帰れまい。大人しくオレの暇つぶしに付き合え」

「死にさらせこの野郎」

「あいたたた！　いたい、痛いっつーの！」

　そのドヤ顔が苛《いら》ついたので、とりあえず靴で杉山の足を踏み躙《にじ》る。折れろ、小指。

俺は全霊で念と力を込めるも、残念ながらするりと距離を取られてしまった。

「ちっ」

「舌打ちすんな！　ていうかやめて？　普通にオレの指が折れちゃうから。オレだけに」

「ドヤ顔うぜえ……。つか折りにいってんだよ、それくらい分かれよ」

「うーん、分かりたくねえなあ……」

怨念を込めて言うと、口をへの字にして肩を落とす杉山。

ところが次の瞬間には、その表情はころっと悪戯《いたずら》っぽい顔つきに変貌する。

「ま、それはいいとして、オレは割とガチ目に心配してるんだぜ？　初恋拗らせ野郎《オレの親友》が変な女に引っかかっているのではないかと」

「待てコラ。今すっげえムカつく呼ばれ方をされた気がしたんだが俺の気のせいか？」

「気のせい気のせい」

杉山は言ってしれっと頷く。

俺は目の前の野郎に軽く殺意を抱きつつも、それでこいつが言いたいことを大体察した。

大方どこかで俺と藤宮が一緒に居るところを見たのだろう。

最悪だ、めんどくせえ。

俺が万感の思いを込めてため息をつくと、そんな俺を見て杉山は楽しげに笑った。

「はっはっは、マジで心の底から嫌そうな顔してるのウケるな」

「ウケねえから、早く俺にリュックを返せ。そして帰らせろ」

「いーや、そうはいかない。久々に面白そうなネタ——もとい友人の悩みの種を聞けるんだ。逃す訳がないだろ」

「くそ、シンプルに殺したい……」

だがこうなると、こいつから逃れる術《すべ》はない。俺は無駄な抵抗を諦め、ついでに自分の不幸を呪った。すると杉山が、ではと姿勢を正しコホンと咳払《せきばら》いをする。

「ちょっと、あの女は誰なのよ、悠《ゆう》！　昔あたしに言った言葉は嘘《うそ》だっていうの!?」

そのまま、またぞろ何か奇妙な寸劇が始まったが、そこに疑問を抱いてはいけない。杉山泰示とはこういう奴なのだ。

「嘘も何も、ただの知り合いだっつーの。そもそもお前に何を言ったんだよ、俺」

げんなりしつつ問うと、杉山はキョトンと首を傾げる。

「え？　覚えてない？　あー、そういやあん時のお前めっちゃ酒飲んでたからなあ。記憶ないのも仕方ないか。ならば不肖杉山、お前の為《ため》にここで再現してしんぜよう」

「……あ、待て、もういいやめろやめて下さいマジで、嫌な予感しかしねえ——」

その杉山の悪戯な表情に悪寒を覚えて制止するも、時は既に遅し。

俺の中で蓋をしていた地獄の記憶の釜が開いた。

「『もう俺、恋なんかしねえ……。一生独りで生きてく……。杉山、四十になって独身だったら一緒に住もうぜ……』」

「うわあああああああああああ殺せえええええええええええええ！！！　くそ俺を殺してくれ今すぐ殺せいっそ死ね死んでくれ！！！」

「うーむ、改めてあれは熱烈なプロポーズだったぜ……。図らずもキュンと来たしな。何がいいかって、独りで生きてくとか言っておきながらオレだけは特別みたいな感じが胸キュンポイントでしたよね」

「あああああああああああああ！！！？？？？」

頭をガンガン机に打ち付けて記憶を抹消しようと試みるも、一度蘇《よみがえ》った記憶はどうしようもなかった。何これ死にてえ。え、普通に死にたいんだが。は？　殺せ？

フラッシュバックに苦しみ抜いている俺の横で、杉山はゲラゲラと爆笑している。

くっそ殺してえ……。こいつを殺して俺も死にてえ……。

ひとしきり絶望し、千回くらい脳内で自分と杉山を殺した後、俺は呻《うめ》いて立ち上がった。

「……杉山、行くぞ」

「お？　どこに？」

「どこにって、そんなの決まってんだろ」

このクソみたいな精神状態で行く場所の選択肢など、世界に一つ以外有り得ない。

「飲みに行くんだよ！　もう一回記憶をとばす為にな!!」

「いぇい、さっすが寺田！　クズ大生！　初手で現実逃避にいきやがったぜ！！！」

酒。

酒というのは、人類がこの世に生み落としたあらゆる全ての事物の中で、最も人類史に貢献したものであるといっても過言ではない。いや過言かもしれない。多分過言。

だがいずれにしても、酒が偉大であるというその事実は決して揺るぎはしない。

何しろ酒は現実を忘れることができるからだ。

「だからあ、俺はたったひとつがほしいだけなんだって言ってるだろが！」

「分かった分かった！　お前酔うとその話しかしないよな！　このクソロマンチスト！」

「うるせえ、ロマンチストで何が悪いんだよ！」

「悪いに決まってんだろ！　てめえのそれは白馬の王子様を本気で待っている女の子と同レベルだかんな！」

現実——それはこの世に生を受けた我々の前に厳然としてそびえ、決して目を逸《そ》らすことを許さないものだ。そのくせ大抵の場合、現実というのは上手《うま》くいかないのである。

全然思い通りにならないし、傷つくし、悩むし、理不尽だし、意味分かんないし、辛《つら》いし、時々楽しくて生きてて悪くないって思う時もあるけど、やっぱり基本的にクソだし。

あと就職したくねえし、寒いし、やっぱクソだし、加えて就職したくねえ。マジで。

「大体さあ、お前もあん時はそれを知らなかったんだから、春佳《はるか》ちゃんと上手くいかなかったのも仕方ないだろ！　別にお前だけが悪かった訳じゃないんだって！」

「うるせえ泣かす気か！　それもう何回も聞いたし、今更引きずってねえよ!!」

「嘘つけこの野郎！　拗《こじ》らせまくってるじゃねえか！　お前はなあ、オレが居なかったら孤独死ルート直行だったからなあ!?」

「はいはい、わざわざ東京来てくれてありがとうございます、浪人合格おめでとう！」

だから酒は良い。それは一瞬でも、辛さを忘れさせてくれる。あるいは、目を逸らすことを許してくれる。もちろん、いつまでも逃げている訳にはいかないし、いつかは向かい合わなければならないのは分かっている。

でも別に、少しぐらい自分を甘やかしたって罰は当たらないはずだ。

「つか、さっきから聞いてるだろ！　誰なんだよあの子は！　春佳ちゃん以外の女子に興味あったのかよ！　それなら先に言え、合コン誘ってやったのに！　しかもあの子クソ可愛《かわい》いな、春佳ちゃんそっくりじゃねえか！」

「やめろ似てない絶対似てない！　ただの後輩だ！　そもそも俺はもう恋愛はしないんだよ、『普通』じゃねえんだから！」

「うわ、出た出たまたそれ！　それは誰が決めた『普通』ですかー!?　『皆』と同じなら『普通』でそれ以外は『異常』なんですか!?」


脈絡のない会話と、思考全部垂れ流しの酒の席。

酒とこいつの前だけでは、何一つ取り繕えない、何一つ隠せやしない。

それは本当に最悪でバカらしくて下らないけれど。

でも、何だかんだ悪くない。

混沌《こんとん》の街、高田馬場の片隅で、それからも俺と杉山は延々とひたすら酒を飲み続けた。

×　　×　　×

意識が浮上すると同時に感じたのは、とてつもない吐き気と頭痛だった。

気持ちが悪い。頭が鈍器で殴られているかのように鈍く痛むと同時、目の奥が抉《えぐ》られるようにズキズキと痛む。その上、胸にとどまるムカつくような吐き気はどうしようもし難く、かといって身体《からだ》を起こす気力もないほどに全身がだるかった。

言うまでもなく、典型的な二日酔いの症状だ。こうなる度に思うのだが、なんで翌日に死ぬって分かってんのにアホみたいに酒を飲むんだろうな。マジでちょっとは加減しろよ昨日の俺、ふざけんな殺すぞ。

「──、う、ぐ」

俺は懲りない俺自身を心の底から呪いつつ、うっすらと瞳を開ける。

すると、見慣れた我が家の天井──ではなく、見知らぬ天井が目に入った。

なので礼儀としてそう呟《つぶや》いた後、ズキズキ痛む頭に顔をしかめながら記憶を手繰《たぐ》る。

だが、呑《の》んでる途中から今に至るまでの過程を何一つ思い出せない。どうやら完全に記憶を吹っ飛ばしたらしかった。飲みすぎかよアホ。

「知らない天井だ……」

俺は自分自身にほとほと呆《あき》れつつ、ぐるりと周囲を見回してみる。

全体的に寒色のインテリアの、整理整頓された──あるいはあまり生活感のない部屋。

マンションの一室なのは確かだが、誰の家なのかはさっぱり分からない。そもそもなんで俺がこの部屋に居るのかも分からない。

なるほど、これが俗に言うお持ち帰りされたというやつか……。

俺が新鮮な気分で納得していると、玄関の方でガチャリとドアが開く音がした。家の主が帰宅したようだ。すわこの家の主は如何《いか》なる人間かと身構え、部屋に入って来た人物を前に俺は思わず首を傾《かし》げてしまう。

「……は？」

「あ、起きたんですね。おはようございます。と言っても、もう午後一時ですけど」

何を隠そう、酔い潰れた俺をお持ち帰りしたのはなんと藤宮光莉《ふじみやひかり》だったのである。

「いや、え、なんで？　なんで俺、藤宮の家に居んの？」

「は？　何言ってるんですか？　昨日悠さんが訳の分からない救援信号を送ってくるからじゃないですか。何事かと思いましたよ」

「……」

何それ、知らないんだけど。

俺が黙り込むと、藤宮の目つきがしらっとしたものになった。

「……もしかして悠さん、覚えてないんですか？」

「はは、まさか。そんな訳が」

「ですよね～。ド深夜にもかかわらずあんなクソ迷惑な絡みして来たんですから、今更記憶にございませんとか都合良すぎますもんね！」

適当に誤魔化すと、藤宮が両手を合わせてニッコリ笑った。しかしその瞳は一切笑っておらず、大分ご立腹でいらっしゃるようだ。

まずい、本当に何をしやがったんだ昨日の俺。

藤宮から必死に視線を逸らしつつ、どうにかこの場を切り抜けるべくおぼろげな記憶を辿《たど》っていると、藤宮が笑顔のままこてりと首を傾げて問いかけてきた。

「……で？　他に私に何か言うことはありませんか？（訳：さっさと謝れやコラ）」

「この度は本当にご迷惑をおかけしました！　誠に申し訳ありませんでした!!」

ゆえに俺は即座に謝罪態勢に移行。

無理。無理ですこれ。百対ゼロで俺に非があるというか、何をどう足掻《あが》いても俺が悪い。

最早《もはや》残されている選択肢は誠心誠意謝るのみだ。

「あと、大変心苦しいのですが、昨夜から少しだけ記憶が覚束《おぼつか》なくてですね、ええ」

「へー」

「ですので、よろしければどのようなご迷惑をおかけしたのか、教えて頂ければ……」

「ほー」

そのまま全力で身を低くして謝意を表明していると、藤宮がすっげえ投げやりな返事をしてくる。だから怖いんだって。

それから彼女はややあって、一層飛び切りの笑みを浮かべた。

「そうですね、話すと長くなるんですけど。実は昨晩、私がサークルの飲みに出てたら急にメッセが飛んできたんですよー。それで見てみたら『助けてくれ』とだけ書いてあって、その後位置情報が送られてきたら流石《さすが》に何事かと思うじゃないですかー?」

「はい、思います……」

「だから私はてっきり悠《ゆう》さんが危険なことに巻き込まれているのではないかと心配して、さっむい真冬の夜の中、わざわざ迎えに行ってあげた訳です。そしたら、なんとびっくり! 悠さんが酔い潰れて気持ち良さそうにぐーぐー寝ているじゃありませんか!」

「うわー、それはひどいですねー……」

「ひどいですよね~? でも放置してたら風邪引くじゃないですか。そのくせ全然起きないんですよ、この男。だからわざわざタクシーで拾ってあげて介抱までしてあげた訳なんですけど、どうですかなにか言い遺《のこ》すこと——間違えた、言っておきたいことあります?」

明るい声でニコニコしながら昨晩の顛末《てんまつ》を語る藤宮。

こっわ。なにこれ死ぬほど怖い。どうやら、人は怒りが頂点に達すると一周回って笑顔になるらしかった。という訳で俺は更なる謝罪態勢に移行。すなわち、ジャパンが誇る最強の謝罪方法、土下座である。

「すみません。この無礼は必ずお詫《わ》びいたしますので、どうか命だけは……」

「お詫びって具体的には何してくれるんでしょ。あ、じゃあ切腹でもしてくれます?」

「反省していますので命だけは! それ以外であれば何でもしますので!」

「何でも。何でも、ですか」

すると俺がその言葉を口にした瞬間、藤宮はふふんと笑った。

まずい、まさかこれが狙いか？　彼女の笑みに嫌な予感を覚えるも、時は既に遅し。

「なら仕方ないですね。悠さんが私の言うことを何でも聞くというのなら、私の寛大な心に免じて許してあげるとしましょう。感謝してください、ほら」

「……、ありがとうございます。あと無茶ぶりだけは勘弁を……」

「それはまあ、この後の悠さんの行動次第じゃないですか？」

「え？　今発動するんじゃないんですか、その罰ゲーム」

「違いますよ。せっかく何でも言うこと聞かせられるんですから、内容はちゃんとしっかり吟味しないとですしね！」

言って、心底楽しそうに悪戯《いたずら》っぽく笑う藤宮。

だが、完全に言質を取られてしまってはもはや俺にはどうしようもない。

何でもするとか、下手なことを言うんじゃなかった……。

俺は全力で昨日の自分を呪いつつ、二度と酒なんか飲むかと心に固く誓った。

×　　×　　×

それから胃に優しいうどんまでご馳走《ちそう》になり、ようやく二日酔いも醒《さ》めてきた昼下がり。

なんだかんだ長居してしまったが、流石にこれ以上迷惑をかける訳にもいくまい。

俺は藤宮に礼を言おうと、素直にぺこりと頭を下げた。

「ほんと昨日から世話になった。あと大変ご迷惑をおかけしました……。多分外で寝てたら凍死してたし、正直マジで助かった。ありがとな」

「あー、いえ、そんな改まらなくても……」

すると藤宮が目をパチクリさせた後、俯《うつむ》き加減に呟く。どうやら藤宮は皮肉めいたやりとりや軽口を叩《たた》くのは得意でも、素直に感謝を受け取るのは苦手らしい。

確かにこいつ、捻《ひね》くれてるとこあるからな……。

「つー訳で、そろそろお暇《いとま》しようと思うんだが」

「え？……あ、もう帰っちゃうんですか？」

「え、まあ。だって普通に邪魔だろ。酔い潰れてたやつがいつまでも家に居座ってたら」

少なくとも、俺なら目覚めた瞬間にさっさと家から叩き出す自信があった。なんなら、そもそも酔い潰れたやつなんぞは連れ帰らずにそこら辺の路上に放置しておくまである。

「特に邪魔ではないですけど。別に、悠さんですし」

ところが藤宮はふるふると首を振って否定した後、そんなことを付け加えた。

なので「それは俺レベルのぼっちだと存在感が薄すぎて居ても気が付かないから問題ないという意味か？」などと混ぜっ返そうと思ったものの、そういう感じの雰囲気でもない。

「あ、そう……」

結果として俺は相槌《あいづち》を返すことしかできず、浮かせかけた腰をゆっくりと床に下ろした。

帰宅能力には定評がある俺だが、流石にこの流れで「じゃあ俺帰るわ」とは言えない。

え？　どうすればいいの、これ。

完全に帰るべきタイミングを見失ってしどろもどろしていると、ややあって、藤宮が髪の毛先を弄《いじ》りながら躊躇《ためら》いがちに口を開く。

「……あー、あの。あと、昨晩、悠さんが寝言で言ってたことなんですけど……」

ちょっと待て。いや、本当にちょっと待ってほしい。

咄嗟《とっさ》にタイムアウトを要求しながら、俺は内心で頭を抱えた。

だってもうこれ、どう足掻いても碌《ろく》なこと言ってないじゃん……。

「ちなみに参考までに聞くが、俺なに言ってた……？」

恐る恐る問うと、藤宮が「えーと」と口をもにょもにょさせて逡巡《しゅんじゅん》を見せる。

それから彼女の中でどんな葛藤があったのかは分からないが、やがて藤宮はふっと自嘲するような笑みを浮かべた。

「……ごめんなさい、やっぱなんでもないです！　なので忘れてくれると助かります」

「いや、流石にそれは無理だろ。もしかして相当アレなこと言ったのか、俺……」

「違います。ただその、なんていうか、私が聞くことじゃないというか、そんな感じなので……」

聞かなかったことにして下さい、と藤宮がはにかむようにして言った。だからそれ以上は追及することも憚《はばか》られ、俺は引っかかりを感じながらも引き下がるしかない。

結果として、彼我の間にはしばしの沈黙が降りた。

うーん、なんか申し訳ねえな……。介抱までさせた上に、気まで使わせちゃったし……。

俺は会話の接ぎ穂を探すようにして、何とはなしに視界をぐるりと巡らしてみる。

恐らく十畳以上はあるであろう、1DKの綺麗《きれい》な一室。いっそ殺風景なほどに整理整頓されているせいか、およそ人が暮らしている温《ぬく》もりがこの部屋にはない。

彼女はここで、一人で暮らしているのだろうか。

それとも、他の誰かと共に住んでいるんだろうか。

そんなことを考えて、ふと、以前藤宮が零《こぼ》した言葉を思い出す。

『――あとぶっちゃけ、うちって寒いんですよね。だから、あんまり帰りたくないんです』

華やかな容姿と可愛《かわい》らしい振る舞いの下に隠された、藤宮光莉の深くに根付いたもの。

それをなぜあの時俺に吐露したのか、その理由を俺は知らない。もしかしたら酔って口が滑ったのかもしれないし、あるいは他の何かの理由が口を開かせた可能性だってある。

だがいずれにしても、それはあくまで推量に過ぎず、考えても分かる訳もないことだ。

だって、そもそもの話、俺は彼女のことを何も知らないのだから。

「……」

無論、表面的なことは知っている。ハセ大一年商学部で、テニサー所属で、可愛い振る舞いに長《た》けていて、わりと気が強くて、なんだかんだ真面目で世話焼きだとか。

けれど、俺が知っているのは所詮その程度で、それも結局、俺と居る時の「藤宮光莉」の姿しか知らない。否、それ以前に、例えば彼女がこれまでどんな風に育ってきたのか。何を見て何を感じ、何に触れて何を思うのか。なにが好きで、なにが嫌いか。

そんなことでさえ俺は何も知らないのだ。

ただ、一言で分かった気になって、全部理解した気になっていただけで。

藤宮の家に来て、それを俺は今更になって思い知っていた。

「……なあ藤宮。お前って、この部屋に一人で住んでるのか？」

だからだろうか。気が付けばそんな問いかけが口からまろび出てしまう。

「――えと、そう、ですけど……。急にどうしたんですか？」

すると藤宮が目をパチクリさせながら問うた。確かに唐突な質問だったかもしれない。

しかしその理由を素直に言う訳にもいかず、返事は自然誤魔化すようなものになった。

「……いや、広い部屋だなーと思って。十畳以上あるんじゃねえの？」

「あるかもですねー。……別に私が選んだ訳じゃないので、よく知らないですけど」

藤宮が軽く肩を竦《すく》めて、至極他人事《ひとごと》のように言う。

それで、まただと思った。また、あの時と同じ瞳をしている。普段の明るさとは乖離《かいり》した温度のない瞳は、諦念か虚無のようなものに満ちていて、なぜかひどく落ち着かない気分になるのだ。

「……自分で選んでない、というと」

「はい。……あのですね、この部屋って賃貸じゃなくて、実は持ち家なんですよ」

重ねて問うと、藤宮《ふじみや》は艶々した髪を手櫛《てぐし》で梳《す》くようにしながらぽつりと呟《つぶや》いた。

抑制された平坦《へいたん》な声。感情の見えない淡々とした口調。

だから今、彼女が何を思っているのかは分からない。

しかし、それから藤宮は乾いた笑いを浮かべると、ひどく投げやりに言い放った。

「——まあぶっちゃけ、学費含めて手切れ金みたいなものなんじゃないですかね、多分」

だから、その瞬間。その言葉をもって、俺はようやく藤宮光莉《ひかり》という少女と出会った気がした。彼女の奥底にあるもの。俺が勝手に共感していた、彼女が抱えたものの正体にちゃんと触れたような気がした。

ああ、そうか。なにを思い違いしていたんだろうな、俺は。

似たようなものを抱えていたって、同じだなんて有り得る訳がないのに。

でも、けれど。

同じでは有り得ないから知りたいと思うのかもしれないと、そんなことをふと思った。

「あ、いえ、全然深刻に捉えないでいいですからね!? あの人たちのこととか私としてもどうでもいいし、むしろ一部屋もらえてラッキーみたいな感じなので……！」

すると黙り込んでしまった俺を訝《いぶか》しんでか、慌てたように藤宮が付け加える。

だが、俺にですらそれは誤魔化しだと分かった。だって、本当にどうでもよかったらそんな表情はしないものだ。

ただ、誤魔化したというのなら、それは触れられたくないということなのだろう。

そんな風に結論付け、俺は空気を切り替えるために至極適当なことを口にする。

「……まあ確かに、都内のマンションとか資産価値やばそうだしな。ワンチャン家賃収入で暮らせるんじゃね？」

「それです、それ。最近ＦＩＲＥ流行《はや》ってますしね～。ていうか退職といえば、悠《ゆう》さんって今度三年生ですよね。やっぱり就活無理そうですか？」

「ちょっと待て。なんで聞き方が無理なの前提なんだよ」

「だって見るからに無理そうじゃないですか」

「それはそうだけど」

「認めちゃった……」

がくっと肩を落とし、クスクスと楽しげに笑う藤宮。
それから彼女は笑いを収めると、俺を真っすぐに見つめて、いつになく淡く微笑《ほほえ》んだ。
「……悠さん、ありがとうございます」
それが一体、何に対する感謝の言葉だったのかは分からない。
分からないから、それを受け取ることもしなかった。
ただ、その淡く儚《はかな》い微笑みは、寄る辺のない荒野にぽつんと咲いた一輪の花のようで。
どうしてか俺は、それをひどく綺麗だと思った。

「ねえ光莉。あまり手間をかけさせないで頂戴。私もあの人もお仕事で忙しいのよ」

——気が付いた時には、私の心は空っぽだった。

「親としての義務は果たす。だが、それ以上を私に期待するのはやめろ」

——本来満たされているはずの場所はすかすかで、受け取るはずだった愛情は薄っぺら。

「テストで満点を取った？　ええ、良い子ね。あなたは本当に手がかからない良い子だわ」

——だから、必要とされるにはどうすればいいかを考えて。

「人に頼るな。自分の頭で考えろ。そうやって一生誰かに寄りかかって生きていく気か？」

——どうすれば愛される存在になれるのか、その方法を探していた。

「藤宮さんって良い子ちゃんアピール必死すぎじゃね（笑）。ぶっちゃけうざい。絶対裏では性格悪いでしょ、ああいう子って」

——けれども結局、やること為《な》すこと裏目に出て、好かれようとして嫌われる始末。

「オレさ、マジで光莉のこと好きだから。絶対大切にするから」

——ならばせめてと空虚なまやかしに身を委ねてみても、満たされるには程遠かった。

「藤宮さん、また別れたらしいよ。ちょっと顔がいいからって調子乗り過ぎでしょ」

——でもよく考えたら、そもそも穴の開いた入れ物には、何を詰めても意味ない訳で。

「18歳の誕生日おめでとう。これであなたも、もう立派な大人の仲間入りね」
「大学卒業までの学費と生活費は出す。あとは知らん。好きに生きろ」

——それからやがて、空っぽのまま流されて、帰るべき場所すら見失ったまま。

ただ私は、己の空白を埋めるなにかを求めて、今もどこかを彷徨《さまよ》っている。

第２章　side 藤宮光莉

第1話　彷徨い続けた果ての今

およそキャンパスの喧騒《けんそう》から切り離された昼下がりの静謐《せいひつ》な図書館では、誰かの咳払《せきばら》いする音がやけに大きく響き渡る。それに気を取られて、課題を進めていた私の手がふと止まった。

それからついでとばかりに軽く伸びをすると、窓の外を風船がふわふわと飛んでいくのが目に入る。冬晴れの澄んだ青空に良く映える、可愛《かわい》いピンク色の風船だ。

けれど、学園祭の季節ならまだしもこんな時期に風船だなんて珍しい。もしかして、どこかの子供が間違って手放しちゃったのだろうか。そんなことを考えているうち、やがて風船は視界から見えなくなってしまった。

「――」

もちろん、わざわざその行く末を考えるようなことはしない。どうせどこかで割れてゴミになるか、萎《しぼ》んで地面に落ちたきり雑踏に踏み躙《にじ》られるだけだろうから。

だから私が考えたのは、風船を手放したきり二度と取り戻せなくなった子供のことだ。

その子は果たして泣くのだろうか。それとも、どうにか見つけようとするのだろうか。

いずれにしても、今頃風船を与えた親は、その子のご機嫌取りでてんやわんやなのは想像に難くなかった。まあ、親から風船をもらった経験なんて私にはないから、本当のところは知らないんだけど。

「……さて、と」

それから一人で自嘲するように笑って、私は授業の課題にもう一度取り組もうとする。

でも、何度読み返してみても目は文字の上を滑るばかりで、碌《ろく》に内容が頭に入って来ない。

つるつるつるつる、まるでスケートリンクに初めてきた素人ばりの滑り具合だ。

あ、でもスケート初心者は逆にまともに滑れないから、売れない芸人のステージ並みって言った方がいいかもしれない。あるいは、ウケ狙いで大騒ぎするバカ男子共くらいとでも言うべきだろうか。

ていうか、ほんと何なのあいつら。オレら面白くね？　みたいな感じでこっちの方をチラチラ見て来るのガチでやめて欲しい。普通につまんないし、シンプルにうるさいだけだから。

それはともかく、こんな調子では机に向かっていても時間の無駄というものだ。なので私は早々に課題を進めるのに見切りをつけ、思いっきり全部ぶん投げることにした。

別に提出期限にはまだ余裕あるしね！　多分提出締め切りが近くなったらその時の私が本気出して終わらせるでしょ、知らないけど。頑張れ、いつか未来の私！

それから善は急げとばかりに机に広げたパソコンやらノートやらプリントやらをぱぱっとバッグに突っ込むと、私はルンルン気分でキャンパス内のカフェテリアに向かう。

それから、そこでちょっと安くなってるモンブランを買って、コーヒーサーバーでカフェラテを淹《い》れれば、なんとびっくり、プチ優雅なティーブレイクの完成だ。

うん、いい……。こういう日常の中の小さな贅沢《ぜいたく》が代わり映えしない毎日に彩りを与えてくれるんだよね……。

などと限界社畜女子っぽい感慨を抱きつつ、甘いケーキに舌鼓を打つ。

すると、私は流れるようにスマホを取り出して、無意識の領域でインスタのアプリを立ち上げていた。

別に特に何か見たいものがある訳でもない。空き時間にインスタを確認するのは、骨の髄まで染み付いた習慣とある種の義務的な行為だった。

微妙に割れて罅《ひび》が入った画面をぽちぽち押して適当に「いいね」をばらまきつつ、私はぼーっと数多《あまた》の投稿を流し見する。

美味《おい》しそうなご飯に御洒落《おしゃれ》なカフェ、可愛い服にエモい風景、ばっちり盛られた自撮りと匂わせ。今日も今日とてインスタの光景はキラキラ眩《まぶ》しく華やいでいて、まさしくこの世の春はここにありって感じだ。

でも一方で、それらはどこか作り物めいた印象もあった。

まるで誰もが皆、大学生として求められている在るべき姿を演じているような。

与えられた役割のままにくるくると踊っている、中身のない操り人形のような。

「――ってそれ、あの人がめっちゃ言いそうなやつじゃん……」

瞬間、思考が最近知り合ったヤバい人に毒されつつあるのに気が付いて、私は思わず渋面してしまった。

これもう半分くらい洗脳じゃない？　嫌すぎるんだけど……。これから気を付けよ……。

ちなみに最近知り合ったヤバい人というのは、寺田《てらだ》悠《ゆう》という頭のおかしい先輩のことだ。

一言で言い表せないのは承知の上で、それでも寺田悠という人の特徴を端的に述べるとしたら、捻《ひね》くれ陰キャぼっちというのが適切だろう。

……いや、別に悪口を言ってる訳じゃなくて。

だってあの人、授業で一緒の班だった私の顔と名前を完全に忘れていたのだ。

なにそれ、人類に興味関心がなさすぎでしょ。あまりに有り得なさすぎてドン引きで、なんなら一周くらい回って感心するレベルだ。

更にその上、悠さんという新人類はこの現代社会に生きているにもかかわらず、言動におよそ一切の虚飾が見られない――つまり何にも取り繕わずに生きているのである。

正直、ヤバすぎて本当に同じ人間だとは思えなかった。

まあ多分、ガチで他人に興味がないから、好かれようとか気に入られようとか、ご機嫌を取ろうとか上手《うま》くやろうとか、そういう誰もがやるはずのことをしないんだろうけど。

それは果たして社会的存在として大丈夫なのかとか人間失格だろとかは置いといて、だからこそ、そんなあの人の在り方は私には随分新鮮だった。

何というか、色んなことがバカらしくなってくるというか、ああ、こんな風な生き方もあるんだなーって思えるから。

とはいえ、悠さんみたいなのは一人だけでもう十分で、むしろ一人でもお腹《なか》いっぱいなのでこれ以上は遠慮したいところではある。

「……あ、悠さんだ」

すると噂《うわさ》をすれば何とやら、私はカフェテリアに悠さんが入ってくるのを見つけた。

彼はその身に隠し切れない負のオーラを纏《まと》っている為《ため》、キラキラ大学生の中だと逆にものすごく目立つのだ。いうなれば超絶便利な位置情報発信機で、ちゃんと宣伝すれば一家に一台欲しがる人が殺到するのは間違いないだろう。

ごめん、嘘《うそ》。絶対しない。なんなら売れ残りすぎて在庫処分一掃セールになって、あまりに可哀想《かわいそう》だから私が一台だけ買ってあげちゃうまである。

「悠さん、お疲れ様でーす」

それから手をふりふり声をかけると、悠さんが私の存在に気が付いたのか、若干面倒くさそうにこちらの方に歩いてくる。は？　なんでちょっと面倒くさそうなの、この人？

「お疲れ。……ていうか藤宮《ふじみや》、ほんとにケーキ好きな。もしかして毎日食ってんのか？」

ついでに開口一番でそんな台詞《せりふ》を口にすることからも、この人のアレっぷりがご理解頂けることだろう。なんなのその問い、絶妙にムカつくんだけど……。

なので私はニコッと笑って、

「別に食べてないですが。ていうか悠さん、それは私が太ったと言いたい訳です？」

「いや、言ってねえ……。被害妄想えぐくない？　深読みしすぎだろ。ディープラーニングちゃんかよ」

「ごめんなさいちょっと何言ってるか分かんないです」

そのまま悠さんがいつも通りに適当なことをぼやいていたので、聞き流して私は大きなため息をついた。

ほんとマジでこの人、こういうとこなんだよなあ……。

基本的に悠さんは、顔立ちは意外と割と全然悪くないし、服装もシンプルながら清潔感があって、中身がそこそこ以上にまともであれば結構モテそうな雰囲気はしている。

けれど、死んだ魚のように淀《よど》んだ瞳や全身から溢《あふ》れ出る厭世観《えんせいかん》、あと趣味思想言動態度性格諸々《もろもろ》が色々台無しにしているという、なんというか大変残念な人なのだった。

てかなんで服装だけちゃんとしてるの？　もしかして誰かに選んで貰《もら》ってるとか？

だとするとなんかこう色々アレでちょっと微妙にムカつくんだけど、それはそれとして。

「なんか悠さんってあれですよね……。せっかく可愛い服を見つけたのに、サイズが合わなくて着られないみたいな感じ」

「ＯＫ。その喩《たと》えはよく分からんが、ディスられていることだけは理解した。シンプルに喧嘩《けんか》売っててんな？」

「いえいえ、めっちゃ褒めてますよ。そりゃもうベタ褒めですよ」

「どう足掻《あが》いても嘘なんだよな……」

私がこてりと首を傾《かし》げて言うと、悠さんは遠い目をして力なく肩を落とした。

恐らく内心では「こいつマジでいい性格してんな……」とか思っているはずだ。

とはいえ、いい性格をしているのは悠さんも同じなので実質ノーカウントだろう。

「で、何か用でもあったのか？」

すると悠さんが一度チラと腕時計に目を落としてから、私に問うた。

「あ、いえ。特に用はないんですけど。悠さんを見かけたので挨拶でもしようかなーと」

「理解した。なら俺、そろそろ行ってもいい？」

「はい、全然大丈夫です。すみません、急いでたりしました？」

用事があるのに呼び止めちゃったかなと思って問うと、悠さんは無言ですっと視線を逸《そ》らした。ちなみに最近分かったことだけど、この人がこんな態度の時は大抵何か後ろめたいことがある時である。

なので私が視線で問い詰めていると、悠さんがややあって言い訳めいたことを口にした。

「……いや、別にさっさと本の続きが読みたいとか決してそういう訳じゃないんだが」

はいはい、なるほど。私と話しているより本を読みたいという訳ですか、そうですか。

……は？　舐《な》めとんのか？　いや、舐めてるでしょ。この男、明らかに私を舐めている。

なので、どうにかしてこの男に色々と分からせてやろうと私は脳内で画策し、次いでまあでも悠さんだから無理だろうなあと無我の境地で諦めた。

なぜならこの男は寺田悠。大学生のくせにインスタをやっていないという希少種中の希少種である。この程度のことで動揺していては、常識の異なる存在と相互理解を深め合うことなど不可能なのだ。

「ああそうですか、じゃあもうさっさと行けばいいじゃないですか。ていうかこういう時は、次の講義がオンラインであるからとか言っておけばいいんですよ。なんで全部バカ正直に言うんですか、バカなんですかバカですよねバーカ」

「流石《さすが》にバカ連呼しすぎだろ……。大体、バカって言った方がバカなんだが？　小学生の時に先生から習わなかった？」

「決して習ってはいないですね」

「まあそれはそう」

ふむんと真面目くさった顔で頷《うなず》く悠さん。それから一しきり最近の小学生が連呼している「それってあなたの感想ですよね」という言葉の使い方の問題に切り込んで語った後、そんじゃまたなと悠さんは去っていった。

「ほんと、意味分かんない人だな……」

その背を一睨《ひとにら》みして、私は深々とため息をつく。

流石は私の二十年弱の人生におけるヤバい人ランキングにぶっちぎり一位で堂々君臨するだけはある人だ。意味分からないレベルが限界突破している。

そう。

彼が、これまで関わって来た人たちとは一線を画す新手の生物なのを差し引いても、私には寺田悠という人のことがよく分からない。

私に全く興味がなさそうなくせして、けれど殊更に拒絶はせずに。

他人とかどうでもよさそうなくせして、その割に話していて楽しそう。

なのに、適当な言動の中にどこかに一枚壁がある。

ならば、それは一体どういう感情なんだろう。

優しさなのか気まぐれなのか、それとも他の何かなのか。

「……わっかんないな、本当に」

そんな風にして、あの人のことを考えてしまう時間が最近になって増えてしまった。

だから、冷静に常識的に判断すればナシよりのナシに決まっているのになんでだろって考えて、でも、その理由なんて分かり切っている。

『……分かる。俺の家もくそ寒いし、マジで寒いの無理だよな』

ただ、あの日の彼が呟《つぶや》いた一言が、耳に残って離れてくれない。

だって、意味が分からない。だって、全く理解できない。

あんな言葉じゃ誰にも伝わる訳がないって思ってたのに。

あんな感覚、誰とも共有できる訳ないって思ってたのに。

「……」

だから、もしかしたらと期待して、そうだったらいいなと願っている。

恐らくは、私の中に根付いているどうしようもなく醜い打算で。

つまりは要するに何というか、私はもう少しあの人のことが知りたいらしい。

×　　×　　×

さて突然ですがここで問題。大学生の本分とは何でしょう？

——はい。ここで「学問」と答えたあなたは、残念ながら一般大学生失格。多分悠さんとは仲良くできるので、今度一緒に飲みにでも行ってあげて下さい。

という訳で、答えは遊びとバイトと飲み会です。

いや学生の本分が遊ぶこととか何その一行矛盾って感じだけど、私のサークルの先輩がお酒をガブガブ飲みながら、

『我々が勉学に励まずに遊び惚《ほう》けているのは、企業の要請によるものである！　採用においては学問に独り打ち込むよりも皆でバイトやサークルに精を出した方が『ガクチカ』として有利になるのが就活であるが故、我々は仕方なく遊びに励んでいるのだ‼』

と豪語していたので、多分そうなんだろう。うそ。絶対違う。

とはいえ、大学生が三度の飯より飲み会を好むのは揺るぎない事実であり、例に漏れず私の所属するサークルも飲み会を頻繁に開催していた。


「皆飲み物持った⁇　そんじゃとりあえず、乾杯ー！」

「「「乾杯ー！」」」

カフェテリアでの悠さんとのやりとりから数日後。

現在時刻、午後八時。ハセ大サークル御用達《ごようたし》である高田馬場の大人数用居酒屋では、テニス練の後のアフター飲み会が行われていた。

お調子者の先輩が音頭を取り、皆でジョッキをカチンとぶつけ合って乾杯する。

「くはー、練習後のビールマジでうめー！」

「それな！　マジでこの一杯の為に生きてるだろ！」

「何それ、大げさ～」

　それからすぐにお酒が回り、飲み会の席は一気に喧騒《けんそう》に満ちた。

　ちなみに、他の団体と比較してうちのサークルの飲みは結構激しい部類に入る。

　もちろんテニサー自体、飲みが激しい集団なんだけど、その中でもここは筋金入りだ。

　何しろ飲み会の会場にはしっかり（吐く用の）段ボールが用意されているレベルである。

　私としては正直、バカなの？　と思うけど、お店に迷惑をかけない配慮だと思うとむしろ理性的な気がしてくるから不思議だった。

　とはいえ、サークル代表である和田《わだ》さんが常識的かつ良識のある人格者なこともあって、お酒を飲みたくない人や飲めない人が無理やり飲まされることはない。なんなら、激しく飲む勢とまったり飲む勢で座席が分割されているコンプラの徹底っぷりだ。

「――の、ちょっといいとこ見てみたい！　それイッキ！　イッキ！　イッキ！」

　という訳で激しく飲んでいる先輩方のバカ騒ぎと盛大なコールを尻目に、まったり勢の席で私はピーチジュースをこくこくと飲む。

　すると、目の前の席に座る一個上の先輩――西川《にしかわ》さんがあれーと声をあげた。

「あれ、光莉《ひかり》ちゃんジュースなの？　あんまりお酒得意じゃなかったっけ？」

「いえ、そういう訳じゃないんですけどー」

　理性が緩んだ時にどんな発言するか怖すぎてサークルなんて気の使う場でお酒なんて飲

めたものじゃない——とは言えないので、ニコニコ愛想笑いで返答を濁す。

すると、斜向《はすむ》かいの和田さんが西川さんを冗談交じりに小突いた。

「こら、にっしー。こっちの席ではあんまり飲ませようとするなって言ってるだろ」

「ちょ、和田さん誤解っすよー。飲まないのかって聞いただけですってー」

「ほんと？　にっしーがこっちの席に居るのすら珍しいのに」

「いやほんとっす！　え、おれってそんなに信用ない!?　和田さんひどくね!?」

そのまま西川さんがおどけ、周辺の席は和やかな笑いに包まれた。

流石は和田さん、およそ気遣いと視野の広さには頭が下がる。私が謝意を込めて会釈すると、和田さんは別に気にしてないとでも言う風に穏やかに微笑《ほほえ》んだ。

なんというスマートさと爽やかさなんだろうか……。どこぞの文学部の人も少しは見習ってくれたらいいのに……。

「つか光莉ちゃん。おれ実はこの前フラれて傷心中なんだけどさ……。おれってなんでフラれたんだと思う？」

「えー、なんでですかね？　西川さんかっこいいのに（訳：女癖の悪さが見抜かれたからじゃないですか？　むしろ賢明な判断だと思いますけど）」

「うわ光莉ちゃんマジ天使……。いい子すぎるだろ……。え、おれと付き合っちゃう？」

「あはは、何ですかそれ、傷心どこいったんですか？（訳：普通に無理です。ていうかお前、私の顔と身体《からだ》しか興味ないだろ）」

そんな感じで、飲み会は表向き和やかな雰囲気で続いていく。けれど、ぶっちゃけ早く帰りたいというのが私の本音だった。男子諸先輩方の中でも西川という男は露骨に私狙いを隠そうとしていないので、対応が面倒極まりないのだ。一女に手を出しまくっているとの噂《うわさ》も聞くし、正直あまり関わりたくはない。

とはいえ流石に「もげろクソ男」とは言えないしな……。言ってやりたいけど……。

なので仕方なく表面上は愛想よくするしかないんだけど、そうしていると何故《なぜ》か好意的に捉えられて更に面倒な絡みになるという負のスパイラル。

いや、なんで分かんないかなあ……。明らか脈なし社交辞令ムーブをこれでもかと連発しているんだから、普通に考えたら無理だと分かるでしょ……。

そのまま私が遠い目になっていると、見かねたのか和田さんがフォローを入れてくれる。

「にっしー、多分フラれた原因そういうとこじゃない？　ていうか、モテたいなら俺を見習うのが一番早いと思うよ？」

「くっそ、なんにも言い返せねえ！　和田さん、それはズルすぎっしょ……！　ならまずその顔と身長おれにも分けて下さいよ！」

「ははは。あげないよ、俺の貴重な武器だし」

そのまま会話の主導権を握った和田さんが、それとなく話題を別の方向に誘導していく。

神なのか、この人は。

もはや私は、和田さんに足を向けて寝られる気がしなかった。

×　×　×

ひとしきり皆に酔いが回って席替えをするタイミングで席を離脱し、休憩も兼ねて化粧直しに向かう。すると、タイミングが良いんだか悪いんだか、何やら化粧室の中から話し声が聞こえてきた。

「そういえば、さっきの見た?」

「あー、あれね。西川さんほんとかわいそーだった(笑)」

「完全に和田さんの出しに使われたもんねー」

おー……。主語省かれてるけど、もしかしなくてもこれ完全に私のこと言ってんな……。

なので私はさっと化粧室の入り口の壁に張り付くようにして、中の様子を窺《うかが》う。

声からして、お喋《しゃべ》りしているのは三人。

ポン女一年の朋美《ともみ》ちゃん、真紀《まき》ちゃん、愛奈《あいな》ちゃんだろう。

うちのようなインカレサークルの場合、男子はハセ大が大半だけど、女子は他大の子も割といるので、ハセ女はアウェイになることもままあるのだ。

そして現状を鑑みると、私はどうにもアウェイ中のアウェイで、なんなら誰一人として味方が居ないまであった。え、なにそれ泣きそう。いや別に泣かないけど……。

そんな私を尻目に、お喋りは楽しげに続いていく。

「てか、結局和田さんってどうなんだろうね。狙ってんのかな」

「えー、流石《さすが》にないでしょ。他の男はともかく、和田さんはちゃんと見る目ありそうだし」

「和田さん優しいからなー。可哀想《かわいそう》アピされると放置できないんじゃない？」

「あ〜ありそう（笑）」

そうして、あははと聞こえて来る笑い声を聞きながら、私は大きなため息をついた。

これもうシンプルに悪口なんだよね……。空気感で察してはいたけど、私の嫌われっぷりを改めて目の当たりにすると、なんというかこう、やっぱり思うものはある。

ていうか、彼女たちの中の私の認識どうなってんの？　男子の先輩に媚《こ》び売りながら和田さんに守って貰《もら》ってるとか、どんな最強あざと女ですか？

「……」

でも、この程度の陰口などはあるあるといえばあるあるだ。

大体、何もかもが全く異なる他人と他人が一緒に居て、一つのグループに年頃の男と女が居るのなら、何もない方がむしろおかしい。

惚《ほ》れた腫れた、誰と誰がくっついて誰と誰が別れた、別れてない、二股、浮気、牽制《けんせい》、裏切り、やっかみ、嫉妬。色恋沙汰にまつわるあれこれの衝突や問題を挙げていけばキリがないだろう。

その点において、男に媚びを売ってる藤宮《ふじみや》光莉なんていうあざとい女は、仲間の結束を深める共通の仮想敵にはおあつらえ向きの存在だった。後で集まって私への悪口陰口罵詈《ばり》雑言《ぞうごん》その他諸々《もろもろ》をお酒の肴《さかな》にしていれば、仲良くなるには十分すぎる。

なんなら、私という敵のおかげでこのサークルに平穏と絆《きずな》と秩序が生まれているんだから感謝して欲しいくらいだ。

まあ、私が和田さんに気に入られてるっぽいのが根本の原因でもあるんだけどね！

……なにその不毛な永久機関、面白すぎるでしょ。

「――はあ」

ひとしきり全力で自虐し終えると、知らず湿ったため息が漏れてしまう。

別に望んでそうなった訳でもないのに、私の人生はそんな感じのことばっかりだった。

必要とされず、やがて疎まれ、嫌われ、遠ざけられる。たまに好かれたと思いきや、そいつらも表面的なものを見ているだけで、私の中身なんて気にもしていない。

だから、ここまでくると私が何か悪いことをしたのかなとも思うけど、生まれた最初の最初からそうだったのだから、罪を犯した報いというならそれは前世の責任だろう。

大体、生まれてきて欲しくなかったんなら、そもそも私なんか産まきゃよかったのに。

「……やーめた」

なんか鬱っぽくなってきたので、私は無理やり思考を打ち切った。

そもそも、流石にいつまでも壁に張り付いている訳にもいかない。

んー、ここからどうしようかな……。

現状で私が取れる行動の選択肢は二つで、このまま素知らぬ顔をして化粧室に突っ込んでいくか、あるいはこの場をそっと立ち去るかのどちらかだ。

私個人の好みとしては前者なんだけど、これやると更に嫌われるんだよね……。空気読めないだとかなんとか言われて。

いや、知らないって。あんたらが勝手に公共の場で陰口言うのが悪いんでしょうが。陰口って相手に知られないように言うから陰口なんですよ？

けど、私としても別に自ら進んで爆発炎上したい訳じゃない。平和なら平和であることに越したことはないのだ。となると消去法で、私が取れる行動は戦略的撤退だけとなる。

「でもなあ……」

正直、このローテンションのままバカ騒ぎしている飲みの席に戻れる気がしなかった。

すると自然、足は引き寄せられるようにお店の出口へ向かう。

「うわ、寒っ……」

店員に軽く会釈して外へ出ると、途端に身を刺すような寒さが襲ってきて、私は思わず首を竦《すく》めてしまった。店内が暖房と人の熱気で暖まっていたから、その分、温度差を如実に感じるのかもしれない。

夜の深まりつつある高田馬場は、相変わらず煌《きら》びやかなネオンの光で満たされていて、星の一つすら見えやしない。東京生まれ東京育ちの生粋の都会っ子の私としては、既に見慣れた光景ではあるけれど、それはやっぱりどこか毒々しさを感じずにはいられなかった。だからだろうか。どうしてか無性に、ここではないどこかへ行きたくなるのは。

「……なーんて」

行き着いた思考に思わず失笑が漏れた。

ここではないどこかへ行きたいだなんて、所詮は自分が居るこの場所から逃げ出したいが為《ため》に生まれ出てきた願望にすぎない。具体的にどこか行きたい場所がある訳でもなし、ただ自分にとって何もかも都合の良い理想郷を求めているだけ。けど、理想郷なんてものはこの現実に在る訳がないから、いくら探し求めたところで辿《たど》り着けるはずもない。

そうやって結局、どこに行くべきか分からないまま、永遠にふらふらと彷徨《さまよ》い続ける――それが「ここではないどこか」なんて幻想を求めた人間の行き着く末路だ。

何それ、ほんとに、心底下らない。

あまりに下らなすぎて笑えてきて、見上げていた夜空の景色がじわりと滲《にじ》んだ。

「――光莉《ひかり》ちゃん？」

「っ」

その時、不意に背後から名前を呼ばれて、私はびくっと背中を跳ねさせてしまった。

そのままぱっとその場を飛びのくようにして振り向くと、申し訳なさそうな苦笑を浮かべた和田《わだ》さんが立っている。

「あ、ごめん。なんかめっちゃ驚かせちゃったね」

「い、いえ……。というか、どうしたんですか？　もしかして和田さんも休憩？」

「え？　うん、まあそんなところかな」

問うと、和田さんは僅かに曖昧に頷《うなず》いた後、ニコッと少し悪戯《いたずら》っぽく笑う。

「……いや、ごめん嘘《うそ》ついた。本当は光莉ちゃんと話しに来たんだ。席外してから結構経《た》ったけど全然戻って来ないから、どうしたのかなーって思って。……大丈夫？」

マジかこの人。どれだけ周りのことを見てるの？

彼の言葉に絶句して、私は思わずまじまじと和田さんのことを見つめてしまった。ここまでくると、この人には何もかもを見透かされてるんじゃないかという気がするくらいだ。けど、それはあながち間違いでもないのかもしれない。だって、今でもこのサークルが表面上は和やかに存続していること自体が、彼の周囲に対する感覚の鋭敏さの証《あかし》だ。

「……はい、全然大丈夫です。別にこういうの慣れてますしねー」

でも、だからこそ私にはその返事以外は有り得ない。恐らく最悪最強あざと女だったらここで「大丈夫じゃないです～……」って言って更に和田さんに気にかけてもらうんだろうけど、生憎《あいにく》そこまで頭は空っぽじゃないし。ていうか、よしんばそれを言ったとしても、その先にあるのはサークルクラッシュ以外にないでしょ……。

「……そっか」

もちろん、和田さんもそれは理解しているのだろう。

彼は小さく頷くと、それ以上踏み込んでくることはなく、軽く息をついた。

それで、誰からも好かれる人気者っていうのも大変なんだなーと思う。好かれているからこそ耳目を集め、見られているからこそ好きなようには動けない。まるで、人の視線に雁字搦《がんじがら》めにされているみたいだ。

まあ、かくいう私も似たようなことをしているから、あんまり他人事《ひとごと》みたいには言えないんだけど。悠《ゆう》さんだ。大体、他人の目を気にしないでいられる人間ってそもそもいるの？　あ、一人いた。悠さんだ。でもあの人は新人類だからちょっとノーカンかな……。

などと考えていると、和田さんがじっと私を見つめていることに気が付く。

「……？　どうしました？」

「ああ、うん、ちょっとね」

問うと、和田さんが曖昧に濁した返答をする。

なんだろう。明らかになにかある感じっぽいけど……。

それから和田さんはしばし何かを躊躇《ためら》うような仕草を見せた後、やがて意を決したように口を開いた。

「――ねえ、光莉ちゃん。今からさ、二人で二次会行っちゃおうか」

「……え？」

その瞬間、私は思わず己の耳を疑った。今、果たして何を言われたのかが理解できなかった。

だって、その誘いはサークルの崩壊とほとんど同義だ。仮にそんなことをしたら、人間関係がめちゃめちゃになることくらい、和田さんが承知していない訳がないのに。

「……え、と、その、なんというかですね――」

だからとにかく沈黙を嫌って口を開くも、まともな言葉は一向に出て来ない。

すると黙り込んでしまった私を見て、和田さんが申し訳なさそうに微笑《ほほえ》んだ。

「……ごめん、急にこんなこと言われても困るだけだよね。でも、光莉ちゃんが心配なのは本当だよ」

一切の嘘偽りのない、真剣な眼差《まなざ》し。

ゆえに、それを和田さんが本気で言っているのが分かる。和田さんが、私をどう思っているのかが分かってしまう。

「――」

彼我の間を満たす沈黙。何か言わなきゃいけないのに、さっきからこっち、何を言うべきかも分からなかった。和田さんが私を――なんて、あまりに想定外すぎて、頭が何一つ回っていないのだ。

その瞬間、まるで計ったようなタイミングで、ポーチに入ったスマホがピコンピコンと連続してうるさく鳴った。誰だろうとは思わない。この着信音からして、相手は一人きりに決まっているから。

ただあの人らしいというかなんというか、このタイミングは致命的なまでに間が悪い。もし私が和田さんの立場だったら、多分ブチ切れてるまであった。

「……メッセージ、来てるみたいだけど？」

しかし和田さんはふっと苦笑すると、むしろスマホを見るように促してくれた。

「……すみません、ありがとうございます」

その気遣いにありがたさと申し訳なさを覚えると同時、どこかで安堵《あんど》しながら私はスマホのロックを解除する。にしても、あの人からの連絡自体が珍しいのに、こんなド深夜に何事なんだろうか。

「……。……。……。……なにこれ？」

『助けてくれ』

そうして開いた悠さんとのトーク画面に表示されていたのは、全くもって訳の分からない謎のヘルプメッセージだった。

は？　いや、ガチで意味分かんないんだけど。なにあの人、誘拐でもされたの？

私が心の底から全力で困惑していると、更に追加でしゅぽっとMAPと位置情報が送られてくる。見ると、その場所は高田馬場付近の大手チェーン居酒屋だった。

「――」

……マジであの人、一回くらいぶん殴ってもいい？

衝動的にスマホを地面に叩《たた》きつけたくなるのを必死に抑えつつ、私は画面を睨《にら》みつける。

十中八九、どう足掻《あが》いても、酔っぱらったアホのしち面倒くさいダル絡みだった。

やっぱりあの人、私のこと舐《な》めてるでしょ。舐めすぎにも程がある。

「ほんっと意味分かんないんだけど……」

それでつい、思いっきり深々とため息をついてしまう。

すると、和田さんが何やら不思議そうに目を瞬かせた。

「どうしたの？　なんか嬉《うれ》しそうだけど、もしかしていい報告でもあった？」

「……はい？」

なにを言ってるんだ、この人は。

「嬉しそう？　誰がです？」

「いや、光莉ちゃんが、だけど」

和田さんの端的な指摘に、私は思わず自分の頬を両手で押さえていた。

うそだ。そんな訳がない。

この深夜の面倒なダル絡みを嬉しがる人間とか、一体どんな変人だというのか。

そんな私を尻目に、和田さんは僅かに淡く微笑んで問うた。

「……もしかして、さ。今のメッセージの相手って、この前の寺田《てらだ》君だったりする？」

それは半ば確信の響きを帯びた問いかけだった。

だから私も、正直に答える以外に他はない。

「──。……はい。なんか今、居酒屋で死んでるみたいで……」

「ははは、そっか。なら助けにいってあげなよ。皆には用事ができたって言っておくから」

「──」

言って、和田さんはまた笑った。落胆するでもなく、拘泥するでもなく。さっきの誘いなどは幻だったと思うほどに、彼はいつものように穏やかに微笑んでいる。

その微笑みからは全く考えが読み取れず──ゆえに私にはやはり、和田孝輔《こうすけ》という人のことがよく分からなかった。

×　×　×

位置情報に示されていた居酒屋の店の前では、ガードレールに干された悠さんと、見知らぬ男の人が待っていた。

「うお、マジで来るのか」

背の高いマッシュ髪の男性は、私の姿を認めるとびっくりしたように声を上げた。

けれど、驚いたのは私も同じだ。それから、その人が私にニコリと笑いかけてくる。

「藤宮《ふじみや》光莉さん、だよな。初めまして、社学一年の杉山《すぎやま》です。悪いね、呼び出しちゃって」

「どうも、藤宮です。……ていうかあの位置情報、もしかしてあなたが送ったやつですか」

「たはー、すまんすまん。まさか本当に来るとは思ってなかったんでな……」

私が問うと、男性——杉山さんが気まずそうに頭を掻《か》いた。

なんだ、悠さんからじゃなかったのか。

瞬間、胸中に込み上げた感情を見ないようにして、私は杉山さんに問いを重ねる。

「なんでわざわざそんなことを……？」

「いやー、実はオレ、そいつのツレを中一の頃からやってましてね。んで、そんな親友が最近異性と知り合ったって言うじゃないですか。そしたらまあ、一回会ってみるしかないなと。変な女に引っ掛かってないか心配でしょ？　それでメッセを送ってみた訳です」

「ああ、はいはい。そういうやつですか……」

納得と共に首肯する。杉山さんの言葉が嘘だとは思えなかった。悠さんを見つめる彼の目が、本当に近しい関係にある者同士のそれだったように見えたからだ。まあ私個人の経験ではそんな人は居たことないから、さっぱり分からないけど。

「ていうか悠さん、友達居たんですね。めっちゃ意外です」

私が純粋に驚きを口にすると、杉山さんがぶはっと吹き出した。

「あはは、言うね～！　まあ実際こいつオレ以外友達居ないしな。何しろ鬼のように拗《こじ》らせてアホほど面倒くさいから」

「分かります。見るからに面倒くさいです」

「分かる？　でもなー」

杉山さんは言葉を切って、私を興味深そうにしげしげと見てくる。

「……何ですか？」

「や、なんつーか、ぶっちゃけ意外で。藤宮さんって、こいつとは明らかに関わらなそうな感じだろ？　だから、あんな適当なメッセージで来るほど仲良いとは思ってなかったんだわ。――なに、割と本気な感じ？」

その探るような視線と問いかけに、一瞬、言葉を失った。

まさか。そんな訳がない。相手が微塵《みじん》もその気じゃないのだから、本気になる訳がない。

「私は――」

「ま、何でもいいけど。こいつガチで面倒くさいぞ？」

　否定しようとして口を開くと、遮るように杉山さんが言葉を挟んで来た。

「……それはさっきも聞きました。分かってます」

「あ、そうだっけ？　しかも、だ。こいつ、あんたとどうこうとか多分考えてないし」

「だから分かってますってば。さっきから何ですか？　忠告でもしてるんですか？」

杉山さんの言い様に、図らずも尖《とが》った声になってしまう。すると目の前の男性は笑みを消して、真面目な顔で冷ややかに私を見た。

「いんや？　忠告じゃなくて牽制《けんせい》してんの。遊びでちょっかい出すならやめろよって。ほらオレ、こいつの親友だし？　こいつはクソほど面倒だけど、良い奴《やつ》だから」

……うるさいな。だから、分かってるってば。

声には出さない返事をする。それから私は、身を刺す寒さが急に増したのを感じた。

なーんだ。ぼっちとか言いつつ、こんな友人が居るんじゃん。何それムカつく。

「ていうか、それにしても友人に女が近づいたからって普通ここまでやります？　悠《ゆう》さんが知ったらドン引きするんじゃないですかね」

言い返すつもりで私が言うと、杉山さんがふはっと失笑を漏らした。

「普通……、普通ねえ」

それから彼はその言葉を噛《か》み締めるようにして繰り返すと、小さく左右に首を振った。

「……何が言いたいんですか」

「別に？　ただ、あんたの言う『普通』ってのがなんなのかなって思ってさ」

「は？」

いきなり何を言い出すんだ、この人。

しかし杉山さんは至って真剣に、それどころか攻撃性すら帯びた口調で続ける。

「だって結局、『普通』なんてどっかの誰かが勝手に作った基準なだけだろ？　そのくせ、まるでそれを正義のように掲げた挙句、自分たちとは違うものを『異常』だとして排除する。多様性多様性とか言っておきながら、そんなんばっかりじゃねえか。まあ、大半の人間は自分が『普通』の暴力に加担してることにすら気付いてねえけどな」

だからオレは、そういう自分の頭で何も考えねえで『皆』に流されている奴が一番嫌いだぜ、と杉山さんは吐き捨てるようにして言った。

それは今までの軽薄な調子とは打って変わってひどく重たい言葉だった。ただ、その言葉は誰かに対して向けられたのではなく、どこか彼が彼自身を糾弾する響きを帯びているような気もした。

「——」

それきり私たちの間に沈黙が満ちる。

次に何かを言うべきなのは私の方なのは分かっていたけど、何も言葉は出てこなかった。

彼の言葉はまさしく、私自身に向けられたものでもあったからだ。

それからややあって、空気を切り替えるようにして杉山さんがニカッとまた軽い笑みを浮かべる。

「——なーんてな。わりぃな、オレと寺田って酒が入ってると、こんな話ばっかすんだわ。なんで、適当に聞き流しといてくれ」

「……」

「つー訳で藤宮さん、そいつの介抱をあとは頼んだ！　酔い潰れたやつの介抱すんの疲れたし、オレはそろそろ帰るんで。んじゃ、また会ったらそん時はよろしくー」

そのまま軽くぴっと手を振ると、杉山さんは私の返事も聞かずにすたすたと駅に歩き去っていく。その背を睨みつけていると、知らずちっと舌打ちがもれた。

でも、それだけでは心で暴れるものを消化することなど到底できず、私はアスファルトの地面を靴で蹴りつける。

あの人、苦手だ。というか、一方的に私が敵意を向けられている感じがしてならない。

それに酔い潰れた人間を押しつけて帰るのも有り得ないし、呑気《のんき》にぐーぐー寝ているこの目の前の人もやっぱりムカつく。マジでなんなんだ、こいつらは。

「ちょっと悠さん、帰りますよ。そこで寝てると風邪引きますよ」

「ん——」

そのまま悠さんを起こすために身体《からだ》を揺すってみるも、むずがるような反応をするだけで起きる気配がない。

「ちょっと起きてー」

「んあ――」

「起きろ、バカ悠さん！」

しばらく声をかけたり顔をぺしぺし叩《たた》いてみたものの、全く効果はなかった。

この人、なんでこんな寒い中で熟睡できる訳？

こんな人はもうさっさと放置して帰りたかったけど、このままだと朝には凍死するであろう人間を見殺しにするのは流石《さすが》に人道に反する。

「……はあ。仕方ないな」

なので再び深いため息をついた後、手を振って私はタクシーを呼び止める。

後で悠さんにタクシーのお代を五倍くらい盛って請求してやるんだ……。

それから重たい悠さんを引きずるようにして、タクシーの後部座席に押し込む。

その時、悠さんがぼんやりと目を開けて私を見た。

「――春佳？」

でもそれはただの気のせいだ。

だって、彼が呼んだ名前は、私の知らない誰かの名前だったのだから。

第2話　触れた指先の温度は、きっと

きっと、誰しもに忘れられない記憶がある。

それは多分、魂の奥底に焼き付いていて決して拭い去ることなどできないから、どんなに忘れたくても、どれほど蓋をして見ないようにしていても、ふとしたきっかけで溢《あふ》れ出てきてしまうものなのだ。もちろんそれらがよい記憶である可能性だってあるけれど、少なくとも私にとってはそうじゃなかった。

だから、例えば私はアルバムを捲《めく》ったことがない。

だから、例えば私はほとんど写真を撮らない。そこに私が見たい思い出はないから。

つまり、私にとって記憶とはおよそ碌《ろく》でもない過去と同義で、記憶が自己を形作るというのなら、今の私は随分ひどい仕上がりだといえるだろう。

でも。でも仮に、そうであるとするのならば。

『——春佳《はるか》？』

酔い潰れていた悠さんを介抱したあの日、不意に誰かの名前を口にした彼は、一体その内にどんな記憶を抱えているというのだろうか。

×　×　×

すん、と雨の匂いが香った。どこか湿っぽい、アスファルトが濡《ぬ》れたような独特の匂いが鼻腔《びこう》をくすぐり、私はキャンパスに向かう道すがら、思わず空を見上げる。

黒っぽい分厚い雲に覆われた、今すぐにでも雨が降り出しそうな空模様。それはまるで泣き出す寸前で必死に涙を堪《こら》えている幼い子供のようで、なんだか昔の私みたいだ。だから、我慢しなくてもいいのにって一瞬だけ思って、そこでようやく私は折り畳み傘の持ち合わせがないことを思い出す。

いや、だって聞いてないし……。朝の天気予報ではそんなこと言ってなかったもん……。だから私は悪くない。強いて言うならお天気お姉さんと気まぐれな地球の環境が悪い。

などと悠さんばりに全力で責任転嫁をしてみたものの、現状で傘がないことは何も変わらない。下らないことを考えてないで、本格的に雨に降られる前にさっさとキャンパスに避難するべきだろう。

そう思って私が駆け出した矢先、ポツと冷たい雫《しずく》が頬を掠《かす》める。それから間もなく、ポツポツ、ポツポツポツと大きめの雨粒が降って来て、アスファルトに黒い斑点模様を作った。

「……」

あー、これもうヤバいやつじゃん。私、知ってる。こういう時って、大体は一瞬でお盆をひっくり返したような大雨になるんだよね……。

そのまま、半ば諦めの境地になってふっと皮肉げな笑みを浮かべる私。

諦めたら試合終了とか言うけれど、無駄に足掻《あが》いてもどうにもならないこともこの現実には確かにあるのだ。

すると案の定、長めの信号を待ちぼうけしてる間に、私は見事に濡《ぬ》れ鼠《ねずみ》になった。


とりあえず雨宿りの為《ため》に手近な棟に避難し、水を吸って重たくなったコートを脱ぐ。

それからぽたぽたと水の滴る髪をハンカチで拭こうと試みたものの、もはや焼け石に水みたいな状態だった。いや、由来からしてみれば完全に真逆の状況なんだけど。

「――くしゅ！」

それはともかくとして、この真冬の季節に濡れたままというのは想像以上に身体に堪《こた》える。端的に言うとガチで寒い。寒すぎてなんかもう死にそうだ。

私はぶるぶる震えながら、棟にちりばめられたガラス窓から曇天の空を睨《にら》みつける。

この空模様からして、当分雨が降り止《や》む気配はなさそうだ。

このままだと絶対風邪引くし、さっさと帰って温かいお風呂に入りたいんだけどな……。

けれど帰ろうにも傘がないので、なんというか完全に詰んでる状況だった。

「なんなの、ほんとに……」

本当に、つくづく世界は私に優しくない。ここまでくると、一周くらい回って世界は私のことが大好きで、敢《あ》えて意地悪してきているんじゃないかと錯覚するくらいだ。

もしかして小学生男子なの？　その愛され方、絶対に遠慮したいんだけど……。

そのまま、もうこれ死ぬしかなくない？　みたいな気分になっていると、はたと少し前も似たような詰みの状況に直面したことを思い出した。

何を隠そう、あの凍死寸前まで追い込まれた大雪の日の夜だ。

いやー、あの時は本気で死ぬかなと思いましたね……。なんならほんのちょっぴりくらい、別に私が死んでも誰も悲しまないし、みたいな思考に行き着いていたまであるので、本当に危なかった。けれど、そのおかげでおかしな人と知り合えたことを鑑みれば収支はギリギリプラスなんだから、人生ってつくづくよく分からないものだ。

「……」

それから私はスマホをスイスイ操作して、おかしな人——悠さんとのＬＩＮＥのトーク画面を開いた。

ちなみに連絡先を交換した際に発覚したことだけど、なんとあの人、ＬＩＮＥの連絡交換方法がスマホフルフル式からＱＲコード読み取り式に変わったのを知らなかったのだ。

ヤバすぎでは？　フルフル式だったのって何年前だと思ってんの？

それはともかくとして、画面をすいすい私は悠さんに送るメッセージを入力する。割と結構な頻度でどうでもいい会話が繰り広げられているのに大体——というか大半は私からのメッセージで始まっているのは気にしない。

どうせ悠《ゆう》さんだしね。あの人が自分から進んで他人と連絡を取る訳がないし。

という訳で、出来上がったメッセージを紙飛行機でひゅっと飛ばす。

『悠さん、傘持ってます？』

すると、幸い授業中でなかったのか割とすぐに既読がついた。

そのままシュポッと悠さんからのメッセが飛んでくる。

『あるが』

あるが、じゃないんだよなあ……。ていうか「が」ってなに？　なにその意味分かんない逆接表現。もう少し言葉を尽くしてほしい。

などと思っていると、追加でメッセージが飛んでくる。

『なに、もしかしてないの？』

うーん、ものすごい短文……。普段面と向かって話している時はなんか適当なことをずっとつらつら喋《しゃべ》っているくせに、文面でのやりとりになると急に言葉が短くなるのは何《な》故《ぜ》なんだろう。悠さん七不思議の一つだ。

『そうなんですー。なのでめっちゃ雨降られまして、途方に暮れてるとこなんですけど』

メッセをすっと入力して送信。

ここまで言えば、流石の悠さんも『じゃあ迎えに行こうか？』と言ってくるはずだ。

ところが、続いて送られてきた悠さんのメッセージは私の想像を超えていた。

『ほーん。そりゃ大変だな』

……え、これだけ？　まさか、まさかね。多分続けてメッセージが来るでしょ。

そう思ってしばらくトーク画面を凝視していたものの、続きが送られてくる気配はない。

どうやらあの人、本気で自分のターンが終わったつもりでいるらしかった。

「うっそでしょ、マジかあいつ……」

何なんだあの新人類は……。常識が違いすぎるでしょうが……。

心底呆《あき》れ果てつつも、恐らくあの人は鈍感という訳ではないのだろうとも思う。

いやシンプルに考えたら鈍感そのものなんだけど、あの人はなんというかこう、敢えて鈍感でいるというか。大抵の人間だったら何も気にせず踏み越えるはずの距離を前にして、どこか一線を引いているような感じが彼にはある。それが無意識なのか意識的なのかは分からないけれど、多分その理由を既に私は知っていた。

けれど、そんなことより今はさっさと来て貰《もら》わなければ私が風邪を引いてしまう。

なので私はやけくそ気味に、悠さんに招集をかけるメッセージを送りつけた。

『いいからさっさと36号館前に来て下さい！　全力ダッシュで三分以内に!!』

×　×　×

五分後。黒い傘をさした悠さんがいつも通り気怠《けだる》そうにやってきたので、とりあえず八つ当たり気味に私は彼を睨みつけておく。

「悠さん遅いです！　二分と十五秒遅刻です！」

「細けえ……。それくらい誤差だろ誤差。あと、ついでにこれやるから許せ」

すると悠さんは軽く肩を竦《すく》めてぼやきつつ、ぽいっと何やら私に放って来る。

「っと、何です急に」

慌ててキャッチしてみると、それは温かいカフェオレ缶だった。どうやら、もしかしなくても私の為に買ってきてくれたものらしい。悠さんにしては珍しく気が利く。

私はつい頬が緩みそうになるのを抑えつつ、揶揄《からか》い交じりに口を開いた。

「ちょっと、一体どうしたんですか？　こんな気遣いができるようになったなんて、私は悠さんの成長っぷりに涙が出そうですよ……」

「素直に礼を言えないのかお前は……。まあ俺が買ったついでだし、別にいいけどさ」

言って、悠さんは手に持ったコーヒー缶を示して見せた。

では、ここで問題。果たしてこれは本心でしょうか、照れ隠しでしょうか？

肝心の答えは不明だけど、多分照れ隠しだと思うことにする。

その方がときめきポイントが高いし、何といっても悠さんだしね！

なので私はカフェオレ缶をカイロ代わりに頬にくっつけつつ、ぺこりと頭を下げた。

「ありがとうございます、ごちそうさまです。じゃあこれからも悠さんのおごりでお願いします」

「待って、『じゃあ』の意味が全く分かんないんだけど？　日本語おかしくない？」

「おかしくないですよ。悠さん知らないんですか。昨今ではデートの時は男性が奢《おご》らないと炎上しちゃうんですよ？」

「うわ、出た……。それめっちゃ言われてるけど、実際のとこどうなの？」

「さあ、どうでしょ。ぶっちゃけ人によりけりだと思いますけど」

そもそもの話、「男は～」とか「女は～」とか大きな主語で括《くく》って語ること自体が既にナンセンスだと正直思う。考え方は個人で違うものだし、今更そういう時代でもないし。

まあでも私は悠さんには奢ってもらう気満々だけどね！　だって悠さんってぶつぶつ文句言いながらも、なんだかんだで大体全部受け入れてくれそうだし！

なにそれ、なんか面倒くさくて重たい女を沼らせそうだから気を付けて欲しい。……まあ、別に誰のこととは言わないけども。

それから悠さんがカシュッと自分のコーヒー缶を開けつつ、私をしげしげと眺める。

「にしてもまた随分濡れてんな。どんだけ降られたんだよ」

「え？　そりゃもうざばーっと。おかげでめっちゃ寒いんですよ……。ガチめに風邪引きそうです。なので悠さん、もっとくっついて下さい」

「やだよ、俺まで濡れるだろうが。そういう死なば諸共《もろとも》みたいなのやめない？」

「えー、せっかくなら一緒に死んでくださいよ。なんか良くないですか、心中って。ものすごく純愛って感じがして」

「重っ！　え、重すぎでは？　重い」

「む、失礼な。こう見えて――じゃない、見ての通り、私って結構華奢《きやしや》なんですけど」

「一言も物理的な重さの話はしてねえんだよ。話聞いてた？」

「もちろん聞いてま――くしゅ！」

軽口をぽんぽん叩《たた》き合っていた最中、思わずくしゃみが漏れてしまう。

それにしても寒い。なんかゾクゾクするし、濡れた服に体温がどんどん吸い取られているみたいだ。それで私が寒さをしのぐために身体《からだ》を掻《か》き抱《いだ》くようにしていると、

「……まあ、これ着てればマシになるだろ」

悠さんが着ていたコートを脱いで私に投げてよこしてきた。

「――」

え？　うそ、それはズルくない？

まさか悠さんがそんなことをしてくるとは想定していなかったから、私はコートを抱え

たまま一瞬完全に硬直してしまう。

「あ、ありがとうございま――」

「いや、コート脱ぐと流石《さすが》に寒いな……。ごめん、やっぱ返してくれない？」

しかし流石は悠さん。かっこいい行動を即座に自分で台無しにするスタイルで、早速コートの返却を要求してくる。

だから私はコートをぎゅっと保持しつつ、残念な人をじろっと睨んだ。

「いやですよ！　ていうかカッコつけるなら最後までカッコつけて下さい！　せっかくときめきポイント十点あげようと思ったのに！　なのでハッフルパフ、十点減点です」

「ええ……、何故かナチュラルに俺がハッフルパフに入れられてる……。せめてレイブンクローが良かったんだけど。ね、スリザリンちゃん――もとい、藤宮《ふじみや》」

ついでにハリポタネタを入れてみると、途端にノリノリで悠さんが乗っかってきた。

予想通りの反応だ。私たちの世代は大体ハリーポッターの話をすると通じるから、もしかしたら皆義務教育で魔法学校に通っていたのかもしれない。

とはいえ、それはそれとして納得いかないことが一つ。

「なーんで私がスリザリンで確定してるんですかね……。どう考えても絶対レイブンクローでしょ。ほら私、かしこ可愛《かわい》い才女だし」

「あ、そうそう。マジでそういうところな」

片目を瞑《つぶ》って茶目っ気たっぷりに言うと、悠さんがげんなりした顔になった。

めっちゃ反応が塩だな……。ていうかなんでげんなりしてるの、この人。今の私、結構可愛かったと思うんだけど。

でもまあ、これはこれで悪くはない。なんかお互いに遠慮がなくて、いい意味で気を使ってない感じがするから。よく知らないけど、近しい関係性ってこういうことを指すのではないだろうか。

すると悠さんがちらと窓の外を見やって、

「それよか、さっさと家に帰って風呂入れよ。そのままだと絶対風邪引くだろ」

「ゆ、悠さん、どうしたんですか。今日はやけに気が利くじゃないですか……。もしかして明日雨でも降るんです？」

「現在進行形でザーザー降ってるんだよな……」

呆れたようにぼやく悠さん。でも何だかんだで心配してくれているあたり、やっぱりそういうところだぞって思う。まあ回りくどくて分かりにくいから、私以外は気付かないだろうし別にいいけど。

それはともかくとして、傘が一つしかない分、駅まで送ってもらうまで自然と相合傘のような形になる。

「……し、失礼します」

言って、極々僅かに緊張しながらそっと悠さんの隣に身を寄せた。

濡《ぬ》れないようにするには仕方がないから、距離感はちょっと近めで。

「――」

すると悠さんがびくっと身を竦ませて、私が近づいた分、すっと距離を取った気がした。

それで、ひゅっと喉の奥で呼吸が一瞬だけ詰まるのが分かる。

……今の、なに？

それはまるで、私の接近を嫌がるような反応に見えた。

いや、違う。私が近づいたのを嫌がる反応そのものだった。

しかも多分意識的にやったんじゃなくて、無意識のうちに反射で行われた反応だ。

その証拠に、十五センチ視線を上にやれば、苦みばしった表情を浮かべた悠さんが居る。

「あー……、その、悪い。いや、お前びしょ濡れだから俺まで濡れると思って……」

私の表情で何かを悟ったのだろう、悠さんが首に手を当てながら何やら弁明をする。

けれど、それはただの誤魔化しだとすぐに分かった。悠さんが私からすっと視線を逸《そ》らしたからだ。

でも、その行動の理由なんか聞ける訳がない。

『――春佳《はるか》？』

一体誰なんですかなんて、口が裂けても問える訳がなかった。

「そ、そうですよね。確かに私、びしょ濡れですもんね～……。ごめんなさい」

だから私は、薄っぺらい笑みを浮かべて悠《ゆう》さんの誤魔化しに追従する。けれどそんなので会話が弾む訳もなく、結果として私と悠さんの間を沈黙が満たした。

「――」

「――」

ばらばらと雨が傘を叩く音だけが響く、息が詰まりそうな静寂。一つの傘を二人で使っている分、距離はいつもより近いはずなのに、どうしてか悠さんをひどく遠く感じる。

それはまるで、私と悠さんの間に決して乗り越えられない透明な壁があるようだった。

その引かれた一線を意識すればするほど、身を包む寒さは増していく。

それを紛らわそうと悠さんから貸してもらったコートを掻き抱くようにしていると、ふと、雨音に紛れて小さな呟《つぶや》きが聞こえてきた。

「……その、悪い。けど、藤宮のせいじゃないから、本当に気にしないでくれ。……頼む」

「――。……わかり、ました」

そう告げる悠さんの表情は、あたかも何か犯した罪を懺悔《ざんげ》する咎人《とがにん》のようで。

そんな風に言われてしまっては、私は頷《うなず》く以外に他はなかった。

でも、バカなんじゃないのかこの人は。

そんなことを言われたら、なんでって思うに決まってるのに。

なんでそんな苦しそうな顔をしてるのか、知りたいって思うに決まってるのに。

「――」

それから私は、盗み見るようにして悠さんの様子を窺《うかが》う。

もう大分見慣れたぶっきらぼうな横顔と、私の方に傾けすぎたせいで傘からはみ出して濡れている肩。そんな姿は本当にどこまでも彼らしくて、ほんの僅かだけおかしくなる。

でも、決してこちらには向けられない悠さんの横顔を見ているうち、私はなんとなく分かってしまった。

――ああ、そっか。きっとこの人にとって、私はそういう対象じゃないんだ。

『確かに微塵《みじん》も興味はない』

『俺は普通に帰ってもらう流れだったけど』

『こいつ、あんたとどうこうとか多分考えてないし』

『――春佳？』

それは、あの雪の日に泊まった時や、その後の日々の中でも薄々察してはいたことだけど、今の悠さんの振る舞いで私はようやく確信に至る。

悠さんにとって私は、異性の女の子だとかは関係なく、単純にただの後輩なのだ。

そして、その代わりにこの人の中には、私じゃない別の誰かが住んでいる。

改めてその事実を理解すると、思いのほか、胸がチクリと痛みを発した。

なんでだろう。本気になんて、全然なってなかったはずなのに。

「――」

ややあって、重たい空気の中で最寄りの長谷田駅に到着する。

私の家はここから東西線で一本だから、あとは電車に揺られているだけでいい。

「……じゃあ私はこれで帰りますので。送ってくれてありがとうございました」

悠さんに頭を下げると、さっと身を翻して、私は地下に続く階段をたっと駆け下りる。

「ちょっと待て藤宮、お前さっきから様子が――」

そのまま背中越しにかけられた声に聞こえないふりをして、改札の中へと逃げ込んだ。

ここまで来れば追いかけては来ないだろうとそこでようやく安堵《あんど》して、私は手鏡で自分の表情を確認する。すると案の定、ずいぶんとひどい表情をしていた。

それで、やっぱり逃げてきて正解だったなと思う。

こんなひどい顔を、悠さんには見られないで済んだのだから。

×　　×　　×

「――ただいま」

重たい身体を引きずるようにして、玄関のドアをガチャリと開ける。

もちろん、私の呟きに返ってくる暖かな出迎えの言葉はない。代わりに私を出迎えるのは、広く寒々しい部屋の暗闇と、どこまでも無機質な静寂だけだ。

この部屋に住み始めてから一年くらい経《た》っているのに、私は未《いま》だにこの寒さに慣れない。

……まあ別に、ろくに返って来る挨拶がないのは実家に居た頃からもそうだったけど。

ていうか、ほんとなんなんだろうね、あの人たち。

そんなに自分のお仕事が大好きなら、それぞれ勝手に仕事と結婚していればよかったのに。そしたら可哀想《かわいそう》な一人娘だって毎日ひとりぼっちで留守番とかしないで済んで、いつまでも誰も帰って来ない家で独り寂しくご飯を食べる必要もなかったのに。

『ねえ光莉《ひかり》。あまり手間をかけさせないで頂戴。私もあの人もお仕事で忙しいのよ』

と、そこまで考えたところで頭をぶんぶん振って、私は開きかけた記憶の蓋を無理やりに閉めようとする。こんなもの、思い出したって何一つだっていいことはない記憶だ。できることなら、ドラム缶にコンクリート詰めして海の底にでも沈めたいくらいである。

けれど一度溢《あふ》れ始めてしまったものはもはや意志の力ではどうにもできず、私の脳内では過去の思い出の上映会が始まった。

『親としての義務は果たす。だが、それ以上を私に期待するのはやめろ』

『藤宮さんって良い子ちゃんアピール必死すぎじゃね（笑）。ぶっちゃけうざい』

今に至るまでに積み上げられた、下らない馬鹿げた記憶の数々。最近は全然思い出すこともなくなったと思っていたのに、それは気のせいだったらしい。

それから後に残るのは、毎度メンタル病み期にやってくる、理由も何もない希死念慮だ。

死にたいなあと口癖のように呟くと、気休めのようにお風呂に入る。

「――」

けれど、設定温度42℃の熱めの湯船につかっているはずなのに、身を包む寒さは一向にマシになってこない。それどころか、時間が経つにつれて全身を苛《さいな》む寒さはひどくなっているような気もした。

……もしかしたら、これはちょっと、まずいかもしれない。

×　　×　　×

ざーざーと雨が降り続いている。昨日降り始めた雨は今日になっても降り止《や》むことを知らず、どうにもより勢いと激しさを増しているようだ。

ばらばらと雨粒が窓を叩《たた》く音を何とはなしに聞きながら、私は寝起きのままでぼんやりと部屋の天井を見上げる。

なんだか頭がぼーっとして、上手《うま》く物事を考えられない。しかも身体はまるでおもりを付けたかのように重たく、ベッドから身を起こすことすら不可能に思えるほどだ。

「――けほ」

喉が渇いた。お水を飲みたい。でも冷蔵庫はキッチンの方だ。遠いなあ。

そんな風に、思考が散発的に展開される。

けど、そろそろ起きなきゃいけない。今何時だか分かんないけど、二限に間に合わなくなっちゃう。そういえば、課題ってやったっけ。この前に放り投げたっきりやってない気もするんだけど――。

「――けほ」

思考が咳《せき》で途切れて、喉が痛いことにも気が付いた。あとよく考えたらなんだか身体中が熱くて、でも同じくらいひどく寒くて、そこでやっと風邪を引いたんだと私は理解する。

まあ、そっか。そりゃ真冬にあんなずぶ濡れになったら、風邪引くに決まってるよね。

「……」

けど、風邪なら熱を測らないといけない。それで薬と水を飲まなきゃいけない。

だから私は、無理やりベッドから身を起こそうとして――。

「――、っ」

――受け身すらも取れないまま、どさっとベッドの下に落っこちてしまった。

「……あは」

それで思わず乾いた笑いが零《こぼ》れた。

ほんとに、目も当てられないくらいひどい有り様だ。このまま放置しておいたら、そのうち一人で野垂れ死にでもするんじゃないだろうか。

なんなら、このまま野垂れ死にした方がいいんじゃないだろうかとすら思う。

どうせ誰一人私の心配なんかしてないんだし、私が居なくなっても別に誰も困らないし、悲しまないし、なんならむしろ喜ぶ人の方が多そうだし。

「……」

しかし、残念ながらそうはならないことを私は経験上知っている。

こんな風に一人で風邪に苦しんだ経験など数え切れないほどにあるからだ。その度に一人で死ぬんじゃないかって思って、でも結局は死なずに治って、今の今まで生きている。

だから、今回だっていずれすぐに良くなるだろう。

「――」

ゆえに、泣いても意味なんてない。泣いたところで、誰も私を顧みることはない。

だから、泣いている暇があるなら、まずはやるべきことをしろ。

そうやって言い聞かせて、私は這《は》うようにしてキッチンへ向かった。

まずはお水を飲んで、それから解熱剤を飲んで、それから暖房の温度を上げて。

それから、それから、それから――。

「――」

ざーざーと雨が降り続いている。ばらばらと雨粒が窓を叩いている。

閉め忘れてたのか半開きになったキッチン横の窓から、斜めに雨が吹き込んで来る。

それで、すんと雨の匂いが香って、またもや記憶の蓋がぱかりと開いた。

ああ、そうだ。

そういえば、あの日も同じように雨が降りしきる冬の日だった――。

×　×　×

「――ねえ、光莉。お母さんは今からお仕事に行かないといけないの」

温度のない声が降って来る。見上げる先、ベッドで寝ている私を見下ろしていたのは、ぱりっとしたスーツに身を包んだとても綺麗《きれい》な女の人だ。

でも、その綺麗さは怜悧《れいり》で冷たい印象を醸し出していて、少なくとも風邪を引いた幼い娘に対する母親の態度のそれではなかった。

もちろん、当時の私はそれを当たり前のものなのだと思い込んでいたのだけれど。

「けれど光莉は良い子だから、一人でお留守番くらいはできるわよね？」

「――」

ただそんな中でも、その言葉だけは幼心にやけに強く刻まれていた。

恐らくそれは、物心がついたことで「それ」を初めて自覚した瞬間だったからだ。

——私という存在が、それほど愛されてなどいないということを。

「……、うん、だいじょうぶ」

だからその時から、藤宮《ふじみや》光莉は良い子になった。

手のかかる悪い子だともっと要らない子になって、すぐに捨てられてしまうから。

捨てられない為《ため》には、良い子である以外に選択肢はなかったのだ。


「だいじょうぶだから、おかあさんはおしごといってきて」「わたし、ひとりでもだいじょうぶだよ」「べつに、だいじょうぶ」「うん。わたしはだいじょうぶ」「全然大丈夫だよ」「大丈夫」「大丈夫」「大丈夫」「大丈夫」「大丈夫」「大丈夫」「大丈夫——」

その日から、私の口癖がそれになった。

大丈夫だと言えば、それで誰もが安心するから。

親も、心配そうな保育園の先生も、他のオトモダチの優しそうなお母さんも、世話焼きな学校の先生も、面倒見のいいクラスメイトも、皆、その一言で納得する。

そうして皆が納得する度、どんどん心に開いた穴が大きくなっていった。

だって、本心では誰も私のことなんか心配していないのだと分かったから。皆、所詮は自分の保身とポーズの為にとりあえず心配なふりをして、自分の善良さに酔っているだけ。

だから誰もが、私が大丈夫だというと露骨に安心した顔になる。

下手に大丈夫じゃないなんて言われたら、どうにかしないといけなくなるからだ。

バカじゃない？　バカでしょ。なら、最初からそんなこと聞かなきゃいいのに。

でも、だからこそつくづく思う。ほんと、この世界って碌《ろく》な人間が居ない。

え？　気のせい？　もしかして私が碌な人間じゃないから類は友を呼ぶってやつ？

そうかもしれない。私に告ってきたやつらの大半、大抵そんなのばっかりだったし。

ほんとなんなの、あいつら。やけに優しげに振舞うくせして、結局は単にやりたいだけじゃん。気持ち悪い。なにが気持ち悪いって、それを表面上は取り繕ってアイシテルみたいな振りをしているのが、気持ち悪くてたまらない。

あれ、ていうか、なんの話をしてたんだっけ？

こんな世界滅んでしまえって話だっけ、それともさっさと死ねばいいかって話だっけ？

まあ、なんでもいいや。ともかく、一つだけ確かに言えることは——。


「——」

ピンポーンと、無機質なチャイムの音が耳朶《じだ》を打つ。それに引きずられるようにして目を開けると、まず寒色のフローリングの床が視界に飛び込んで来た。

どうやら、うつ伏せになったまま床で気絶していたらしい。

けど、さっきまでベッドでぐずぐず泣いていたのにおかしな話だ。

あれ、さっきっていつのことだっけ？　ていうか、早くベッドに戻らないと。キッチンで寝ているところなんて見られたら、もっと愛想を尽かされちゃう――。

「――、あ」

そんなことを寝起きの頭で考えた後、ようやく意識がまともに覚醒した。

ああ、そっか。私、また夢を見ていたんだ。

別に何のことはない。熱を出した時には決まって見る、いつもと変わらぬ毎度の悪夢だ。

それにしても、キッチンで気絶するとか重症すぎる。もしかして私死ぬの？

それから自嘲気味に笑うと、目尻に溜《た》まった涙がつっと頬を伝うのを感じた。

「……」

それを意識的に乱暴に拭い去り、節々が痛みを発する身体《からだ》をよろよろと起こす。

キッチンのシンクにもたれかかるようにして座ると、私は長い息を吐いた。

よし、まずは起きれた。偉いぞ、私。

そうやってなんとか心を励まして次の行動を起こす気力を貯《た》めていると、再びピンポーンとインターホンの呼び出し音が鳴る。

そういえば、この音で目が覚めたんだっけ。

「……だれだろ」

しかし、この家を訪れる人物に全くといっていいほど心当たりはない。

高校で関わりのあった人たちは私が引越したことは知らないし、大学の知り合いの人にだって住所なんかは明かしていない。下手に知られたら絶対に面倒な感じになるからだ。

とはいえ親二人がここを訪れるのは天地がひっくり返っても有り得ないので、消去法で有り得る可能性は郵便か勧誘の類になる。

そこまで考えて私はふと気が付いた。

もしかしてこれ、私が死んでもガチめに誰も気が付かないいんじゃない？

なるほど。これが今問題になっている孤独死の仕組みなんだ……。怖いなあ……。

などと冗談めかしていないと、来たる未来を考えて真剣に心が折れそうだった。

するとその時、都合三度目のインターホンがピンポーンと鳴る。

呼び出し主はわりとしつこめの勧誘か宅配の人のようだ。

「……ちょっと待ってよ、今出るから……」

呟《つぶや》きながら私はのそのそと重たい身体を引きずって、モニターに向かい――。

「――。――え？」

画面に映っている人物を見て、完全に私の思考は停止した。

なんで、どうしてこの人がここに居るのか。

だっておかしい。そんなことは有り得ない。

確かによく考えてみればこの人なら私の家を知っててもおかしくはないけど、でもまさか、わざわざうちに来るはずがないのに。

そうして混乱を極めた頭のまま、私は震える指先でそっとモニターの通話ボタンを押す。

「……な、んで？」

絞り出された声は、自分でも驚くほどにか細く、どうしようもなく湿り気を帯びていた。

すると、画面の向こうの人――悠《ゆう》さんが盛大に呆《あき》れたような表情になった。

『なんでって、お前な……。昨日明らかに様子がおかしかっただろ。そのくせＬＩＮＥにも一切反応しないし。どうでもいい雑談の時はレス速いくせに、なんでこういう肝心な時には既読すらつかねえんだよ……。何の為の連絡ツールだと思ってんの？』

ぶつぶつと文句を垂れる悠さん。けれど、私には分かってしまった。それが悠さんなりに私のことを心配してくれているのだと。だから、ひどく愚かな思い違いをしそうになって、それをぐっと無理やり心の内に押し留《とど》める。

「……えと、ごめんなさい。実は、昨日帰ってからすぐ寝ちゃって。それで、さっき起きたとこなんです。……その」

ちょっと風邪引いちゃいまして。

そう続けようとして、ほんの少し言葉に詰まった。風邪引いたなんて言ったら、面倒くさがられて疎まれるんじゃないかって思ってしまって。

結果、沈黙が生まれてしまう。

それからしばしの後、悠さんが再度呆れた表情になった。

『言いかけて勝手に止まるなって……。なに、もしかして風邪でも引いた？』

「──。なんで、分かるんです？」

『いや、普通に考えてあの濡《ぬ》れ具合で風邪引かない訳ねえだろ。てかお前、ほんとにLINE見てないのな』

「す、すみません……」

どんなメッセージが来てたんだろう。気になってテーブルに置いてあったスマホを見ると、そこには悠さんからのメッセージが昨日から今日にかけていくつか入っていた。

『ちゃんと帰れたか？』『ていうか生きてる？』『マジで生きてる？　死んでないよな？』『おーい』『とりあえず既読つけろ』『不在着信』『不在着信』『不在着信』『せめて出ろや……』『今からそっち行く』

その変遷を見る限り、悠さんは文字通り安否確認をしに来てくれたようだった。

……すごい、ほんとに心配してくれてる。

そのせいで胸がきゅうと痛みを発するのが分かった。

「その、ご迷惑をおかけしました……」

『別に謝らなくていいって。つか、軽口が出てこない藤宮とかマジで調子狂うな……』

それから悠さんが声のトーンをいくらかダウンさせて話を続ける。

『あー、それでまあ、一応なんか適当に買ってきた。解熱剤とかひやピタとかリンゴジュースとかプリンとか色々』

「っ――」

ああ、ほんとうにそういうところだ。

この人は何気なく、さも当然のようにお見舞いの品を買ってきてくれているけれど。

それがどれだけ私にとって大きなことなのか、多分悠さんは分かっていない。

『……藤宮、どうした？』

それきり黙り込んでしまった私を訝《いぶか》しんだのだろう、画面越しに悠さんが首を傾《かし》げるのが見て取れる。それで、向こう側からは私の声だけしか聞こえていないのを思い出した。

よかった。今のこんな有り様を見られていたら、それこそ死んでしまう。

だから私は、何でもないように努めて明るい声を作って答える。

「――いえ、ちょっと咳《せき》が出て。ていうかなんでリンゴジュースとかプリンなんです？」

『え？　風邪引いた時ってこういうの欲しくならない？　もしかして俺だけ？』

驚いたように言われて、小さく笑みが零《こぼ》れてしまった。

そうなんだ。風邪引いた時って、そういうものを食べたりするんだ。知らなかったな。

『で、大丈夫なのか？　家上げるのがNGなら、郵便受けに差し入れだけ置いとくが』

「――」

大丈夫です。反射的にそう言いかけて、それは喉元に詰まって止まる。

だって、もし。もし大丈夫って言って、悠さんがそのまま引き下がってしまったら。

そう考えるだけで、泣きそうになるほど怖かった。

でも、大丈夫じゃないなんて、そんな風に言えるように私は育ってきていないから。

「……いえ、大丈夫です」

結局、口を突いて出るのは、染みついてしまったその台詞《せりふ》だった。

すると悠さんが、画面の向こうで頭を掻《か》く。

『あー、悪い。それどういう意味で言ってる？』

「……どういう意味、とは？」

『だから、別に家に上げてもいいって意味か、差し入れも看病も要らねえからさっさと帰れって意味かってこと』

思いもよらぬ問いかけをされ、私はつい戸惑ってしまった。

そっか、今の答え方だとそういう風にも聞こえちゃうのか。

「――えと、一応後者の意味、です。別にそこまでは言ってないですけど……」

『は⁉』

言うと、悠さんが今日一番の盛大な呆れ顔になった。さっきから呆れられてばかりだけど、それでも今回の呆れっぷりは尋常ではない。なにかおかしなことを言っただろうか。

戸惑う私を尻目に、悠さんが頭を左右に振って大きくため息をついた。

『マジか、本気でそっちの意味で言ってたのかよ……。いや、バカなの？　大丈夫の意味知ってる？　昨日からＬＩＮＥにも一切反応できないやつが大丈夫な訳ねえだろ』

「――」

ああ、そういえば悠さんはこういう人だった。

この人は捻《ひね》くれてはいるけど何だかんだお人好《ひとよ》しなのだ。

なんの見返りもなしに帰宅困難になった女を自分の家に泊めてくれたり、別に狙ってもない女を心配してわざわざ様子を見に来たりするくらいには。

そんなところが、ほんとうに嫌で嫌で仕方がない。

「……、ごめんなさい、嘘《うそ》です。ほんとは全然大丈夫じゃないです。何ならそろそろ死にそうです」

だから、いずれ引き返せなくなると知っていて、私はこの人の優しさに甘えた。

×　　×　　×

悠さんが作ってくれたお粥《かゆ》と、リンゴジュースとプリンを食べて、再びベッドの中に入る。お腹《なか》が満たされたせいか、それとも他の要因のせいか、身体と心がぽかぽかと暖かい。

そのせいで頭がぼーっとして、半分くらい夢の中に居るような感覚があった。

実際、まるで夢を見ているみたいだ。だって、ベッドの横に誰かが居て、私を看病してくれている。こんなの、今まで一度だって経験したことがない。

「えへへ」

「……何だよ、どうした。何が面白いんだよ」

それで嬉《うれ》しくなって笑うと、ベッド脇に座った悠さんが怪訝《けげん》そうな顔をする。

それがなんだか益々《ますます》面白くって、私はまたえへへと笑った。

「ないしょです」

「……、そうかよ」

すると悠さんがなんだか変な顔になった。そのまま彼は両手で顔を覆うと、勘弁してくれと小さく呟く。一体、何を勘弁して欲しいんだろうか。

「ゆうさん、悠さん」

「なに、今度は何……」

右人差し指でちょいちょいと悠さんの肩をつついて声をかけると、悠さんがこちらの方を向いた。面倒くさそうな、でもなんかどこか照れているような、変な顔をしている。

だから私も上手《うま》くその顔を見れなくなって、掛け布団を口元辺りまで引き上げながら、色んな想《おも》いを込めて告げた。

「――ありがとうございます、悠さん」

するとと悠さんが目をぱちくりさせたあと、ふいと顔と視線を横に逸《そ》らした。

「……いや別に、俺が勝手にお前の部屋に押しかけただけだし、感謝される謂《いわ》れはねえよ。つか、前に酔い潰れたの介抱されたろ。あくまでそのお礼だ、お礼」

「ふふふ、そうですか」

「なんだよ、その生暖かい笑い方は……」

憮然《ぶぜん》とする悠さんだけど、流石《さすが》に笑わずにはいられなかった。だって素直にお礼を受け取らないあたり、あまりに悠さんらしい。

でもそれが彼なりの照れ隠しだと分かるから、ああ可愛《かわい》いなあって思ってしまう。

「……まあ、んじゃ、そろそろ俺は帰るわ。今なら次の講義は間に合うし」

「え――」

しかし、ぽかぽかふわふわした微睡《まどろ》みのような時間は、その一言で一瞬のうちに弾《はじ》けて消えた。心臓がギュッとなって、凍《い》てつく寒さが込み上げる錯覚。

行ってしまう。悠さんが、私を置いて行ってしまう。独りになる。残されてしまう。

それは暖かさを知ってしまった分、より更なる恐怖でもって私を襲った。

それでいつの間にか、立ち上がりかけた悠さんのジャンパーの裾をぎゅっと摑《つか》んでいた。

「……藤宮《ふじみや》？」

そうして悠さんから呼びかけられて、私はようやく己がしでかしたことに気が付く。

「……え？」

瞬間、顔がかあっと熱くなるのが分かって、私はぱっと悠さんから手を離すと、布団を頭から引っ被《かぶ》った。あまりに浅ましくて、あまりにみっともない。こんな姿は、一秒だって見せられなかった。

「っ！」

一体なにをしているのか、私は。こんなことしても悠さんを困らせるだけなのに。

『──春佳《はるか》』

そうだ、勘違いするな、藤宮光莉《ひかり》。

別にこの人は私のことが好きな訳じゃない。ただ単に、どこまでも優しいだけの人だ。

だからこれ以上、わがままになってはいけない。

だからこれ以上、困らせて迷惑をかける訳にはいかない。

なのに、だというのに──。

「──ああもう、分かったからとりあえず顔出せ。そのままだと窒息死するだろ」

ポンとあやすように布団が叩《たた》かれ、聞いたことがないくらい優しい悠さんの声がする。

恐る恐る掛け布団から顔を覗《のぞ》かせると、呆れ交じりの笑みを浮かべた彼と目が合った。

「分かった。藤宮が寝るまで居るから、もうとりあえずさっさと寝ろ。それではやく治してくれ。今のままだと、調子が狂って仕方がないんだよ」

その笑顔に胸がきゅうっと痛くなって、意志に反して涙が滲《にじ》む。

これが何の涙なのか、もはや自分でも分からなかった。

ああもう、ほんとうに最悪だ。

だって、こんなに優しくされたら、勘違いしそうになってしまう。

もしかしたらこの人はって、そんな都合の良い思い違いをしてしまいそうになる。

『──春佳』

でも、そうではないのを知っているから、あと少しだけ近づきたくて。

その人が悠《ゆう》さんの心の中に住んでいるのなら、僅かでもこっちを向いて欲しくて。

「悠さん、お願いです。……寝るまで、手握ってて下さい」

だからせめてもの抵抗に、熱に浮かされたのを言い訳にして、精一杯のわがままを言う。

それからやがて、しばらくの沈黙の後。

「……寝たら帰るからな」

温かくて大きな悠さんの手が、そっと私の手を握りしめた。

幕間

「……何してるんだか、俺は」

藤宮の家に見舞いへ行った帰り、残りの講義に出席する為《ため》にキャンパスへ向かう道中で、俺は呟《つぶや》いて天を仰いだ。

我ながら自分のことが理解できない。本当に何がしたいのだろうか、俺は。

始まりは行きずりで、何となくだったはずだ。

なのに今は、授業を休んでまでこうしている。だから時々、よく分からなくなる。

共感、憐憫《れんびん》、庇護欲《ひごよく》、自己満足。

己の中に在る感情を考えようとしても、どれも何一つとしてしっくりこない。

何故《なぜ》なら、言葉は型を持っていて、言葉は形が決まっていて、言葉は頑《かたく》なに堅いから。

当て嵌《は》めてしまえば楽だろうけど、そうしたら表す意味は俺の感情そのものではなくなってしまう。なら、その感情は何なのかと考えて、いつも思考はそこで止まる。

『ほら、やっぱり。だから結局、悠はわたしのこと別に好きでもなかったんだよ。なのにわたし、一人で舞い上がっちゃってバカみたい』

考えることを忌避している。考えることを放棄している。

だって、その必要性がない。そうする意味が、価値がない。

『普通』じゃない関係性でも不都合はなく、ならば普通にこのままで。

『普通』じゃない俺にとってはそれが普通に心地良いのだから。


「──あ、丁度いいところにいた。寺田《てらだ》君、少し時間あるかな？」

「は？」

その時、不意に背後から名を呼ばれて、俺は思わず身構えてしまった。

何しろキャンパスを歩いていて声をかけられる経験など、この二年で絶無に近い。その上聞き覚えのない声なのだから、警戒しても仕方がないというものだ。

しかし振り向いた先にいた人物を確認して、俺は俺の直感が正しかったことを悟る。

そこに居たのは穏和な笑みを浮かべた端整な顔立ちの男性──和田《わだ》孝輔《こうすけ》であり、正直面倒くさいことになる気しかしなかった。

「……ああ、どうも。俺に何か用ですか？」

「うん。この前さ、サークル参加のことで機会があればって話したでしょ？　だから、明日とか今週末とか練習あるし、どうかなって思って」

マジかこいつ。まさか、あそこまでの社交辞令を真に受ける奴《やつ》がいるとは……。

そこまで考えて、そんな訳がねえなと思い直す。

相当に異性からモテる中で、男女混合のテニスサークルをクラッシュさせずに纏《まと》め上げている——その時点で、他人の心の動きや人間関係に鈍感である訳がない。

むしろ鋭敏に過ぎるほどに鋭敏で在りつつ、その上でうまく立ち回れるようでなければ、代表など務まるはずもないだろう。となると俺の社交辞令などこの男は当然理解しているはずで、その上でサークルに誘って来ていると考えた方が妥当だ。

であれば当然、サークル勧誘は建前に過ぎず、彼に別の意図があるのは明白だった。

「……それで、俺に何か用ですか？」

ゆえに俺が敢《あ》えて先の発言を繰り返すと、和田さんは軽く目を瞠《みは》った後、ふっと皮肉げな笑みを浮かべた。それは先に目にした爽やかな笑みとは異なる翳《かげ》りを帯びていて、こいつのことを碌《ろく》に知っている訳ではないのに、こっちが本性なのかと理解する。

「——。話が早くて助かるよ。もしかして君、周りから性格悪いって言われない？」

「さあ、周りに人が居ないんで何とも。ていうか、今ので伝わる時点でそっちも大概じゃないすか」

「さあ、どうだろう。周りの人はそんなこと言わないから、何とも言えないかな」

俺が肩を竦《すく》めて皮肉交じりに返答すると、返す刀で鋭いカウンターが返ってくる。

うわ、マジでいい性格してるなこいつ……。俺はある種の感心と尊敬の念を目の前の男

――もう和田でいいか――に覚えつつも、こいつの相手をしなければならないことに心底嫌気が差した。

「……で、用なら手短にお願いしていいですかね。俺、この後講義あるんで」

「そう？　なら、単刀直入に聞くことにするね」

それから和田は短く息を吸うと、俺を真っすぐに見つめて問うた。

「――ぶっちゃけた話、君と光莉ちゃんってどういう関係なのかな」

あまりに直球で混じり気がなく、それ故に適当に誤魔化しようがない問いかけ。

それで一瞬。ほんの一瞬だけ、息が詰まった。

呼吸機能が停止し、脳の回転が動きを止める。

だが、その動揺を決して目の前の男に悟られてはいけないことだけは理解していた。

それから無理やりに息を吐く動作をため息に変えて、俺はうんざりとした表情を作る。

「……それ、俺があなたに答える義務あります？」

「いや、ないよ？　でも今の答えで大体分かったから大丈夫。ありがとね」

せめてもの反駁《はんばく》に余裕の微笑《ほほえ》みで応じられ、思わず顔をしかめてしまう。

くそ、前言撤回。こいつガチで性格が悪い。

しかし、今の問いかけで俺もまた彼が声をかけて来た意図の大半を察した。

大方、想い人の傍《そば》にいる訳分からない男が何者なのかを探ろうとしているのだろう。

はーん、こいつが藤宮《ふじみや》をねえ……。

流石《さすが》と言うべきかやはりと言うべきか、藤宮の異性人気も相当なものであるらしい。

そういや恐ろしい女子に、和田にちょっかいかけんな的な風に牽制《けんせい》されてたもんな……。

だが、であればこそ腑《ふ》に落ちない点が一つある。何故なら、恐らく和田は自分が周囲に及ぼし得る影響力を十分に自覚している類の人間のはずだ。そんな彼が藤宮に近づくことで何が起こるのか、想像に及ばないはずがない。

「じゃあ俺からも質問いいすか？」

「なんだい？」

「――これはあくまで一般論なんですが。皆の人気者が特定の子に肩入れすると、なんかまずいことが起きたりするんじゃないんですかね？　知らないですけど」

すると案の定、俺の指摘は図星だった。和田は一瞬だけギリッと歯を食いしばると、それから気持ちを落ち着けるかのように瞑目《めいもく》して息を短く吐いた。

「……さっきの言葉、撤回するよ。もしかして、じゃなくて、やっぱり君性格悪いよね」

「そりゃどうも」

悪態は肯定と同義だ。しかし、そうなるとまた別の疑問が浮上してくる。

想い人《おもびと》である藤宮に悪影響があると分かっていて、それでもこの男は藤宮に近づこうとする人間なのだろうか、ということだ。

けれどその答えは、他でもない和田本人によってもたらされる。

「でも、それは君のせいでもあるんだよ。君さえ居なければ、俺は動くつもりはなかった」

……ああ、そういうことか。

それで俺は、彼と彼女のサークルにまつわる大方の事情を察した。

恐らく和田はこれまでサークルの平穏を守るために、藤宮への想いを隠して現状維持に努めていたのだろう。だが、藤宮の隣に急に訳の分からない男が出てきたせいで、動かずにはいられなくなった。藤宮が変なやつに引っかかっていないか心配になったとかそんな感じだろう。そして結果、危ういところで保たれていたサークルの均衡が崩れようとしていると。

は？　なんだその訳の分からない男、最低だな。サークルクラッシュを引き起こすクソ男じゃねえか。さっさとその元凶をぶん殴った方がいいんじゃねえの？　まあ、そいつって俺のことなんだけど。

などとおどけていないと、正しく現状を認識できない。俺のせいで藤宮の居場所を奪ってしまうかと思うと、想像以上の衝撃が胸中を揺さぶっていた。

すると、そこに追い打ちをかけるようにして和田が切り込んでくる。

「それで、ここからが本題なんだけどさ。俺は今度、光莉《ひかり》ちゃんをデートに誘おうと思ってるんだ。……構わないよね？」

「――」

よっぽど、勝手にしろと言おうと思った。

けれど、思考とは裏腹に口は思うように動かず、俺は愕然《がくぜん》とした。

……まさか。まさかとは思うが、お前は、和田を止めたいとでも思っているのか？

「……」

それで思わず笑いが込み上げて来る。

なんだそれ、一体お前は何様のつもりなんだよ。本当に、思い上がりも甚だしい。

唾棄すべき傲慢と強欲が我ながらおぞましくて仕方がなく、俺は自己嫌悪で自分を殺したくなった。

だって、そうだろう。

果たして俺に何の権利があって、和田に対して否だと言えるというのか？

「……いや、俺に許可求める必要ないでしょ。それとも俺が否と言ったら止《や》めるんすか？」

「それもそうなんだけどさ、一応だよ」

俺が絞り出すようにして答えた言葉を、軽く笑って受け止める和田。

「あと、そういえば光莉ちゃんから君の連絡先教えて貰《もら》ったからよろしくね」

「……は？」

なに言ってんだこいつ。なんで俺の連絡先が必要なんだよ、意味が分かんねえ。いや、それを言うなら藤宮のプライバシー意識の低さも意味分からないが。

しかし和田はそれ以上説明するつもりはないらしく、「それじゃあまた」と微笑んで歩き始めた。

「……ああ、最後に一つだけ」

そうして俺と和田がすれ違う去り際、彼が小さく、けれど鋭い声音で問うた。

「――君も、ちゃんと彼女のことが好きなんだよね？」

それは、まるで短剣で心臓を一突きするような。

あるいは、鋭い針を眼球に突き刺したような。

寺田悠《ゆう》という存在の核心部分に向けられた、クリティカルな問いかけだった。

『ねえ、教えて。悠はわたしのこと、本当に好きで居てくれているんだよね……？』

「――」

そして、だからこそ俺は、その問いかけに答えられない。

答えが分からないからではなく――その問い自体が寺田悠には分からない。

だが、もともと返答を求めてもいなかったのだろう。和田はすれ違いざまに囁《ささや》いたきり止まることはなく立ち去り、その姿は既に目の前にはなかった。

「……知らねえよ、んなもん」

ゆえに誰にも届かない返答を一人呟《つぶや》き、俺もまた歩き出す。

そのまま目的もなく歩いているうちに、冷たい真冬の空気にさらされて、加熱していた脳内が冷却されていく。やがて肌を刺すほどの寒さを覚えると同時、俺はようやくまともな思考を取り戻した。

それで、ここ最近は熱に浮かされていたのが分かる。温《ぬく》もりに浮かれていたのが分かる。

なんだかんだと言い訳をして見ないようにしていたこと、考えないようにして目を逸《そ》らしていた事実に否《いや》が応《おう》でも向き合わざるを得なくなった。

——ああ、これは間違っている。

そうして向き合った結果、明らかになったのは己の重大な過失だった。

本当に懲りない人間だな、お前は。あれだけ手酷《てひど》く傷つけておいて、また同じことを繰り返そうというのか？

いい加減、お前だって分かってるはずだ。どうせ碌なことにならないってことくらいは。

どれだけ上手《うま》くやろうとしたって、どれだけ取り繕おうとしたって、お前が『普通』じゃない事実は変わらない。だったら、『普通』の子と関わったところで、傷つけて傷ついて終わるのがオチに決まってるだろうが。

なんでそんな単純で当然のことが、今になっても理解できない？

「……うるせえな、黙れよ」

分かってんだよ。俺だって、そんなことは。

だが、不幸中の幸いとでも言うべきか、まだ今なら辛うじてなんとかなる段階だった。取り返しのつかない傷を負わせてしまう前に、どうにかこうにか撤退できる。

もしかしたら幾らか傷つけてしまうかもしれないけれど、それでも何とかなるだろう。なにせ、和田《わだ》が居る。あいつならば多分上手くやってくれるはずだ。

無論、そう言えるほどあいつのことをよく知っている訳ではないけれど、少なくとも俺よりまともな人間であることは間違いない。

であればこそ、俺がするべきことは余りにも明確に過ぎた。

――もう二度と俺は、同じ間違いを繰り返してはならないのだから。

第3話　溢れないように鍵を掛けて

海という場所に惹《ひ》かれ始めたのは、一体いつのことだっただろうか。

きっかけを思い出すことはできないけど、海は私がなんのてらいもなく好きだといえる数少ないものだ。少なくとも、海派山派論争のディベートがあったら迷いなく海派代表として弁舌を振るうくらいには。

まあ、そんな心底どうでもいい下らないことを熱く議論することができる人なんて、思いつく限り一人くらいしかいないんだけど……。

それはともかくとして、私は海の途方もないほどの広さに心惹かれる。だって考えてみたら、この世界の七割は海が占めているのだ。なにそれすごい。海すごい。広い。

そして更に驚きなのが、世界の陸地は全て海で繋《つな》がっているということだった。

ゆえにそれは、途方もなく広い大海原を流され続けたとしても、必ずどこかには辿《たど》り着くということを教えてくれる。

瓶詰めのメッセージ・ボトルなんかはその最たる例で、世界を放浪した果てに必ず誰かに見つけられて巡り合うなんて、あまりにロマンティックではないだろうか。

かく言う私も、思春期の自意識が爆発した頃、ありったけの想いと叫びと祈りを書き連ねたお手紙（黒歴史とも言う）を広大な海に放流した訳なんだけど。

果たして、あの日流した私のメッセージ・ボトルは、既に誰かに届いたのだろうか。

それとも、今でもどこかの海をふわふわと当てどなく彷徨《さまよ》っているのだろうか。

もちろん、そんなことは私には知る由もない。

けれど、だからだろう。

私は海に来る度に、ふと瓶詰めのボトルがどこかに落ちていないか探してしまうのだ。

どうか。

どうか、あの日の私を。

私の想いを、叫びを、祈りを――いつか見つけてくれますようにと、そう願って。

×　　×　　×

一日ひたすら寝ていたら、翌日には風邪はすっかり回復していた。

けれど体調とは裏腹に気分は一向に優れず、現在の私はキャンパス内に併設されたカフェでモーニングタイムを過ごしながらスマホと睨《にら》めっこ中である。

『今週末、二人で遊びに行かない？』

原因は、昨晩に和田さんから送られてきた一通のメッセージだった。

恐らくは、この前の飲み会の時に有耶無耶《うやむや》になった二次会云々《うんぬん》の焼き直しなのだろう。

あの日は結局、意味分かんないメッセージが来たせいで何も言えず仕舞いだったし。

でも、だからこそ私はここで返答をちゃんとしなくてはならなかった。

「……にが」

思考をクリアにする為《ため》、温かいブラックコーヒーを一口飲むと、その特有の苦味に反射的に顔をしかめてしまう。

うわ……。苦いのは分かってたけど、ここまでだとは思わなかったな……。

元来が甘党の私としては、流石《さすが》にお世辞でも美味《おい》しいとは言えない。けれどこれは、今の私には確かに必要な苦さだった。

「──あ、来た」

すると、丁度図ったようなタイミングで悠さんが登校してきて──なんて嘘《うそ》。

多分この時間くらいに来るだろうなって待っていたら、案の定、彼の姿が見えた。

だから私はさっと手鏡で髪を整えてから、偶然と平静を装って名前を呼ぶ。

「悠さん、おはようございます。朝から奇遇ですね！」

「……おす、藤宮《ふじみや》」

私に呼び寄せられた悠さんが、テンションの低い挨拶を返してきた。

いつも通り、およそ覇気の感じられない淀《よど》んだ瞳と、全身に纏《まと》う負のオーラ。

けれど今日は何かがどこか、普段と違うように見える。少なくとも、昨日看病しに来てくれた時の雰囲気とは打って変わって、今日の悠さんはどこか冷たい印象があった。

「悠さん、どうしたんですか？　なんか目が死んでる――のはいつものことだし、全然生気がない――のもいつもですけど、普段よりも元気なくないです？」

「……それ心配してんのか貶《けな》してんのか分かんねえな。……別に、何でもねえよ。それより、風邪良くなったんだな」

「はい、おかげさまで。……その、昨日は、色々とありがとうございました」

わざわざ心配して看病しに来てくれたり、寝るまで手を握っていてくれたり、とか。

後半部は直接言える訳ないけど、昨日の今日だと流石にどうにも気恥ずかしい。

それで、悠さんももしかしたら――なんて期待して様子を窺《うかが》ってみたら、彼はただ気にすんなと言いたげに肩を竦《すく》めただけだった。

どうしたんだろう。やっぱりなんか、よそよそしいような気がする。

もしかして私、昨日ちょっとやりすぎた……？

そう考えると、さあっと血の気が引く感覚がした。

熱に浮かされて、浮かれて、距離感を読み間違えたかもしれない。

でも、そんなことは今更だ。

それを確かめる為に、私はわざわざ悠さんが来るのを待っていたのだから。

「それで、お見舞いのお礼と言ってはあれですけど、コーヒーくらい奢《おご》ります」

それから動揺を笑顔で押し隠すようにして、悠さんに向かいの席に座るように勧める。

「……サンキュ。悪いな」

「いえいえ。むしろお礼を言うのは私の方です」

悠さんが注文したのは、私と同じくブレンドのコーヒーだった。

しかもそれをブラックで飲み出したから、私は少し驚いてしまう。

「あれ、悠さんって普段からブラック派でしたっけ？」

「……いや、俺は月印派だな。まあ、ソフトカフェオーレもマッ缶も好きだが」

「別にブランド名は聞いてないんですけど……。ていうか甘ったるいの好きすぎでしょ。飲みすぎはよくないですよ？」

もし私がそんなのばっかり飲んでたら、カロリーえぐすぎてすぐ太りそうだった。

確かに、あの常軌を逸した甘さを時々摂取したくなるのは分かるけど……。もちろん、マックとかカップ麺とかポテチとかコーラとかの、ある種の背徳の味的な意味で。

「あ、でも悠さんって元から食生活終わってますもんね。ならあんまり関係ないか」

「ほっとけ。てかそう言うけど、あれってカロリーと糖質がヤバいから飢え死にしそうな時には重宝するんだよ。だからむしろ、月印は俺の生命線といっても過言では――」

すると何やら月印コーヒーに対して熱弁を振るっていた悠さんが、急に不自然なタイミングで黙り込んでしまった。

「？　どうしたんです？」

「――。……いや、何でもない」

怪訝《けげん》に思って問うと、悠《ゆう》さんが苦み走った表情で首を横に振る。

次いで彼はブラックコーヒーに口を付けて、まるで何かを戒めるように瞑目《めいもく》した。

「……で、なんか用があるんじゃねえの」

次いで瞳が開かれた後、悠さんは再び陰鬱な雰囲気を纏《まと》っていた。

その様子に違和感を覚えながらも、彼の問い自体に間違いはない。用があるのは本当だ。

だから私はぐっと胸中で踏ん切りをつけてから、何気ない感じで話を切り出していく。

「そうそう、そうなんですよ。実はこれ、ここだけの初出し情報なんですけど」

「ああ」

「――実は私、今デートに誘われてまして！　行くかどうか迷ってるんですよね～。まあ、割と結構悪くない感じの相手だったので」

少しだけもったいぶって、できるだけ軽めに、わりと悪戯《いたずら》っぽく。

鈍感か鋭敏なのかよく分からないこの人にも、ちゃんと意図が正しく伝わるように。

それでも、そうやって思ってもいないことを口にするのはちょっぴり緊張した。

悠さんの反応を待っている間は、それ以上に尚更《なおさら》に。

「――」

でも頭の中では、いくつか悠さんの反応のパターンを想定してもいた。

一番有力なのは『うわ、出たよ悪女ムーブ。そうやって男子の気持ち弄ぶのやめてあげて?』みたいな感じの冗談めかした反応で。

他にも、あわよくばヤキモチとか焼いてくれないかなーとか、多分有り得ないけど行くなって止めてくれないかなーとか。

「……ああそう。そりゃ良かったな」

でも実際に返って来たのは、想定していた反応のいずれでもなく。

まるで突き放すような、ひどく素っ気なくて冷たい返事だった。

「――。――え?」

だから、言われた言葉が理解できない。言われた意味を咀嚼《そしゃく》できない。

それで私は、わざわざ同じ言葉を二度も繰り返してしまう。

「え、あの、だから私、他の人にデートに誘われてて」

「いや、今聞いたって。そんで悪くない相手なんだろ。なら行けばいいじゃん」

けれど悠さんの返事は変わらない。

だからその意図を探ろうと思って凍えたような暗い瞳を見つめてみても、その中に在る壁に閉ざされて、彼の考えは全くもって見通せなかった。

分からない。

分からないから、分からなすぎて、私の頭は真っ白になる。

だって、そんな、そんなこと言う？

私が行く気がないことくらい、悠さんだって分かってるんでしょ？

引き止めて欲しくて言ってることくらい、当然察しているんじゃないの？

けれど、仮にそうであれば。

全部分かった上で、悠さんが敢《あ》えてそういう返事をしているのであれば。

それは、つまり――。

「な、なんですかそれ！　なんでそんな他人事《ひとごと》みたいに言うんですか!?」

行き着いた思考を否定するように、私は声を荒げて叫んでしまう。

気が付けば、椅子から立ち上がって悠さんのことを睨んでいた。

完全に熱くなっちゃってるのは分かるのに、暴れ回る感情を止めることができない。

「……いや、お前が悪くないって言うから、なら良いんじゃないのって言っただけだろ。そんなにキレることあるか？」

すると悠さんが私からすっと視線を逸《そ》らして、うんざりしたような深いため息をつく。

「ちが！　それは、その、違くて――」

違う。そうじゃない。そんなことを伝えたかった訳じゃない。

なんで。なんで。なんで。なんで。

分かってるくせに。ちゃんと理解しているくせに。

だと言うのに、ぐちゃぐちゃの頭の中で渦巻く言葉たちはついぞまともな形を取ることはなく、代わりに出てくるのは別に言わなくてもいいことばかりだった。

「っ、でも、言い方っていうのがあるでしょ！　そんな突き放すみたいに言わなくても！」

「……。そう聞こえたか？　悪いな。生憎《あいにく》まともに人と関わってきてないから、自分だとよく分かんねえんだよ」

「――っ、そういうとこ！　そういうとこが冷たいって言ってるんです！」

違う。話が逸れている。別に悠さんを責めたい訳じゃない。喧嘩《けんか》がしたい訳でもない。

ただ、一言。

私はただ一言を、悠さんに言って欲しかっただけなのに。

「そうじゃなくて、私は、違くて、私は……」

なのに胸が詰まって、上手《うま》く息が吸えなくて、口が思うように動いてくれない。

ああ、こんな風になるのなら、試すようなことなんてしなければよかった。

それとも、和田《わだ》さんの誘いを狡猾《こうかつ》にも利用しようとした私に罰が下ったのだろうか。

だからもう、何も言えない。

そうして俯《うつむ》いてしまった私に、悠さんが決定的な言葉を言い放った。

「……てか、その話はもう和田から聞いてる。なぜか俺に許可求めてくるから、好きにしろって言っといた。……だからまあ、お前も好きにすればいいんじゃね？」

「──っ」

その瞬間。

その一言で、私と悠さんの間にあったはずの「なにか」がガラガラと崩れ落ちて壊れる音がした。

それは、形になんてできないけど、言葉になんかならないけど、確かなものなんてないけれど。それでもあの日、確かに私たち二人が共有したはずの感覚で。きっと、それがあったから、私たちは多分お互いに関わり続けていて。

もしかしたら同じ痛みを──って自惚《うぬぼ》れて、心のどこかで期待すらも覚えていたのだ。

「……そっか」

でも、違った。

いや、分からない。

もしかしたら初めからそんなものはなくて、私が勝手な勘違いをしていただけなのかもしれない。あるいは、いつの間にか知らぬ間に、私が壊してしまっていたのかもしれない。

けれど、いずれにしても結果は同じだ。

今ここでそれは確かに失われていて、私たちを繋《つな》いでいたものはぶつりとあえなく断ち切られた。

「……分かりました、もういいです。なら、私も好きにします」

「……ああ、そうしてくれ」

だから拘泥はしない。言っても無駄なのは分かっているから。

だから泣いたりはしない。泣いたって誰も助けてはくれないから。

「――。っ、じゃあ今まで色々ご迷惑おかけしました。それではお元気で」

だから言いたい言葉を全部全部飲み込んで、私はその場から逃げるように立ち去る。

それから次第に駆け足になって、しまいには走り出していた。

「……バカ」

怒っているのか。

悲しんでいるのか。

「バカ、バカ、バカ」

安堵《あんど》しているのか。

失望しているのか。

「もう知るか、あんな意味分かんない人のことなんか」

自分の感情ですら自分でも分からないのだから、他の誰かの感情なんて、なおさら分かる訳がない。あんな人のことなんか、考えて理解しようとするだけ時間の無駄だ。

『——ごめん』

だから。

去り際の背中越しに聞こえたかすかな独り言を、私は聞かなかったふりをした。

×　　×　　×

「まさか来てくれるとは思わなかったな。もしかして、寺田《てらだ》君と喧嘩でもした？」

数日後の昼下がり。私が待ち合わせ場所である駅に着くと、和田さんが開口一番そんなことを言い出した。相変わらずエスパーみたいな鋭さだ。

けれどそれを認めるのも癪《しゃく》で、私は仏頂面のままふんと鼻を鳴らす。

「……別に。知らないですよあんな人」

「はは、そっか。ごめんね、俺が余計なちょっかいかけたせいで」

「いえ、別に和田さんが謝ることでは……」

「いや、謝ることだよ。寺田君を突っついたらこうなるかなーって思ってたし。ほら、彼ってそういう感じするでしょ？」

「それは、まあ、そうですけど」

なんでそれをほとんどあの人と接点のないはずの和田さんが見抜いているのかが分からない。凄《すご》すぎるでしょ、この人……。

私が一周回って戦慄していると、和田さんはふっと表情を緩めた後、私を真っすぐに見つめて言った。

「でも、どうしても今日だけは俺に付き合って欲しかったんだ。ごめん、わがまま言って」

「――」

それはまるで、全部分かっているかのような言い方だった。これから起こる未来のことも、私のことも、和田さん自身のことも。

だから、どのような返事をするべきか迷ってしまう。はいと答えるのも、そうでない返事をするのも、どこか相応《ふさわ》しくないような気がした。

「さ、それじゃあ行こうか。せっかくだし、思いっきり楽しんでくれると嬉《うれ》しいな」

すると、その間に和田さんは微笑《ほほえ》んで歩き出していく。

「――はい」

それで私は気分を切り替えるようにして、和田さんの背中を小走りで追った。

せっかく誘ってもらったのだ。

今日は、全部忘れて楽しもう。


さて、私たちが今日やってきたのは、長谷田駅から東西線で一本。アクセスの良さから学生にも家族連れにも人気の都内デートスポットの一つ、葛西臨海公園《かさいりんかいこうえん》だ。

けれど葛西臨海公園はデートスポットとはいえ、そこまで気合いを入れすぎずに遊べる雰囲気でもあり、なんというか和田さんらしい完璧かつ絶妙すぎるチョイスといえた。

まずは定番である水族館をぐるりとのんびり一巡りし、お土産屋を物色した後、カフェでスイーツを食べながらお喋《しゃべ》りをする。

それから観覧車等で一しきり遊び回っているうちに、日の入りの時刻が近づいてくる。

デートの開始時間からして、恐らく夕暮れの時間をメインに考えていたのだろう。

和田さんの提案で海辺に向かうと、そこには目をみはるような光景が広がっていた。

「うわー、きれい……」

遠く向こうに見える対岸と、陽光を反射してキラキラと輝く東京湾の水面。

それから沈みゆく日の眩《まぶ》しさに目を細めて少し視線を上げれば、夜の闇色と橙《だいだい》色が混ざり合った鮮やかなグラデーションの夕焼け空が広がっている。

「──」


その美しい景色を前にして、私はいつかの記憶を想起していた。

何のことはない。やりきれなくなって高校をサボって、メッセージ・ボトルを全力で海に放り投げた日のことだ。

確かあの日はわざわざ幕張の海まで行ったのだったか。誰も私を知らない、ここではないどこかに行きたくて、あの眩しすぎた夕日を前に訳もなく泣いたことを覚えている。

……いや、それにしても青臭すぎて痛々しすぎるでしょ。過去の私、悲劇のヒロインちゃんに酔いすぎでは？　まあ色々あったのは分かるけどさ……。

「うう、痛すぎる……」

過去のフラッシュバックに襲われていると、隣で和田さんがふふっと笑った。

「どうしたの、光莉《ひかり》ちゃん。なんか海に黒歴史でもある感じ？」

「あります……。とびっきりのヤバいやつが……」

「はは、光莉ちゃんもなんだ」

「え、もってことは和田さんにもあるんですか？　マジです？」

和田さんのような人間にも黒歴史があるという事実に、私は思わず食い付いてしまう。

だが和田さんは自らの唇に人差し指をあてて、軽く微笑んで言った。

「それは秘密。話したら、流石《さすが》に俺が悶《もだ》え死ぬから」

「ええ……。そう言われるとめちゃめちゃ気になるんですけど……」

ただ、確かに黒歴史なんて人に話すものでもない。

私だって、一生抱え込んで墓まで持っていくつもりなのだから。

すると和田さんが首に下げていたカメラを構えて、パシャパシャと風景を撮り始める。

今日一日で知ったことだけども、どうやら彼は写真を撮るのが趣味らしい。

二度と来ない美しい一瞬を切り取ることに、なにやら使命感があるらしかった。

「良い写真撮れました？」

「うん、まあまあかな。冬の寂寥《せきりょう》感《かん》は良い感じに出てると思うけど……」

それから和田さんが、私に遠慮がちに問いかけて来る。

「あのさ、光莉ちゃん。もしよかったらでいいんだけど、被写体になってくれない？　今日のこと、ちゃんと残したいんだよね」

たとえ失われてもこの時間は確かに在ったことが分かるから——と和田さんは呟《つぶや》くように言った。もちろん、その言葉の意味は私には分からない。けれど、取り立てて問うこともしなかった。恐らくは、誰かに向けられた言葉ではないと思ったから。

だから代わりに私は元気よく敬礼する。

「承知しました！　むしろ撮って貰《もら》えるの嬉しいです！　どうすればいいですか？」

「ありがとね。じゃあ、そうだな……。特にカメラは気にせず、波打ち際を歩いてくれる？　全然、濡《ぬ》れないような距離でいいから」

「はーい」

和田《わだ》さんの要望に応え、波打ち際を散策する。

せっかくだからと裸足《はだし》になってみたけれど、意外と砂の感触が気持ちいい。

そのままてくてく歩いていると、パシャパシャシャッターを切る音が聞こえた。

「うわ、すごくいいよ、これ。コンテスト出したら優勝できそう。光莉ちゃんも見る？」

「え、ほんとですか？　見ます見ます！」

ワクワクしながら和田さんに駆け寄ると、カメラの画面を覗《のぞ》き込む。

そこに映っていたのは、薄暮の空と煌《きら》めく海を背景に佇《たたず》む少女という構図の写真だった。

「おーすごい……、なんかいい感じ……」

それで思わず、ものすごく浅い感想が漏れる。

でも、写真の良さというものは、言葉にするのはどこか野暮のような気もした。

だって言葉にするということは、型に入れて、形にするということで。そうすると、言葉にしなかった部分、言葉にならなかった部分は否《いや》が応《おう》でも切り落とされてしまう。だから、この写真を見て感じたなにか、それだけが全てでいいと思った。

それでふと、私は思う。

あの人だったら、この写真を見て何を想《おも》い、何を感じるのだろうか。

言葉を尽くして語るのか、それとも言葉少なに黙り込むのか。

そのいずれの姿も容易に想像できて、同じ気持ちを共有できたらもっといいなと思う。

「――うん、よかった。良い写真が撮れて」

じっとカメラの画面を見つめていた和田さんは満足げに息をつくと、まるで宝物をしまうような手つきで、写真をデータとして保存する。

「ありがとう、光莉ちゃん。あとでこのデータ送るね」

「ありがとうございます」

ぺこりと頭を下げると、和田さんが微笑んで首を横に振る。

それから彼は、浜辺のベンチを指し示して私に告げた。

「――じゃあ、少しあっちで休憩しない？　話したいこともあるからさ」

×　　×　　×

次第に夜へと移り変わっていく空と海を眺めながら、温かい缶コーヒーを啜《すす》る。

やがてしばしの沈黙の後、和田さんが静かに話を切り出した。

「……今日は付き合ってくれてありがとね。すごく楽しかった」

「いえ、こちらこそ誘ってくれてありがとうございます。私も楽しかったです」

「そう言って貰えると嬉しいよ」

和田さんは言って、本当に嬉しそうに頷《うなず》く。

だが、その後に彼は淡く苦み走った微笑みを浮かべて私を見つめた。

それで、ああ、いよいよだと察せられる。告白も別れ話も、多分同年代の人並み以上には経験してきていて、だから空気感で話の内容は大体分かるようになっているのだ。

その点で言えば、これからの話はきっと楽しい話ではない。

「――光莉ちゃん。正直に答えて欲しいんだけどさ。……今、サークルに居て楽しい？」

「――え？」

けれど切り出された話は、正直、予想していない角度からの問いかけだった。

「えと、それは、まあ……。いや、違うんですよ？　サークルが特別楽しくない訳じゃなくて、その、楽しい楽しくないという問題じゃないというか……」

だからひどく戸惑ってしまって、適切な返しが出てこない。

思えば、私は一度だって集団の中で上手《うま》くやれた例がないのだ。まあ一番小さな社会である家族とですら上手くやれていないんだから、当然他でできる訳がないんだけど。

ゆえにその内、嫌われぬよう、孤立しないように振舞うのが常となった。

その為《ため》には、好かれて愛されるのが一番だ。

でも、下手に愛されようとすれば憎まれて、好かれようとすれば嫌われる――そんな環境に身を置いていたら、まずはどうにか生き延びるのが先決だ。楽しいか楽しくないかなんて、考えている余裕も何もあったものじゃない。

そんなことをまとまりもなく話していると、うんと和田さんが頷いた。

「──だよね。光莉ちゃん、サークルではずっと演じてたもんね」

「あー……。やっぱり分かっちゃいます？」

「うん、分かるよ。そりゃ、自分と似たようなことをしている子がいたらさ」

その彼の言葉は、驚くほどにすとんと腑《ふ》に落ちた。

ああ、やっぱり。道理でこの人のことは良く分からない訳だ。

優しい微笑みの分厚い仮面で隠されてしまっては、見えるものも見えないだろう。

それから和田さんは、穏やかに凪《な》いだ笑みを湛《たた》えたまま語る。

「でも正直、結構空回りしてたかな。特に光莉ちゃんは女の子だし。多分、皆から好かれるなんていうのは、俺よりずっと難しかったと思う」

「……まあ、実際嫌われてますしね」

私の言葉を和田さんは否定しなかった。もしかしたら、私の見えないところでも色々あって、その度に彼がフォローしてくれていたのかもしれない。

「けど、だからかな。危うくて気にしてたら、なんか段々気になってきちゃって。なんでこの子は演じてるのかなとか、素だったらどういう表情するのかなって」

そこで和田さんは一度言葉を切ると、私の瞳を見つめて告げた。

「――それで、気が付いたら好きになってた」

それはひどく端的で、でも聞き逃しようのないほどに確かな告白だった。

そして同時に、返事を求めてもいない告白というのも初めてだった。

「……でも、好きになってもどうしようもなかったんだ。俺が動いたらサークルの均衡は崩れるし、皆に好かれようとしてる光莉ちゃんの努力は無駄になるし」

ゆえにそれは私に向けられた告白ではなく、彼自身の独白に過ぎないのかもしれない。

少なくとも和田さんの中では、既に結論が出ているのは間違いなかった。

そうして和田さんは静かに凪いだ海を見つめながら、自重するように笑う。

「まあ、そんなこと知るかって放り投げて動けばよかったんだけど、俺、このサークルも好きで、失《な》くしたくなかったしさ。それで色々先延ばしにしてたら、気付けば光莉ちゃんの横には他の人が居て、あーこれは自業自得だなーって」

でも、おかげで踏ん切りがついたんだと彼は呟いた。それはつまり、外的要因があったにせよ、自分の想いとサークルの平穏を天秤《てんびん》にかけ、結局は後者を選んだということだ。

その選択はひどく和田さんらしいものであり、けれど同時に、私はどこか虚《むな》しさを覚えてしまう。

だって、所詮はその程度で諦めがつく想いだったのだから――などと思ってしまうのは、私が性格の悪い人間だからだろうか。それとも、他の全てを捨て去ってでも愛してくれる一途《いちず》なアイなんてものを夢見ている、私の歪《いびつ》さと幼さゆえの感情だろうか。

「長話に付き合わせちゃってごめんね。……でも、ちゃんと好きって言えてよかった」

「い、いえ――」

それから和田さんはよっとベンチから立ち上がると、ゆっくりと浜辺の方へ歩いていく。

「じゃあまたサークルで――って言いたいところだけど……。ごめん。多分今、俺のせいでサークル居辛《いづら》くなってるよね。一女も結構あれだし」

「そんなことはない――」

と、否定しようとして、それが何の意味もない誤魔化しなのだと分かってしまう。

「――訳でもない、ですけど……」

「うん。だから、もし無責任に聞こえたり、突き放したりしているように聞こえたら申し訳ないんだけど」

それから彼はコンクリートと砂浜の境目を越えたところで私の方を振り返り、二つしか年齢が違うとは思えないほどに大人びた眼差《まなざ》しと微笑《ほほえ》みで告げる。

「多分、光莉ちゃんが欲しいものはこのサークルでは得られないと思うな。……光莉ちゃんを居辛くしてる原因が俺だから、どの口が言ってんだって感じではあるけどさ」

「あはは、そうですね。確かに和田さんがそれ言う？　とは思いました」

「うぐっ！　ごめん……」

「嘘《うそ》です。冗談ですよ。でも――」

欲しいもの。彼が言うそれは、きっと新作の春物コートとか、秋学期の単位だとかそういう類のものでは決してなくて。それどころか何一つ具体的な形はなくて、言葉にもならなくて、目には見えない類のものだ。

「――でも、なら一体、どこにいけばそれは手に入るんですか」

そして、多分私は、物心ついた時からずっとそれを探していた。

欲しくて、触れたくて、手に入れたくて、でもどうしても見つからなくて。

彷徨《さまよ》い続けた果てに、そんなのは世界のどこにもないんじゃないかとすら思っていて。

私は、教えて欲しいと半ば縋《すが》るように問いかける。

「どうなんだろう。……もしかしたら、俺もそれを知りたいのかもしれない」

けれども返って来たのは、私と同じ目をした、哀《かな》しげな迷い子の言葉だった。

それはまるで、長い時間の放浪を重ねた末、途方に暮れて立ち止まってしまったような。

「――」

だからその瞬間、私は初めて和田孝輔《こうすけ》という人間の奥底にあるものを見た気がした。

だからこの瞬間、私は初めてもしかしたらという可能性を想定した。

仮に。もし仮に、私がもう少し早く彼の奥底にあるものを目にしていれば、今とは違う関係性も有り得たのかもしれない、と。

ただそれはあくまで仮定の話であり、現実とは大きく異なる。私と彼の間には既に確かな一線が引かれ、それを越えることはきっともう永遠にない。

そうして、僅かに覗いた和田孝輔の素顔は、すぐに分厚い仮面に覆い隠されてしまった。

「それじゃあまたね、光莉《ひかり》ちゃん。多分お迎えが来るだろうから、俺はお先に失礼するよ」

「……お迎え？　えっ、ちょ、待って、それどういう意味です？」

「あはは、さあね」

それからいつもと変わらぬ、いつも通りの爽やかで優しげな微笑みを湛えたまま、和田さんは去っていった。

×　　×　　×

ざざん、ざざんと、穏やかなさざ波が規則正しく打ち寄せている。

およそ都会の喧騒《けんそう》とは切り離されたこの場所では、寂しげな波音だけが全てだった。

あれほど眩《まばゆ》く鮮やかだった残照も既に失《う》せて久しく、世界はすっかり闇に覆われている。

眼前に広がる黒々とした海は少し先すら見通せず、全てを飲み込んでなおも飽き足らない宇宙の穴を想起させるほどだ。

だからきっと、一度飲まれたのならもう二度とは帰って来られないのだと思った。

そして、いっそどこかへ連れ去ってほしいと願う自分が居ることも自覚していた。

「……なんてね」

バカみたいな現実逃避に苦笑して、私はかじかんだ両手に息を吹きかける。けれど、この身を苛《さいな》む底知れない寒さは、そんな程度で紛れるような生易しいものではない。冷え切った真冬の海辺に長時間居たせいか身体《からだ》の芯から凍えていて、頬を刺す冷たさは痛みとなって襲ってくる。

一体全体、私はこんなところで何をしているんだろう。

一体全体、私はいまさらになって何を期待しているんだろう。

なのに和田《わだ》さんが変な言葉を言い残すから、帰ろうにもどうしても帰れない。だから、思うに成功体験とは一種の麻薬なのだ。以前はそうだったからといって次もまたそうなるとは限らないのに、期待せずにはいられない。

それから少しでも体温を逃がさないためにベンチの上で膝を抱えて丸くなっていると、遠くの方で楽しげな笑い声が聞こえてきた。

「――」

目を向けると、波打ち際でじゃれている二人の男女の姿が見える。その雰囲気を見るに、きっと付き合っているのだろう。二人はまるでこの寒さなど意に介していないように海と戯れていて、その暖かな光景に知らず羨望を覚えてしまう。

それで、いいなあ、と口の中だけで呟《つぶや》いた。あの二人はきっと、私が抱えている寒さの十分の一も感じてはいないのだろう。それどころか、もしかしたら「寒い」だなんて思ったこともないのかもしれない。

でもそれと同時に、冷めた目で彼女らを見ている自分が居るのにも気が付いていた。どうせあれも、彼氏彼女の役割を演じているだけの薄っぺらい関係なんじゃないかって。

「はあ……」

嫌な女だなあとつくづく思う。面倒くさくて捻《ひね》くれていて、ほんとに全然可愛《かわい》くない。もっと素直で純粋な女の子だったら、こんな風にはならなかったのだろうか。

『光莉ちゃんが欲しいものは——』

でも、私だって知りたいのだ。暖かさを、温《ぬく》もりを、この空白を埋めるなにかを。けれど、それを満たす為の方法を私は知らない。

誰かと居ても無理だった。抱き締められても無理だった。アイを囁《ささや》かれても無理だった。だからそれは、まるで底なしのブラックホールだ。飲み込んでも、飲み込んでも、大きく開いた心の穴からそれはぼろぼろと落っこちていって、巨大な虚無と空白だけが欲しい欲しいと終わりのない飢餓を叫ぶ。

だったら、ねえ、教えてよ。私は一体、あと何をすれば満たされるの？

「——？」

その時私は、波打ち際で月明かりを反射してキラリと光るなにかを見つけた気がした。

もしかして、あれ——。

そう思った時には、無意識のうちに海の方へ身体が引き寄せられていた。

靴が濡《ぬ》れるのも気にせずにざぶざぶと波をかき分けて、「それ」がある場所へ向かう。

だって、見つけてあげないといけない。

見つけたのなら、手に取ってあげないといけない。

なぜなら「それ」はきっと、誰かが見つけて欲しいと願い流したはずのものだから——。

「……」

果たして、足首まですっかり海に浸《つ》かったあたりで、目当ての「それ」は見つかった。

それは、長い間海を漂ううちに角が丸くなった、砕けたガラスの瓶の欠片《かけら》だった。

「……ははは」

凍えるような冷たさの夜の海に立ち尽くしたまま、思わず乾いた笑いが漏れる。

そっか、そうだよね。

そんなの、よく考えたら当たり前じゃん。

海を流れる間に何かの拍子に砕けて割れてしまうなんて、よくあることに決まってる。

なのに、なんで私は、いつか絶対に誰かが見つけ出してくれるなんて愚かにも思い込んでいたんだろう。

誰にも見つけられずに、ただ海の藻屑《もくず》と化すだけなのかも知れないのに――。

「はは、――、っ」

ガラスの破片が手から滑り落ちて、ぽちゃんと小さな音を立てた。

だからもう、二度と見つけることはできない。

それから後は、意志の力だけでは押し留《とど》めることは不可能だった。

「う、――」

瞳から溢《あふ》れ出した塩辛い雫《しずく》が、ぽろぽろと落っこちて海と溶け合って消えていく。

もう涙すら、誰にも見つかることはない。

けれど、海は全てが還《かえ》る場所だという。だとすれば、それはある意味一つの救いだった。

こんな、こんな現実でも、一つだけは確かに還るべき場所があるのだから。

「う、う、う――」

それから私は泣いた。こんなに泣いたのは、いつぶりかすらも思い出せない。

思えばいつからか、泣いたって誰も助けてくれないことを知ってから、泣くこと自体が少なくなった。泣くというのは弱い証《あかし》で、弱くあったら、敵の多い私はきっと生きてはいけないから。

でも今はいい。誰も居ないから、泣いたところで誰に見られる訳もない。

だから泣いて、泣いているうちに、心の中に溜《た》まったものが涙以外にも溢れてくる。

「――うう、バカ、バカ、バカ、バカ悠《ゆう》さん！」

そうなると、出てくるのは全部あの人への文句だった。

だって、大体全部あの人が悪い。

勝手に共感してきて、勝手に近づいてきて、勝手に優しくして、勝手に自惚《うぬぼ》れさせて、
挙句、勝手に突き放すとか意味が分からないにも程があるだろう。

優しくしたんなら最後までちゃんと責任取れって習わなかったのか、あの人は。

どうせ一人でうだうだ面倒なことを考えて勝手に一人で結論を出したんだろうけど、
ちょっとは急に突き放されるこっちの気持ちも考えてみたらどうなんだ、バーカ。

「バーカ！　ああもうほんとムカつく！　悠さんのバカバカバカバーカ！」

そんな感じで私が思うさま叫んでいると、ばちゃばちゃ波をかき分ける音がする。

「――うるせえ、バカはお前だろこのバカ！」

そうして、何故《なぜ》か独り言に返ってくる返事があった。

「……は？？？」

なので、本気で意味が分からなかった。いよいよ幻聴でも聞こえるようになったのかと、そんなことすら思ってしまう。

けれど呆《ほう》けた頭で振り返った先、そこには幻聴でも幻覚でも何でもなく、確かに悠さんがいた。

「つか、ほんとに、何してんだよ、お前！　マジで、はあっ、意味分かんねえ！　ガチでどうかしてるんじゃねえの!?」

全力疾走でもして来たのだろう、悠さんはぜいぜいと荒い息を吐きながら声を荒げて私を睨《にら》んでいる。なにをそんなに取り乱しているのだろうか、この人は。

「いや、意味分かんないのは私の方なんですけど……」

そのせいで、一周回って私の方が冷静になってしまう。

「ていうかなんで悠さんがここに居るんですか？……今更、何しに来たんですか」

自分勝手に突き放したくせに。

そんな恨みも込めて問うと、なぜか悠さんが逆ギレしてきた。

「なんでって、そんなの、お前が訳分からんことをしようとするからだろうが！」

「だからそれが意味分かんないんですって……。なんなんですか、訳分からんことって」

「だから、今お前がやろうとしてたことだよ！　入水自殺《じゆすいじさつ》とか洒落《しやれ》にならねえだろうが！」

「は??」

ちょっと待って、ほんとに何を言ってるのこの人？

流石《さすが》に全く理解が追いつかなくなって、私が九十度くらい首をかしげていると、ようやく悠さんが落ち着いてくる。

「……え、ちょっとタイム」

またタイムアウトだ。この人、一試合に何回タイムアウト要求するつもりなんだろ……。

すると悠さんが何度か深呼吸した後、私をじっと観察してくる。

「……あの、一応聞くけど。藤宮《ふじみや》、今さっき何しようとしてた？」

「え？　いや、探し物っぽいものを見つけたので取りにいっただけですけど……」

「……。マジで？　入水自殺とかじゃなくてか？」

「は？　え、悠さんってガチでバカなんですか？　そんなことやる訳ないじゃないですか私のことなんだと思ってるんですか？　いくら温厚な私でも流石にキレますよ？」

大体、なんなの入水自殺って。どこからその発想が出てくる訳？

ガチでヤバいメンヘラ女だと思われていたという事実に若干ぴりつきながら否定すると、悠さんがふっと息を吐いて天を仰ぐ。それから彼は、へなへなと膝から崩れ落ちた。

あの、ここ一応海の中なんだけどいいの……？

だが悠さんは濡れるのも気にせず、浅瀬の海底に座り込んだままぼやく。

「あー、くっそ、騙《だま》された……。あいつマジで今度会ったら絶対ぶん殴ってやる……」

「あの和田《わだ》とかいう奴《やつ》だよ……。あいつが意味分からんＬＩＮＥしてくるから……」

「あいつ？」

なるほど、そういうことか……。

それで私はようやく、和田さんが言っていた「お迎え」の意味を理解した。

多分和田さんがデートの後で、私に関するあることないことを悠さんに伝えたのだろう。

それで見事に釣られた悠さんがいざ現場にやってくると、折しも私が海に入ろうとしていたので早とちりしてしまった――流れとしては多分そんな感じのはずだ。

「――」

でも、待ってほしい。だって、それってつまりは――。

「……なんだよ、ニヤニヤして」

「――。いえ、別に？　ただ、なんだかんだ私のこと心配だったんだなって思って」

それって、つまりはそういうことだ。だから、つい頬が緩んでしまうのを抑えられない。

なんだ。なーんだ、そうだったのか。私、別に嫌われた訳じゃなかったのか。別に、縁を切られた訳じゃなかったのか。

「ふふふ、ほんと素直じゃないですね、悠さんは。まあそういうところもかわ――ひゃあ！」

なので、思う存分悠さんを煽《あお》ってやろうと思った矢先、座り込んだ悠さんが私に向かってばしゃと海水をかけてきた。

「ちょ、何するんですか!!　めちゃめちゃ冷た――ひゃあ！　ちょマジで止《や》めて下さい！　何なんですかいきなり!!」

あまりに唐突な蛮行に悠さんを睨むと、彼は浅瀬に座ったまま、ふっと皮肉げに笑った。

「だってお前言ったじゃん。死なば諸共《もろとも》って。だから俺だけ濡れてるのが不公平――じゃない、申し訳ないから、巻き込んでやろうと思って……」

「思って……、じゃないんですけど？」

ていうか本音が漏れすぎじゃない？　まあ本気で私が入水自殺すると思って駆け付けたんなら、悠さんの徒労感も分からないでもないけど……。いや、やっぱり分からない。だからって真冬の海で女の子に水ぶっかけることある？

なので私もまた、やられた分はやり返すことに決めた。なにせ、やられっぱなしは気に食わない。

「えい」

「冷たっ――！　おい待て、いくらなんでも頭の上から水ぶっかけるのは反則――」

「えい」

「っ!!　バカかお前、流石にそれは加減というものが――」

「えい」

「くそ、やりやがったなてめえ……」

それから不毛な水かけ合戦が開始され、瞬く間に海水でびしょ濡《ぬ》れになる私と悠さん。

真冬の夜の海で水のかけ合いとか、傍《はた》から見たらこいつら何してんだバカなんじゃないのって絵面だ。いや正直、やってる当人ですらバカなんじゃないのと思っている。

けれど、何故だろうか。

冷え切った身体《からだ》は凍《い》てついていて、水の感覚は冷たいというよりもはや痛くて、こんなの寒くないはずがないのに。なのに、不思議と寒さは感じなかった。

×　×　×

一しきりふざけ合った後で海から引き揚げ、濡れた服をどうにか絞る。流石にこのままだと電車に乗るにも乗れないから、ちょっと乾くのを待つしかないだろう。それから私は、隣で同じように服を絞っている悠さんに視線をやった。

「くそ、マジで冷てえ……。普通に凍死するだろこれ……」

ぶつぶつ文句を言っている悠さんは、一見普段通りの様子に見える。

しかし、改めて私と視線がかち合うと、悠さんは何かを思い出したかの如《ごと》く顔をしかめ、ゆるゆると左右に首を振った。それはまるで、自分で自分自身を戒めるような仕草だった。

それで私はふと、以前も同じ仕草を見たなと思う。

確かあれは少し前、私と悠さんが喧嘩《けんか》をした時のことだ。あの時はどうして急に突き放されたのか分からず仕舞いだったけど、今ならどうしてか分かる気がした。

「……なあ、藤宮。俺は――」

「あ、あの!!」

だからその先を言わせてはならないと、私は反射的に声を上げる。

だって、言わせてしまえば多分全部が終わってしまう。

一体何が悠さんをそうさせるのかは分からないけど、きっと私は不用意に近づきすぎてしまったのだ。気が付かないうちに私は悠さんが彼我の間に引いている境界を越えてしまっていて、余人が踏み込んではいけない領域にまで足を踏み入れてしまっていた。

その結果があの日の悠さんの拒絶で、それが今、この瞬間まで続いているのだろう。

「あの、ですね、その――」

だから、私は知りたいと思う。

悠さんに深く焼き付いた記憶がどんなもので、どうして今も彼のことを縛っているのか。

『春佳《はるか》ちゃん』がどんな人で、悠さんはその人のことをどんな風に想《おも》っているのか。

知って、知った上で、過去の記憶なんかじゃなくて、こっちの方を向いて欲しい。

「えと、その……」

けれどそれは、抱いてはならない願望だ。だって、私がこれ以上近づいたら、きっとこの関係は壊れてしまう。不用意に手を伸ばして触れてしまえば、今の時間は儚《はかな》く泡のように弾《はじ》けてしまうから。

「――」

でも、だったら。

だったらいっそ、知らないままでもいいんじゃないか。

私が楽しいって思えて、悠さんが笑ってくれている。

そんな今に不都合はなく、なら、これ以上私が望むことなんてないはずだ。

見ないように、触れないように――そうすればこのまま、私はここに居ることができる。

流されて彷徨《さまよ》った果ての果てにようやく見つけた、私が居たいと思える場所に。

「……あの。悠さん、覚えてますか。この前、一個約束したこと」

だから私はズルいのを承知の上で、二度とは使えない一回限りの魔法を使った。

「……約束?」

「はい。悠さんが酔い潰れた次の日、言いましたよね。私の言うことを何でも聞くって。

それ、今使います」

それは、たとえどんな醜い灰被《はいかぶ》りの少女でも、キラキラ輝くお姫様に変えてしまえる、とっておきの魔法。たとえまやかしで間違っていると分かっていても、何もかもを有耶無《うやむ》耶《や》にしてしまえる、最大最強のマジックワードだ。

「お願いの内容は――そうですね、〝悠《ゆう》さんは私が悠さんの家に泊まるといったら絶対にそれを許可しなければいけない〟で、お願いします」

「――」

きっと、このどうしようもなく面倒な人は、そうでもしないと離れていってしまうから。

きっと、このどうしようもなく強欲な女は、そうでもしないと近づきすぎてしまうから。

「……あ、拒否権はないですよ。何でも言うこと聞くって言いましたもんね？」

「――。――。――それは、流石にズルすぎるだろ……」

だから私たちは、それが言い訳に過ぎないことを承知の上で、そんな約束を二人で交わす。

彼の抱えた何もかもを知らないままで、私が隠した何もかもを見ない振りして。

いずれは解けると知っていながら、決して開かないように私は心に鍵をかけた。

中学に入って思春期を迎えた頃から、俺は薄々周りの友人たちと何かが違うことを感じていた。

例えば、男子ならば必ず盛り上がるだろう下ネタに上手《うま》く乗れなかった。

例えば、クラスの可愛《かわい》い子で抜いただとか、どの子の胸が大きいとか、体つきがエロいとか。そんな男子同士の会話に対してさっぱり共感できなかった。

例えば、誰と誰がヤッたとか、童貞を卒業したいだとか、そういうことに興味がなかった。

こんな風に、日常を過ごす中の些細《ささい》な違和感を挙げていけばキリがない。

でも、かといってそれを殊更に深く考えたことはなかった。人並みに異性に興味はあったし、実際誰かに「恋」をした経験もあったから。

だから、その違和感が顕在化し問題となったのは、俺に初めての彼女ができた時だった。

忘れもしない、高校二年の夏のことだ。花火大会に誘って、俺は白澤《しらさわ》春佳に告白した。

一年の時からの片思いだったはずだが、その頃から何となくお互い意識し合っていたのを後から知った。

とはいえ、今はその話はいい。問題は、告白の直後だった。

見つめ合い、視線が絡まり合う。

俺は、数多《あまた》の映画やドラマで見てきた瞬間が、遂《つい》に来たのだとその時思った。

フィクションの中の存在だと思っていたキスが、現実でもあるものだとその時分かった。

心臓が暴れて、訳が分からないくらいに緊張したせいか、ほとんど前後不覚みたいな状態になりながら、俺と春佳は唇を重ねて初めてのキスをした。

——感じたのは、幸福でも、興奮でもなく、違和感だった。


それでも初めの頃は、上手くやっていた。

お互い好き合っていたのは確かだったし、一緒に居るだけで楽しかった。

手を繋《つな》ぐまでは、それほど強い違和感を覚えずにいられた。けれど、抱き締めるだとかキスをするだとか、その段階になると本能的な忌避感があった。

だから俺と春佳の関係は、数カ月たっても肉体的な接触が増えることはなかった。

当時の俺は、それが『普通』でないことも、春佳の想いにも気が付かずに。

ただ一緒に居て楽しいから。彼女とのそんな関係に満足していた。

「え？　まだ手出してないのかお前。おかしくね？　あんなに春佳ちゃん可愛いのに？」

「普通、彼女に触りたくならない？　そうならない悠は春佳のこと、本当に好きなのか？」

だが次第に、友人たちにそう言われるようになった。だから俺は焦るように、自分の想いを証明するように、クリスマスに春佳をデートに誘った。顔を赤くして、でも春佳は安心した笑みを浮かべて嬉《うれ》しそうに、頷《うなず》いてくれた。

そして迎えたクリスマス。結論だけを言えば、俺は失敗した。

その日以来、俺と春佳の関係は拗《こじ》れていった。後のことは、もう語るまでもない。結局、俺は春佳と別れた。お互いに傷だけを残して、傷つけ合って、最悪の別れをした。

以来、ずっと考え続けて来た。

どうすればよかったのか、どうすればああはならなかったのか。何がダメだったのか。何が間違っていたのか。俺はおかしいのか。『普通』じゃないのか。

分からないまま、時だけが過ぎる。後悔だけが降り積もり、傷は治らないまま膿《う》んでいく。失うことの恐れが俺を臆病にさせ、一人で居る楽さを知り、慣れていった。

そんな、大学一年の秋頃だった。

興味があって取ってみたジェンダー論の講義の中で、他人に性的欲求を抱かないセクシュアリティ――『アセクシャル』というものがあることを知った。

その瞬間、俺の脳に電撃が走った。これだ、と思った。

俺はこれだと、理解した。

普通じゃない、おかしいと思っていた俺が、自身を肯定された瞬間だった。

しかし。

否、だからこそ、俺は考えてしまう。

ならば「恋」ってなんなんだ。ならば「好き」ってなんなんだ。
一緒に居たいと思うのは、違うのか。
共に居て楽しいと感じるのは、そうなのか。
ならば、それは友愛と何が違う。それは親愛と何が違う。それは信愛と何が違う。
考えて、考え抜いた末、俺は思考を放棄した。
数多の著名な哲学者らが挑んで、なおも答えの出ない命題だ。
一介の大学生風情に答えが見つかるはずもない。
そもそも、言葉というもの自体が感情を適切に表しているとは言い難いものだ。
であれば、言葉にして証明しようとするのが根本の間違いではないか。
そんな風に、目を逸《そ》らしてきた。
目を逸らして、けれど、俺が『普通』ではない——その事実だけは揺るがない。
そして、過去の痛みと後悔とその事実が、鎖となって俺を縛った。
臆病さに雁字《がんじ》搦《がら》めになり、どうせ失うという諦念が心を占める。
やがて、それが俺のスタンスになった。
踏み込まず、踏み込ませず。
それでいいと、そうやって生きて行けばいいと思っていた。

——けれど、そんなとある冬の日に、俺は一人の少女に出会ってしまった。

第3章　side 寺田悠

第1話　変わらない過去、変わりゆく今

上京して一人暮らしを送る学生にとって、最も大きな問題とはなにか。

それは無論、言うまでもなく金である。

何しろこの社会は一にお金で、二にお金、三四がなくて、五にお金と言っても過言ではないくらいに金がないと生きていけないのだ。

加えて、ただでさえ物価が高い上にクソ田舎には有り得ない量の娯楽と消費の欲望が溢《あふ》れているのが東京という街なのだから、お金など幾らあっても足りるはずがない。

結果、上京したてで希望に満ちていた若者たちは金欠からやがて東京の暗部に取り込まれ、負のスパイラルから抜け出せなくなるのである。いや、知らんけど。

とはいえ一人暮らし大学生に金がないのはどうしようもない事実であり、愛すべき実家からの仕送りだけでは生活困難であった俺もまた、皆無のはずの勤労意欲を必死にどうにかこうにか絞り出して、泣く泣くバイトに勤《いそ》しんでいた。

「あー、働きたくねえ……。どっかに一億円入ったアタッシュケース落ちてねえかな……」

「ちょっと寺田《てらだ》君。仮にも仕事場で労働への怨嗟《えんさ》を垂れ流すのやめてくれる？」

時刻は午後四時四十分過ぎ、場所は高田馬場の個別指導塾。

来たるべき五時からの授業に向けて俺がデスクで授業準備をしていると、同僚の市原亜《いちはらあ》耶《や》が呆《あき》れたようにため息をついた。彼女は長谷田大理工学部二年で、長めの黒髪をハーフアップで纏《まと》めた理知的な雰囲気の女性である。

そのまま市原は疑わしげに俺を見やり、

「ていうか、その態度でクビにならないのが不思議。もしかして裏金でも渡してるの？」

「それ最早《もはや》バイトの意味ねえんだよな……。いや、流石《さすが》に授業は真面目にやってるって」

「ふーん、ならいいけど。生徒さんに変な影響は与えないでね？　思想教育とか洗脳とか」

「おい待て、お前の中での俺の認識どうなってんの？」

俺がげんなりしつつ問うと、さあねと市原が軽く微笑《ほほえ》む。

この若干の辛辣さとからかいを込めたやりとりも、バイト先で顔を合わせる内に割と毎度のものとなっていた。

するとその時、ピコンと俺のスマホの通知が鳴る。それから、あら珍しいとでも言いたげな市原の視線に肩を竦《すく》めて応答しながら画面を見ると、

『なんかちょっと色々とサークルがアレなんで今日遅くなります。ちゃんとカップラーメン以外を食べること。いいですね』

そんな藤宮《ふじみや》のＬＩＮＥの後になんか奇怪な鳥みたいな怪物が指をびしっと突き付けてきているスタンプが送られてきていた。

「――」

その返事に迷い、しばし人差し指が空を彷徨《さまよ》う。

お前今日もうち来るのかよというツッコミは置いておいても、文面からして厄介なことになっているのは想像に難くない。

『大丈夫か?』

だから俺はそんな五文字を入力して紙飛行機をとばそうとし、思い直して削除する。

違うな、これは。一体全体何について大丈夫か聞いているのかよく分からないし、そもそも藤宮のメッセージは業務連絡だ。なら俺も業務的に返すのが適切だろう。

そう結論付けて、画面に指を滑らせる。

『りょ』

ついでポチッとメッセを送ると、即座に既読がついた。

『は? なんで既読ついてから二文字返信するまでにそんなに時間かかるんですか? 既読無視されたと思ったんですけど?』

それから十秒後にはそんなＬＩＮＥが飛んでくる。

多分ふくれっ面でもしているのだろう。苦笑しながら、俺は返信する。

『すまん。てかお前が入力するの速すぎるだけの説ない?』

『ないですね。悠《ゆう》さんが遅いだけです。人とやり取りしないからスキルが磨かれないんですよ。そんなんじゃ私のスピードについて来れませんよ？』

『ついて来れるか、じゃねえ。てめえの方こそ、ついてきやがれ——！』

『は？』

『や、何でもない。人生で一度は言ってみたい台詞《せりふ》を叫んでみただけだ』

『は？』

ポコポコ流れるメッセージを見ていると、まるで目の前で喋《しゃべ》っているような錯覚を覚える。声音や表情。恐らく今、藤宮はしらっとした目つきをしているはずだ。

なんてそんな想像ができるくらいには、俺は彼女のことを知ったのかもしれない。

『まあいいです。そういうことなんでよろしくです』

『りょ』

やり取りが途切れ、スマホから顔を上げる。

すると市原が目を丸くして俺のことをまじまじと見ていた。

「なに、どした？」

気になって問うと、市原は数度瞬《まばた》きした後、苦笑して言う。

「いえ、別に。あの寺田君に彼女できたのかって思って驚いていただけ」

「は？　急にどっからそれが出て来た？」

「違うの？　なんだか楽しそうだったし、今連絡来た子がそうなのかなと思って」

「いや違うって……。あいつはただの――」

言われた言葉に苦笑しながら否定しようとし、けれど途中で俺の声は途切れてしまった。

途切れたのは恐らく、俺と彼女の関係性を表す適切な言葉を持たなかったからだ。

藤宮はただの――なんだ？

あいつは、俺の、なんだ？

友人とも違う。恋人な訳がない。

『拒否権はないですよ。何でも言うこと聞くって言いましたもんね？』

けれど、であるならば、どうやって俺とあいつの関係を定義すればいい。

「――」

そのまま答える術《すべ》もなく俺が押し黙っていると、市原はバツが悪そうな顔になった。

ややあって、彼女はやれやれとため息をつく。

「ごめんなさい、変なこと聞いたかも。色々と微妙な感じなのね。せいぜい頑張りなさい」

「うるせえ、余計なお世話だっての。つか、それならお前の方が頑張れよ」

意趣返しに俺がそう言うと、市原がむぐっと喉を詰まらせた。

「な、なん、ど、え？」

「おい、日本語になってねえぞ。大体そんなのは見てれば分かる。多分当人以外、この塾の人全員が知ってるぞ」

「うそでしょう……」

俺が周知の事実を今更ながらに告げると、市原ががっくりと肩を落として両手で顔を覆った。ご覧の通り市原は、同僚の大谷《おおたに》とかいう鈍感バカに片思いをしているのだ。

恋、愛。好き、嫌い。けれど、そんな類のものに振り回されて日々奮闘する市原の様子は、やはり俺にはどこか遠い。あるいは俺も、彼女のように『普通』の恋ができるような人間に生まれていれば良かったのだろうか。

×　　×　　×

「つー訳で仮定法っていうのは、現実では有り得ないことを表す表現だ。もし今こうなら、こうなのに——って言って現実じゃない現在を妄想するのが仮定法現在」

「ふむふむ」

「それで、もしあの時こうだったらこうだったのに——って言って、有り得たかもしれない、けど実際はなかった過去を夢想するのが仮定法過去——つかこれ、先週やったよな?」

「ふむ、記憶にございません」

「てめ、このやろ……」

個別指導中。しれっとした顔で頷《うなず》く教え子に俺は呆れてため息をつく。

するとと、今現在高一の教え子——大島敬《おおしまたかし》がくいっと眼鏡を押し上げて言った。

「でも、ということはあれですかね。もし今異世界転生したら、俺もチーレム無双できるのにっていうのが仮定法現在で、もしもあの時君の手を握っていたら、僕は君を救えたのに、っていうのが仮定法過去だと」

「……うん、そんな感じでいいや。で、作り方は覚えてる？」

「もちろん覚えてますって。舐《な》めないで下さいよ。えっとですね、まずは空から落ちてくる記憶喪失の女の子を拾ってですね——」

「別にセカイ系の作り方は聞いてねえよ！」

素晴らしいボケに思わず突っ込みを入れてしまった。シフトに入っていると多くの教え子と接することになるのだが、中でも大島とはわりと距離感が近い。見ての通り、波長が合うのだ。

とはいえ距離感が近いのはメリットもあるが、授業の緊張感という面では薄い。なのでメリハリというのが教師の立場としては大切だった。

「はい、これからそろそろ真面目にやるぞ」

「そうですね。僕の成績が上がらないと先生がクビになっちゃいますもんね。それは困るので、ちゃんとやってあげましょう」

「なんで上から目線なの？　まあいい。それじゃ復習するぞ。仮定法の作り方は——」

それから五十分ほど集中して解説と演習をこなした後。

休憩時間に大島がぐでーと机に突っ伏しながら話し始める。

「なんか問題やってて思ったんすけど。仮定法過去って虚《むな》しくないすか？」

「虚しい？」

俺が聞き返すと、大島はそうですすと答えた。

「だって結局あれ、意味ないじゃないすか。あの時こうしてたらこうだったのにって言ったところで、実際はそれができなかったから今がある訳で。なのに、無駄なＩＦを想定するのはきちいなと」

「──ああ。そうかもな」

俺は大島の言葉に、深く頷いた。

その虚しさはひどく分かる。だってこの人生に「もしも」は存在しない。

やり直しのきかない不可逆の一方通行。それが人生というものだ。

「けど、意味なくても考えずにはいられない。人間ってそういうものじゃねえの？」

もしもあの時こうしていれば。

もしももっと何かが違ければ、上手《うま》くやれていれば。

そんな風に願う「もしも」はきっと後悔の形をしていて、突き詰めればそれは仮想の中で己に有り得た輝かしい可能性を求める行為に他ならない。

であればそれはひどく感傷的な行為ともいえる。

想定すればするほど、結局、痛感するのは持ち得なかった現実なのだから。

「おお、なんか深いっす……」

俺の答えに大島が感嘆の声をあげ、それからしんみりと教え子は言った。

「先生にはそういう後悔があるんすねえ。いいなあ大学生、かっけえなあ……」

「――、まあ、だろ？　人は後悔する度に一歩前に進んで大人になっていくのさ、少年。だから今のうちにたくさん後悔したまえよ」

否定はしない。その代わりに、俺はおどけて御託を並べる。

けれど自分で言っていて、ひどい欺瞞《ぎまん》に嫌悪を覚えた。

何が大人だ。

何が前に進むだ。

その場に足を縛られて、ずっと同じ場所に留《とど》まっているだけのくせに。

『ねえ、教えて。悠はわたしのこと、本当に好きで居てくれているんだよね……？』

知らねえよ、そんなの。

そもそも「好き」ってなんだよ。どんな感情なんだよ。

なら、俺のそれは違ったのかよ。

『ほら、やっぱり。だから結局、悠はわたしのこと別に好きでもなかったんだよ。なのにわたし、一人で舞い上がっちゃってバカみたい』

『わたしたちさ、多分付き合わない方が良かったよね。……そうすれば、こんなに苦しい想《おも》いをしないで済んだのにね』

『ごめんね、自分勝手で。でも、これで全部終わりにしよう？　これ以上一緒に居たらわたし、多分ダメになる。きっと、もっと悠のこと傷つけちゃうから』

それから授業が再開しても。

俺の耳には、過去からの言葉がずっと残響し続けていた。

×　　×　　×

バイトから上がり、牛丼屋で適当に夕食を済ませてから帰宅の途につく。

その最中、高田馬場のロータリー付近で、俺に声をかけてくる人間がいた。

「や、久しぶりだね、寺田《てらだ》君。あれから調子はどう？」

片手をあげて胡散臭《うさんくさ》く微笑《ほほえ》むのは、どこぞの芸能人と見紛《みまが》う容姿の長身の男――つまり言うまでもなく和田孝輔《わだこうすけ》だ。普段ならこいつの顔を見るだけでテンションがだだ下がりするのは間違いないのだが、今日はむしろこの遭遇はありがたかった。というのも、俺にはこいつをとっちめてぶん殴らなくてはいけない事情があるからだ。

「……ああ、マジで調子狂いっぱなしだよ。おかげさまでな」

「はは、そっか。それは良かった。最高だぜとか言われたらイラっとくるしね」

なので敬語などはぶん投げて皮肉のジャブを一発打つと、にこやかな笑みで嫌味が返ってくる。

いや、やっぱこいつが皆から好かれる人気者とか無理ありすぎるだろ。普段どんだけ分厚い仮面被《かぶ》ってんだよ、この腹黒野郎……。

とはいえ、和田がここまで黒い顔を見せるのは恐らく俺以外には居るまい。なにせ、こいつからすれば俺は一般的に言う「恋敵」である。であればそんな奴《やつ》にはわざわざ好青年を取り繕う必要もない訳で、つまりはこの黒い和田を知っているのは俺だけだといえた。

え、なにそれ、俺だけ和田君の特別ってこと――？

などとトキめいている場合ではない。

「つか、あの意味分かんねえメッセージは一体何がしたかったんだよ」

俺が単刀直入に切り込むと、和田は惚《とぼ》けたように首を傾《かし》げる。

「なにって。そりゃ君が光莉《ひかり》ちゃんを迎えに行くよう仕向けただけだよ？」

「……は？」

何いってんだこいつ。俺は和田の言葉に思わず耳を疑う。

だって、そんなことをするメリットが和田にはどう考えてもない。

俺と藤宮《ふじみや》がすれ違ったままだった方が、こいつにとっては好都合ではないか。

「ああ、誤解しないで欲しいんだけど、断じて君の為《ため》にやった訳じゃない。別に君がどうなろうが俺の知ったことじゃないしね」

俺が怪訝《けげん》な顔をしていたのに気が付いたのか、和田が苦笑交じりに言う。

それから和田はそこで言葉を切って、射貫《いぬ》く様な瞳で俺を見つめた。

「――ただ俺は、光莉ちゃんの為にやっただけだよ。あの子が笑顔で居られるなら、それが一番いいから。……だから、もし君があの子を傷つけたら――ちょっとどうなるか分かんないね、俺」

静かで、けれど大きな感情が秘められた声音。

ゆえにそれは事実上の撤退宣言であり、そして敵対宣言でもあった。

「……そうかよ。余計なお世話どうも」

俺は、あの日に藤宮が和田とどのような会話を交わしたのかは知らない。それを聞く権利も、知ろうとする権利すら俺には決してないから。

ただ、それでもいくらか推測くらいはつく。そのことを鑑みれば、和田は恐らく俺と藤宮の関係を誤解しているのは明らかだ。だから、その誤解は解いておく必要があった。

仮に。仮にそれが俺にとっては都合のいい誤解だったとしても、解かないでおくことは俺の心が許さなかった。

「……あと、一人で先走ってるところ悪いが。――俺は別にあいつと付き合ってない。そこのところは誤解すんなよ」

言うと、今度は和田が絶句する番だった。

彼は軽く目を見開いた後、なにかを言いかけるようにして口を開き、再び口を閉じる。

だが、大抵言わんとしていることは手に取るように分かった。どうせ『え？　あの流れで迎えに行って、普通付き合わないとかある？』みたいな感じの内容だろう。

ああ、そうだろうな。

俺だって和田の立場だったら当然そう言うだろうし、なんならフィクションでそんな展開があったら確実にツッコミを入れている。なんなんだよ、そのクソ展開。引き延ばしに入ったラブコメかっつーの。

「――へえ、そっか」

しかし和田はそんなことは一切口にはしなかった。

その代わりに、目の前の男は瞳を細めるようにして俺のことを具《つぶさ》に観察していた。

まるで心の奥底まで見通すような、透徹した瞳。その異様なまでの迫力と空恐ろしさに、俺は本当に全てを見透かされている錯覚までもを抱いてしまう。そんなことが有り得る訳がないのは分かっているのに。

それからややあって、和田はふっと短く息を吐くと、にこりと微笑んだ。

「……まあ、なにか色々と事情があるんだろうね。君にも、光莉ちゃんにも。あと、寺田君が女の子の気持ちを弄ぶクズ男って線もあるけど——、いやごめんそれは無理か」

「おい、何気に俺のことバカにしてるだろてめえ……」

「やだな。気のせいだろ？」

肩を竦《すく》めて和田が皮肉げに笑う。そうした振る舞いすら様になっているのがこの男の腹立たしい所だ。ていうかこいつ、さっきからちょくちょく刺々《とげとげ》しくない？　もしかして俺のこと嫌いなの？　いやまあ、そりゃもちろん嫌いなんだろうが……。

ところが和田はそのまま立ち去るでもなく、ああそうだと思い出したように会話を続けてくる。

「あと、寺田君に伝えておくことがあったんだ」

「なんだよ。もしかしてまだサークル誘うつもりか？　死んでも絶対入らないからな」

「あはは、分かってるよ。ていうか、その逆かな」

そこで和田は笑みを収めると、僅かに苦味と痛みを湛《たた》えて、絞り出すようにして告げた。

「──実は、光莉ちゃんがサークル辞めることになってね」

「──」

和田の告げた事実に、俺は一瞬言葉を失う。だが、遅れてやってきたのは奇妙な納得感だった。無論、初めて聞く話ではあるが、それはある程度予想できたことでもあったからだ。何しろあいつは言葉の端々で上手くいっていないことを匂わせていたし、この前に和田と話した時にサークルの均衡云々《うんぬん》の話もした記憶もある。

だから問題になるのは、それがあいつ自身の意志での決断なのか、それとも止《や》むを得ずに辞めざるを得なかったのかという点だった。

「……それ、お前らが寄ってたかって藤宮を追い出した訳じゃないよな？」

「……どうだろう。もちろん、辞めるって言い出したのは光莉ちゃんだよ。彼女は彼女の意志で辞めた。……ただ、光莉ちゃんがサークルに居辛《いづら》くなってたのも事実だし。きっと、俺のせいでもあるんだと思う。多分、こうなる前にもっと上手にやる方法はあったはずだから」

でも、今の光莉ちゃんにとっては辞めることが最も良い選択だと思ったんだ、と。

ぐっと拳を握りしめて、悔いるように和田は言った。

ゆえに俺は、和田を糾弾する権利をもたない。恐らく、サークル代表として務めてきたこいつにしか分からない苦悩と葛藤があったはずで、それを外部の人間がとやかく言っていい道理がないから。仮にその権利があるとしたら藤宮だろうが、あいつもそんなことはしないだろう。和田がサークルの為にどれだけ腐心して来たのかは、俺よりもずっと彼女の方がよく知っているはずだ。

「……まあ、藤宮が納得してるんならいいんじゃねえの？　お前としては不本意だろうが」

「ああ、不本意だよ。――なにより不本意なのが、彼女の決断の最終的な理由になった人間の存在だけどね」

「――」

それに対して、誰だよそいつとすっ惚《とぼ》ける選択肢もあった。

あるいは、適当に混ぜっ返して煙に巻く選択肢もあった。

ただ、そのいずれもの返事をすることを俺の中で何かが咎《とが》め、結果、黙り込む以外に他はなかった。

「……へえ。自覚はあるんだ。本当によく分からないな、君は」

「うるせえな黙ってろ」

興味深げに片眉をあげる和田に悪態で返事をする。

てめえなんかに分かられてたまるか。否、他の誰にだって分かられてたまるか。

「で、もういいか。そろそろお前の顔見てるのが嫌になってきたんだが」

「はは。それは申し訳ない。けど、実は今、ちょっと思いついたことがあってね」

正直、嫌な予感しかしない。

だから俺は、この時にさっさと全力でその場を立ち去るべきだったのだ。

ところが俺は律儀にも、和田の話を聞いてしまった。

「――確か寺田君って部活経験者なんだよね。なら今度、俺と君とでテニスしない？」

「……は？」

随分唐突とも思える和田の申し出。それは字面だけを見れば、単なるテニスの誘いでしかない。だが、これまでの俺と和田の関係を踏まえれば、それがそんな生易しいものではないことくらいはすぐに分かった。

なんだそれ、絶対にやりたくねえ……。

「……シンプルに嫌なんだが。なんでわざわざお前とテニスしなきゃいけないんだよ」

「ああ、いや。嫌なら断ってくれても構わないよ。別に無理強いはしないから」

まずもって拒絶の意志を伝えてみると、あっさりと和田は引き下がる。否、引き下がったようにみえて、言外に俺を煽《あお》りまくっていた。

つまりはこれは、シンプルな決闘の申し出なのだろう。直接言葉にしたのでもなければ、その結果で何かを賭けたり決めたりするのでもない。強制力など一つとしてなく、申し出を受けるか否かは俺の意志に委ねられている。

ただ、それでもこれは、引き受けない訳にはいかなかった。

俺の中にある意地だとかそんなものが、引き受けないことを許容しなかった。

「……分かったよ、やればいいんだろ、やれば。つか、ほんとお前性格悪いな」

全力で顔をしかめながら俺が申し出を受けると、和田がふっと皮肉げに笑う。

「褒め言葉として受け取っておくよ。それで伝わる君も大概だけどね。それじゃ、時間と場所が決まったら連絡する」

「ガチでいらねえ……」

ていうかそもそも、こいつに俺の連絡先がバレているのが最悪すぎる。

なんで勝手に教えちゃったんだよ、藤宮。和田なんかに教えたら悪用されるに決まってるだろうが。そのまま揚々と去っていく和田の背を見送った後、俺は天を仰いでぼやいた。

「負けず嫌いすぎだろ、アホ……」

いくら成長して大人なふりをしようが、バカな男子の根本はどうにも変わらないらしい。

×　×　×

およそ真冬の夜ともなると、外気は刺すような冷たさを持つ。

和田と別れて帰宅の途に就く最中にも、襟や袖の隙間から冷気が内に侵入してきて、ポケットに突っ込んだ手は既にかじかみかけていた。

「寒っ……」

だというのに、深夜の高田馬場駅前は依然としてカオスだ。

名物の高田馬場駅前ロータリーでは、酒を広げてバカ騒ぎする大学生の群れが居て。

ひどく酔っているのか、ふらふら歩くスーツ姿のサラリーマンが居て。

煌々《こうこう》とネオンが輝く繁華街には、厚着したキャッチのお姉さんが居て。

「――」

そしてその中に、ロータリー横のベンチにポツンと座る見慣れた一人の少女を見つける。

「何してんだよ、こんなとこで」

だから、その頭を軽く叩《たた》く。

「あいた」

すると藤宮光莉がそんな声をあげて頭を押さえながら、俺の方を見上げた。

ぱちくりと目を瞬かせる、その頬や鼻の頭は寒さのせいか僅かに赤くなっている。

「あれ、悠《ゆう》さんじゃないですか。何してるんですか？　こんなところで」

「バイト帰りだ。つか、それはこっちの台詞《せりふ》なんだよな……。もしかしてお前、凍死しかけるのが趣味だったりするの？」

適当に答えて俺が藤宮に問うと、彼女はふっと表情を緩めた。

「やー。私はあれですよ。ちょっと夜風に当たってたというか、涼んでいたというか」

「こんなくそ寒い中で？」

「そうです。けど、もうすぐ帰るつもりだったんですよ？　それは本当です」

それから藤宮《ふじみや》はニコッとあざと可愛《かわい》く笑う。

「けど悠さん。本当は光莉《ひかり》ちゃんが心配でわざわざ捜しに来たんじゃないですか？　ほら、前に海まで来たみたいに」

そんな藤宮は、俺には至極いつも通りのように見えた。

ただ、先に聞いた和田《わだ》の話や少しばかり疲れた表情、彼女の服に染み付いた微《かす》かな煙草《たばこ》の香りがいつも通りではない証《あかし》で、ゆえに俺もいつも通りの返事はしない。

「アホか。偶然だ偶然。まあ、心配ぐらいはするけど」

「うえ!?」

俺の言葉を聞き、藤宮がびっくりしたように声をあげる。

それから何やら手をわちゃわちゃと動かしモフっと顔をマフラーにうずめた。

「それは、ズルいと思います……」

ぼしょぼしょ呟《つぶや》かれた声はか細く、マフラーから少し覗《のぞ》く藤宮の耳が赤くなっているのが分かる。それで、気が付けばごく自然に手が伸びた。

「まあいいや。さっさと帰るぞ、寒いし」

「――、はい」

俺が差し伸べた手を摑《つか》んで、藤宮が立ち上がる。

力を入れればすぐに壊れてしまいそうなほど、繊細で小さな彼女の手。だというのにそれは柔らかく、確かなぬくもりを感じた。

やがて藤宮の手が離れ、俺はそのまま空になった手をポケットの中に突っ込んで歩き出す。立ち上がるのに手を貸した。それ以外に理由はない。

「――」

暗い夜の家路。疲れているのかなんなのか、いつもはやかましい藤宮の口数は少ない。

そして俺もまた確認すべきことをどう切り出すかに迷い、結局口を開かないままでいた。

結果、俺と彼女の間に流れるのは沈黙だ。駅から外れた住宅街では大半の家庭が寝静まり、聞こえるのは古びた街灯のジーという音だけ。だが、この静寂に不思議と寒々しさはなかった。

それで隣で歩く藤宮を見やると、彼女が持つ荷物に何かが足りないことに気が付く。

「あれ？　お前今日サークル行ってたんじゃないの？」

「え、行きましたけど？」

疑問符を浮かべて藤宮がこちらを向く。いや、疑問なのは俺の方なんだけど。

「じゃあお前、ラケットとかシューズは？」

「は？　らけっと？　しゅーず？　なんでそんなの要るんですか？」

「え？　君が行ってるのってテニサーじゃないの？」

「はい。テニサーですけど」

揃《そろ》って首を傾《かし》げる。俺と藤宮の間で、何かが致命的に噛《か》み合っていない気がした。

なので俺は恐る恐る藤宮に問いかける。

「あの、もしかしてあなたのテニサーってテニスしないの？」

「……する人はしますけど」

「……そうすか」

どうやらこいつはしないらしい。俺が軽く呆《あき》れていると、藤宮が躊躇《ためら》いがちに口を開く。

「あと、実はですね。ＬＩＮＥしたとは思うんですけど、まあ、今日ちょっとアレでして」

「どれだよ」

「アレはアレです。――私、今日サークル辞めるって言ってきちゃいました」

探り探り慎重に。藤宮は、たははと苦笑を浮かべながらそう言った。

故に恐らく、それを口にするのに相応の覚悟があったことは明らかだった。

だから俺は、できる限りさらりと頷《うなず》いて答える。

「ああ、知ってる。さっき和田から聞いたからな」

「……はい？」

途端、藤宮が今日一番驚いたような表情で素っ頓狂な声を上げた。

「え、和田さん？　どういうことです？　お二人ってそんな仲良しでしたっけ⁇」

「断じてそういう訳ではないが。あと、今度和田とテニスすることになったわ」

「いや、めちゃめちゃ仲良しじゃないですか‼　全然意味分かんないんですけど！」

うがーと頭を抱える藤宮だが、その混乱もさもありなんだろう。

何しろ当の俺ですら、なんでこうなっているのかが分からない。

「うーん。男の人ってほんとよく分かんないなあ……。ていうか、悠さんと仲良くなれるとか和田さん聖人すぎません？」

「やめろ有り得ねえから。てか目を覚ませ藤宮、お前騙《だま》されてるぞ？　言っとくが、あいつマジで性格悪いから」

げんなりして否定すると、藤宮がふふと軽く笑みをこぼす。

それから彼女がぐっと伸びをして、澄んだ冬の空を見上げた。

「でも、これで私も無所属のぼっちになっちゃいましたねえ」

これは何と答えるのが適切なのだろうか。ドンマイ、ではないだろう。自分の意志で止めた彼女に対して、慰めの言葉は適切ではない。だが、良かったねというのも何か違う気がする。

「……そうか」

だから結局、俺が発したのは何の意味もない相槌《あいづち》だった。

するとが藤宮がむっと膨れっ面になる。

「そうかって、なんで他人事《ひとごと》なんですか。これ、悠さんのせいなんですからね」

「――」

それは、ついさっき和田にも指摘されて、俺が黙り込んだことだった。

どう答えるべきかを迷い、一瞬だけ言葉に詰まる。

「や、でも決めたのはお前なんだから俺は悪くなくない？　なんなら全部世界が悪い」

「いいえ。違います」

しかし、言い訳めいた俺の言葉は藤宮によって否定される。

そうして彼女は、一歩、二歩、距離を詰めてきて。

吐息が届きそうなくらいの近さで、藤宮光莉は言葉を紡ぐ。

まるで、歌うように軽やかに。まるで、囁《ささや》くように密《ひそ》やかに。

「本当に悠さんのせいなんですから。――ちゃんと、どうにかしてくださいね」

それは、ひどく蠱惑《こわくてき》的な声音だった。

瞬間どきりと心臓が跳ね、直後、彼我の距離が離れていく。

「なんて、冗談です。今の結構効きました？」

振り返って微笑《ほほえ》む藤宮の頬が赤かったのは、多分、気のせいではなかった。

第2話　いずれ醒めると知っていて

昔から、捨てるに捨てられない荷物をまとめてどこかに突っ込む悪癖があった。

それは例えば学習机の引き出しだったり、あるいは教室外のロッカーだったり、もしくは雑多な部室の物置だったり。

いずれにせよ、これが悪癖と呼ばれる由縁は、突っ込んだきりその荷物の存在を忘れてしまうことにあった。否、正確に言えば、見て見ぬふりをして考えないようにしていたとでも言うべきかもしれない。

なにせ、一度まとめて突っ込んでしまえば、当面はそれで困らないのだ。だから目の前からなくなったことに安心して、それきりその場所のことは考えもしなくなり、たとえ偶《たま》さか思い出したとしても、見て見ぬ振りをして荷物を捨てるか否かの判断を先送りにしていたのである。

「――」

そんな悪癖を持つ俺だからこそ、我が家の押し入れもまた同様の事態に陥っていた。

「……うっわ」

ラケットとシューズを引っ張り出そうと押し入れをガラリと開けると、まるで堰《せき》を切ったようにどさりと荷物が溢《あふ》れ出てくる。

なにが入ってるんだか分からない紙袋の山々に、昔に買って使わなくなった椅子。果てには引越し時から一度も開封していないだろう段ボール箱まで、我が家の押し入れは四次元ポケットもかくやの勢いで雑多なものに溢れていた。

なんだこれ……。いつの間にこんなことに……。

などと後悔しても、もう遅い。俺は過去の怠惰な自分を呪いつつ、荷物の山をかき分けて目当てのものを探索する。

「お、発見」

すると、山と積まれた段ボール箱の奥の方に使い古されたラケットバッグが眠っているのを発見した。ヨナックスの赤色のラケバは、俺が中一の頃からの付き合いだ。よくもまあ、こんなに長い間もつものである。

なんだか懐かしくなってラケバを救出すると、案の定、中にはラケットとシューズが入っている。どうやら最後に使ったきり、そのままの状態で保全されていたらしい。

なんだそれ、コールドスリープかよ。

ていうか、もしかして上京してからラケット触るの初めてじゃね？

約二年ぶりの重みに感動しつつ、ともあれ、これで目的は果たしたことになる。

それから俺は雑多な押し入れの惨状を眺め、どうしたものかと思案した。

いや、さっさと片付けるべきなのは分かっているのだ。せっかく珍しく思い出したんだから、この機会に片付けてしまうのが良いに決まっている。

「でもなあ……」

押し入れの荷物の内訳からして、明らかに一番多いのは引越し時から未開封のままの段ボール群だ。正直何を入れたのかも最早《もはや》思い出せないが、俺の性格からして、実家から引越しする時に捨てるに捨てられないものをとりあえず段ボールにぶちこんでこちらに送ったことは想像に難くない。

となるとこの中身は、高校三年時に一度整理しようとしてできなかったものたちであることは間違いなかった。

いや、無理だろ……。

そん時に捨てられなかったんだから、今捨てられる訳がねえ……。

しかし、そうであるならば、結局は段ボールを開封したとて無意味だ。つまり、わざわざこの押し入れを片付ける必要はないということになる。

はい論破～。やばい、完全に自分で自分を納得させてしまった。ふっ、この先送り癖は昨日の今日で身についたものとは格が違うんだよ、格が。

などとおどけてみたものの、実際、この段ボールが今の今まで放置されていた本当の理由も分かっていた。

「――」

結局、俺は怖いのだ。この箱を開けて、中身を確認してしまうことが。

だって、蓋を開けて観測してしまったら、それで中身は確定してしまう。

そうしたら、それがどんなものであれ、俺は向き合わざるを得なくなるだろう。

たとえその中に押し込んでいたものが、ひどく自身を傷つけると分かっていても。

たとえその中に隠したものが、ひどく残酷で儚《はかな》い結末をもたらすと知っていても。

「――」

だが。だが、そうであるならばいっそ、そんなものは開けなければいい。

突き詰めた先にどうしようもない現実しかないのならば、蓋をして、鍵を掛けて、見えないようにして、何も考えないようにすればいい。そうすれば、どんなに歪《いびつ》でおかしかろうと、今のままで居ることができるから。

『悠《ゆう》さんは私が悠さんの家に――』

そして、その為《ため》の言い訳を俺は既に貰《もら》っていた。

「――」

だから、溢れ出そうになった荷物を再び押し入れの中に押し込めて、俺はからりと襖《ふすま》を閉じた。

× × ×

流石《さすが》に和田《わだ》とテニスする前に感覚を取り戻しておいた方がよかろうと、予約した区営のコートに練習しにやってきた良く晴れた平日の昼下がり。しかし、そんなのどかな空気とは打って変わって、俺たちの居るコートは絶賛修羅場中だった。

「で、なんでこの人が居るんですか？」

「おいおい藤宮《ふじみや》さん、オレの名前はこの人じゃなくて杉山《すぎやま》だぜ？」

「で、なんでこの人が居るんですか？」

「いや、俺が呼んだからだけども……」

というのも、俺が呼び出した練習相手――杉山と藤宮が何故《なぜ》か険悪な感じだからである。

「ていうか、お前らって会ったことあったっけ？　そしていつの間にそんな仲悪くなったんだ」

「おっと、それは誤解だ寺田《てらだ》。オレは別に仲悪いつもりはねえよ。つーかむしろ、藤宮さんとは仲良くしたいと思ってるくらいなんだが」

「は？　どの口が言ってるんですか無理です無理ですマジ無理です。悠さんも気を付けた方がいいですよ。この人めっちゃ陰湿なんで」

「ほらね？　こう、対話を拒否されちゃってるんだよ、困ったことに。よくないよなー？」

俺が二人に問うと、口々になんか色々言って俺に同意を求めてくる。

は？　何これくそめんどくせえ。

特に杉山が藤宮の反応を面白がってノリでやっているあたり、最悪に面倒くさい。

「まあ、そんなことよりさっさと練習しようぜ。時間がもったいない」

なので俺が適当に流そうとすると、藤宮がムッとして今度は矛先を俺に向けてきた。

「ちょっと、そんなことって何ですか！　大体この人呼ぶ必要性ありました？　練習なんて私と悠さんで十分じゃないですか」

「全然十分じゃないんだよな……。そもそも藤宮ってテニスできねえだろ」

俺の記憶によると、藤宮光莉《ひかり》がテニスラケットを持っているのを見たことは一度もない。

すると藤宮はこてりと首を傾《かし》げ、しばし考えた後、にこぱっと可愛《かわい》い笑みを浮かべた。

「ほら私、応援専門だったので！　あれです、可愛い後輩が頑張れーって言ってると士気があがるじゃないですか。そういう感じです！」

「OK、分かった。つまり戦力外だな。んじゃ大人しく審判台に座っていてくれ」

「待って？　扱い酷《ひど》くない？　こういう時は手取り足取り優しく教えてくれるもんじゃないんですか？」

「はいはい気が向いたらまたな」

別にそれはまたの機会があれば吝《やぶさ》かではないのだが、今日の趣旨を鑑みればテニスをできない奴《やつ》がコートに居ることほど邪魔なことはない。

非常に不満そうな藤宮をしっしとコート脇に追い立てていると、準備体操をしていた杉山がニヤニヤとこちらを見ていた。

「……なんだよ、そのにやけ面は」

「や、別に？　なんかクソ甘ったるくイチャコラやってんなーと思って」

反応するのが面倒だったので、返事の代わりに買って来たボールを杉山に投げつける。

そのまま俺と杉山はネットを挟んで向かい合い、早速ショートラリーからのウォーミングアップを始めた。

「うっわ、何これなっつ……！　寺田とテニスすんのって、高三の部活やってた時以来じゃね？」

「あー、かもな」

「だよなー。あの時は毎日アホみたいに打ち合ってたのに、分からないもんだなー」

どこか感慨深げな杉山と言葉とラリーを交わしていると、ラケットでボールを打つ都度に、脳の奥底の記憶が刺激されて蓋が開いてくるのが分かる。

それで、大学に入ってからテニスをやらなくなった理由も今更ながらに理解した。

テニサーが合わないとか何だかんだ言いながら、俺はどこかで忌避していたのだ。

あまりに高校時代と強く結びついているせいで、否《いや》が応《おう》でも「それ」を思い出してしまうから――。

仮に、高校時代の俺が今の俺に会ったとしたら恐らくはほぼ確実に「これは絶対に俺じゃない！」と叫ぶであろう。それほどまでに、当時の俺は今の俺とは正反対に位置するような人間だった。

部活と恋。およそ俺の高校時代はその二つの要素で構成されているといっても過言ではない。同じクラスの女子に惚《ほ》れて初恋を拗《こじ》らせながら、大半の時間を部活に打ち込んで過ごし、各種行事にも全力で取り組むという絵に描いたような青春の記憶は、今になって振り返るにはあまりに眩《まぶ》しく、同時に大きな痛みを伴う。

『――悠、おはよ！　今日も朝練頑張ろうねー！』

そして、その記憶の中心に居座って決して薄れてはくれないのが、白澤春佳《しらさわはるか》という少女の存在だった。

黒髪のセミロングと眩しい笑顔が印象的な、明るく元気な、まるで陽だまりのような女の子。白澤春佳という存在を端的に言い表すならば、そんな表現が適切だった。

だから、いつも笑顔を振りまいている春佳にいつか問うたことがある。

どうしてそんなに誰にでも優しくいられるのか、と。

すると春佳は少し頬を赤く染めてはにかみながら、

『そんな大したことじゃないけど……。だって、皆が皆笑顔で幸せな気持ちで居られたら、それが一番最高じゃない？　だからわたしも、その手助けが少しでもしたいなって！』

まるで、咲き誇る桜のように可憐《かれん》な笑顔でそう言った。

ゆえに、恐らくその時には彼女の全部に俺は心を奪われていたと言えるだろう。

授業中でも休み時間でもいつでもその姿を目で追って、寝ても覚めても彼女の笑顔が瞼《まぶた》に焼きついて離れない。それくらいに彼女のことが、きっと「好き」なはずだった。

こんなにも「好き」になれる人は、この人生でもう二度と出会えないと思うほどに——。

「——ッ」

いざ試合をすると、二年以上のブランクなんかどうでもよくなるほどにテニスに没頭していく。無論、あの頃とは違って身体《からだ》は重く、脳内で描いたイメージ通りのプレーとは程遠い。だが、コートの向こう側に杉山が居る——そのせいで、時間の感覚が曖昧になる。

今俺がいるのは、果たして現在なのか過去なのか。

それともこれまでの全ては夢でしかなく、目が覚めたら高校の授業中なのか。

ともすればそんな下らない妄想と願望を抱きそうになってしまうほどに、それはあまりに懐かしい時間だった。

「カモン！」

スライスサーブをワイドに流して、空いたオープンコートにフォアハンドのフラットを叩《たた》き込む。そのまま流れるようにネットに詰めて、ドロップボレーで前に沈める。

現役の頃に無数に練習した得点パターンは未《いま》だに錆《さ》び付いておらず、考えるより先に身体が動いていた。

思考から余計なものが削ぎ落とされ、雑念は消え、目の前の一球に全てが収束する。

自分と相手とボールしか存在しない、隔絶されたコートの世界。

それで、楽しいなと思った。

あの時も楽しかったんだなと、自然と俺はそう思えた。

痛いだけじゃなくて、苦しいだけじゃなくて、辛《つら》いだけじゃなくて。

紛れもなく楽しくて、心の底から笑えていた瞬間も確かにあったのだと、そんなことを今更になって俺は思い出した。

「うっしゃあああああああ勝ったあああああああああ!!」

「ああああ負けたああああああああああ!!」

結局、ゲームカウントは4－6で俺の負け。

杉山はちょくちょく大学でもテニスをしていたらしいから、その分の差が出たのだろう。

そして試合が終わった瞬間、俺と杉山はさながらグランドスラムの決勝戦を終えた選手のようにラケットを放り出してコートに大の字になって倒れた。

「うおおおお！　やっぱ寺田に勝つの気持ちええええええ！　これで何勝何敗だっけ!?　確か最後がオレから73勝72敗だったから、これで2勝分勝ち越しじゃね!?」

「は？　何言ってんだお前ふざけんな、俺から73勝72敗だったんだから、これで並んだだけだろ！」

「はー??　なに都合のいいように記憶改ざんしてんだてめえ！　オレが勝ち越してたに決まってんだろ！　最後に決着付けようぜって試合したのオレ覚えてるし！」

「だからそれが俺の勝ちで終わったって言ってんだろバカ！　ボケてんのか!?」

「んだと、負けたくせに生意気いってんな、やんのかてめえ!!」

「いいぜならもう一本やってどっちが上か分からせてやるよクソが!!」

そのまま言い争いつつ、流れるように第二セットに突入する俺と杉山。

ちなみにふと藤宮の存在を思い出してコート脇に視線をやると、藤宮はスマホをポチポチ弄《いじ》りながら、「なんでこんなに熱くなっちゃってんのこいつら……」と言いたげにドン引きな表情を浮かべていた。

「うっそでしょ、まだやるんですか……。じゃあもう私寒いんでカフェ入ってます。終わったら言って下さい」

なんならそう言い残して、藤宮はさっさと暖かい場所に退散していった。

「藤宮、お待たせ――」

「……あ、きたんですね。私のことなんか忘れてとっくに帰ったのかと思いましたよ」

それから思う存分テニスを堪能した後、杉山と別れてコート近くのカフェに向かう。

すると、藤宮がスマホをたぷたぷ弄りながらしらっとした目を向けてきた。

おお……、随分とご機嫌斜めでいらっしゃる……。

完全放置されたことが気に食わなかったのだろう、藤宮は分かりやすく拗《す》ねていた。だが、ここまで明快に「私怒ってるのでちゃんとご機嫌とって下さい」アピールして頂けるとこちらとしても正直非常にありがたい。

なにせ知らないうちに怒りを貯《た》めこまれていて急に爆発されるのが一番怖いからな……。

なにが怖いって、お怒りになられている理由が過去から現在に亘《わた》って複数あるので、どの理由でお怒りになられているのか分からないのがマジで怖い。

なんならこっちが忘れていることで怒っている場合もあるので、そういう時は本当に詰みです。合掌。強く生きろ。

しかしその点を鑑みれば、今の藤宮はまだ全然取り返しがつく状態といえた。

俺が対応を誤らなければ、の話だが。

「……いや、ごめんて。普通に放置はよくなかった。マジですまん」

という訳で対応マニュアルその1、自らの非を認めて素直に謝罪する。

普段ならば流れるように言い訳と責任転嫁を展開する俺だが、流石《さすが》にここで適当ぶっこくほど命知らずではない。というかそんな生き急ぎ野郎にはなりたくない。

しかし藤宮《ふじみや》はこちらの方へは目も向けず、スマホを眺めたままで、

「まあ、口ではなんとでも言えますからね。悠《ゆう》さんの舌ってぺらぺらとよく回りますし」

「――」

うわー、怖いよ……。いやほんとにマジで怖い。ものすっごい声が低いのがガチでお怒りっぽくてなんかもうヤバい。なにがヤバいってマジヤバい。俺、死ぬの？

とはいえ、ここでめげてしまってはどうにもならない。

なので俺は対応マニュアルその2、別件埋め合わせで誠意と反省の意を示すに移行した。

「じゃ、じゃあ、あれだ。今日この後時間あるし、どっか藤宮が行きたいとこ行くか……？」

「……」

恐る恐るご様子を窺《うかが》うも、藤宮様は顔をスマホに落としたまま。

やがて、息のつまるような沈黙がその場を支配する。

いや、無言ってなに？　怖い怖い怖い怖い。あ、なんか胃が痛くなってきたわ……。

藤宮さんって怒らせるとやばいんだなーと、半ば現実逃避気味に遠い目をする俺。

するとそれからややあって藤宮がぶふっと思いきり吹き出した。

「あは、あははは、ダメだちょっと耐えらんない！　悠さん面白すぎますって……！」

おい、まさかこいつ……。

その瞬間、俺ははたと騙《だま》されていた可能性に思い当たるが、時はすでに遅し。

藤宮はけらけら笑いつつ、目尻に浮かんだ涙を拭う。

「悠さんって結構下手に出るタイプなんですね。ちょっと意外かも……。でもちゃんとちやほやされてる感あって悪くはなかったので八十点です！　おめでとうございます〜！」

「くそ、なんにも嬉《うれ》しくねえ……」

ていうかなにナチュラルに採点してんだよ。怖すぎるだろ、こいつ……。

ところが藤宮はなにか懸念点があるのか、ふむんと可愛《かわい》らしく眉根を寄せた。

「けど、悠さんみたいなタイプってめんどくさい女の子に捕まったら厄介そうだなあ……。勘違いわがままお姫様を量産しちゃう匂いがする……。あ、でも悠さん自体もガチでめんどくさいからまあ別に問題ないか」

「問題しかねえよ。主にお前の発言がな」

つか、それを言うなら大概お前もめんどくさいだろ……。

とは思ったものの、流石に口に出しては言えない。この藤宮の辛辣さからして、どう見ても普通に放置されたことを根に持ってるっぽいからだ。

「まあいいや。とりあえずそろそろ帰ろうぜ。腹減ったし」

なので俺はテーブルの伝票をぱっと取って、藤宮に帰りを促す。

待たせてしまったせめてものお詫《わ》びだ。ここのお代は俺が受け持つことにしよう。

×　　×　　×

それからカレンダーの日付は気付けば、誠に遺憾ながら和田《わだ》とテニスをやらざるを得ない日の当日を迎えていた。

午前九時。俺は指定された新宿区区営のテニスコートにやってきて、入念に準備体操を行っていた。こんな寒い日に急に運動したら、運動会で張り切ってしまうお父様方よろしく、アキレス健がぶち切れてしまうからだ。

「いち、に、さん、し」

もう現役バリバリの時みたいに若くないからな……。

すると俺の横で、分厚いコートを着こんだ藤宮が身体を掻《か》き抱《いだ》くようにしてぼやく。

「うう、さっむ。もうさっさとおうちに帰ってぬくぬくしたいんですけど……」

「お前さあ……」

やって来て早々の帰りたい発言に思わず呆《あき》れ顔《がお》になってしまう。

お前はバイトに出勤した時の俺なの？　そんな勤務態度だとすぐクビになるぞ？

ところが、そんな俺の反応に何を思ったのか、藤宮はふふんと不遜な笑みを浮かべた。

「まあでも、せっかく悠さんが私の為《ため》に戦ってくれる訳ですし？　仕方ないのでちゃんと応援してあげないとですよね！」

「は？　いや、ちょっと何言ってんのか分かんないんだが。自意識過剰すぎるだろ」

「またまたー。そうやって照れ隠ししなくてもいいんですから」

そのままニヤニヤ笑顔でぺしぺし肩を叩いてくる藤宮。

「うぜえ……。やっぱもう帰ってくれない……？」

違うから。マジで違うから。ていうかそういうの恥ずかしいからほんとにやめてほしい。

いや実際、今日の試合結果がいかなるものであろうが、特に何かが起こる訳でもないのだ。別に藤宮のサークル復帰を賭けているでもなし、この試合はおよそ藤宮光莉《ひかり》には関係がない。

ならば、なぜ戦うのかと問われれば、答えは一つきりだった。

そこに戦いがあるからよアーチャー。ただ、勝つために戦うの――。

「はいはい、そういうことにしておきましょうか」

などと力説したものの、藤宮は一切聞く耳を持ってくれない。

すると丁度そのタイミングで、ラケバを背負った和田がコートにやってきた。

「おはよう二人とも。早いね」

「あ、おはようございます！」

「どうも」

朝っぱらから爽やかな笑顔での挨拶に、軽く会釈で応じる。

にしても、まさかこいつとテニスをやるような関係性になるとはな……。

初対面の時は二度と関わることはないだろうと思って適当ぶっこいてたのに、人生分からないものである。

まあ、根本の原因はどっかのアホが俺の個人情報を勝手に漏洩《ろうえい》したからなんだが……。

「ちょっと、なんです悠さん。恨めしそうな目で私を見て」

「や、藤宮のセキュリティ意識の低さに泣けてきてな……。なんでこいつに連絡先勝手に教えちゃうの？　俺の個人情報とか本来はもっと高値で取引されるレベルなんだが？」

「そんなに価値あるんだ。あ、全然市場に出回ってないからってこと？　なるほどね」

ぽんと手を打って、なにやら得心がいったように頷《うなず》く和田。

なるほどじゃねえ。つか、普通に上手《うま》いこと言ってんのがムカつくな……。

「俺、マジで一回くらいお前のこと殴っても許される気がするんだが」

「うそうそ。冗談だよ、冗談」

ナチュラルに毒を吐いてくる和田にたまらず突っ込むと、やつは軽く肩を竦《すく》めた。

すると俺たちのやりとりを見てか、藤宮が目を丸くする。

「マジで仲良しじゃないですか。ていうか和田さんもそんな皮肉言うんですね……」

「あー、いや、これはね……」

若干引いている様子の藤宮に和田が何やら弁明をしようとしている。まあ、サークルでの和田を見慣れている藤宮にとってはさぞ意外な光景なのだろう。

いい気味だ。さっさと性格の悪い素顔を晒《さら》して幻滅されてしまえ。

「……うん。これはやっぱり寺田《てらだ》君のせいかな？　彼って結構そういうとこあって」

「あ～、なるほど。完全に理解しました。ほんと悠さんってそういうとこありますよね。勘弁して欲しいです……」

「そっか、光莉ちゃんもこんな感じだったのか……」

「おい待てやこら」

ところが、気付けば全部俺のせいにされていた。しかも何故《なぜ》か二人して俺の悪口で意気投合している始末だ。なにそれ、おかしくない？　また俺なにかやっちゃいました？

なので指示語が指し示す内容について問い詰めたいところだったが、なんとなく藪蛇《やぶへび》になりそうな気もしたのでスルーしておく。

「それよか、やるならさっさとやろうぜ。流石に動かないと寒い」

「ＯＫ。それじゃあやろっか。言っておくけど俺、寺田君には手加減できないよ？」

挑戦的で揺るぎない口調は、この男の自信の表れか。

ただ、テニスに関してそうも言われると、俺も言い返さない訳にはいかなくなる。

「要らねえっつの。そっちこそベーグル焼かれんなよ」

「……言うじゃん」

瞬間、穏やかな笑みの下に僅かに苛立《いらだ》ちが過《よ》ぎった気がして、俺はしてやったりとほくそ笑んだ。試合開始前から、メンタル面での揺さぶり合いは始まっているのだ。

一方、藤宮は俺たちのやり取りを聞いて「ベーグル？　なんでパンが出てくるんです？」と首をかしげていた。

いや、仮にもテニサー所属だったならベーグルくらいは知っとけよ……。ちなみにベーグルを焼くというのは相手に一ゲームも取らせずにセットを取るという意味です。

「それじゃ二人とも頑張ってくださーい」

堂々と審判台に陣取った藤宮が手をふりふり声援を送る。

応援専門だとかなんとか言っていたから、恐らく基本的なルールくらいは把握しているはずだ。というか、把握しておいてほしいと切に願う。

まあ別に審判なしでやるから、審判台に居ようが関係ないんだが……。

それから軽く息を吐いて、コートの向こうの和田を見やった。試合前に軽く打ち合った限り、奴《やつ》もまたテニス歴の長い経験者なのが分かる。それ相応に骨の折れる試合になるであろうことが予想された。

「よし」

短く息を吐いて、俺は足踏みしながらリターンの位置に入る。

余計な思考が削ぎ落とされ、世界が目の前のボールに収束していく感覚。

およそあらゆる全てが変わってしまった中で、テニスへの感覚は昔と変わらないまま今もちゃんとここにある。

それに何かを思う間もなく、――さあ勝つぜと、昔の俺が目覚めて吠《ほ》えた。

「ゲームカウント2－2」

試合は静かな滑り出しを見せた。

予想通りとでもいうべきか、和田のプレーはやはり非常に堅実なものだった。

テニスをしていると時に言葉を交わす以上に相手のことが分かるものだが、その点でいえば、和田孝輔《こうすけ》という人物は恐ろしいほどに冷静極まりない。

常に俯瞰《ふかん》の目線から世界全体を見下ろしていて、ともすれば自分という存在すら一歩引いた場所から客観視しているのではないかと思うほどだ。

だがそうであれば、なるほど、普段から皆に好かれる人気者であり続けることもそう難しいことではないだろう。

「ゲームカウント３－３」

しかし奴の強みはそれのみならず、むしろ、異常なまでの他者観察能力に由来するものだといえた。相手の特徴や弱点を把握する能力の高さに加え、それに合わせて効果的なプレーを展開する器用さまで持ち合わせている。

これぞまさしく、和田孝輔が和田孝輔たる由縁であろうか。

やつがどんな人間に囲まれて今まで生きてきたのかは知らないが、あの爽やかな微笑《ほほえ》みは、和田が作り上げてきた「和田孝輔」の結晶といっても過言ではないのかもしれない。

「ゲームカウント４－３」

そして、であればこそ彼が藤宮《ふじみや》光莉に惹《ひ》かれたのも分かるような気がした。程度の差こそあれ、他者との関係において自己の在り様を規定し振舞うその姿は、どこか彼女と近しいものがあるように思う。

一方で、俺がそういったものを忌避しているのもまた事実。なれば相反する者同士、反目するのは自然であり——だが、それだけではないのも確かだった。

「30－40」

そうしてお互いが譲らない試合の最中、俺にようやくと言ってよいチャンスがやってきた。ここでゲームを取ることができれば、ぐぐっと俺の勝利が近づく。つまるところ、今はこの試合の勝敗を分ける最大の山場といえた。

だが無論、それは相手側も分かっていることだ。和田はポイント間で時間を取ると、腰に手を当てながら軽く天を仰いだ。恐らく、一度気持ちと呼吸を落ち着けているのだろう。

精神状態がプレーのレベルに大きく影響すると言われるテニスにおいては、重要な局面であればあるほど、精神の安定性が要求される。

ゆえに俺もまた、もう一段階集中力をあげるために瞑目《めいもく》して深く息を吸う。

その時。

「が、がんばれ――……」

なんかものすっごいちっちゃな声が聞こえて来て、俺は思わず目を見開いてしまった。

見ると、審判台の上で縮こまった藤宮が小さく手をふりふりしている。

いや、そんな遠慮しなくていいから……。普通に声上げていいから……。

そういえば、応援専門だとか言っていた割に試合が始まってから初めて藤宮の声を聴いた気がする。それでいいのか、応援係……。

けれど、藤宮の気持ちも分からないでもない。大方、軽い遊びだと思っていたら想像以上に俺と和田がガチだったので、声をかけづらくなってしまったというところだろう。

……なんだそれ、可愛《かわい》いかよ。

「――」

それで思わず吹き出してしまう。すると、審判台の上で藤宮が心外そうな表情を浮かべた。バカにされたとでも思ったのだろうか。

それを首を振るジェスチャーだけで否定すると、俺は視線を和田《わだ》の方に切り替える。

集中力を高める——とはいかなかったが、おかげで余計な力は抜けた。

だからまあ、一応藤宮の応援の効果はあったといえるかもしれない。

それから俺はリターンを叩《たた》き込む為、サーブが放たれるのに合わせて、一歩コートの中に踏み込んだ。

× × ×

「いやー負けた……。ブランクあってこのレベルって、寺田君って相当部活ガチ勢だったんじゃない？」

約一時間半に及ぶ緊迫した試合が終わると、和田が握手を要求してくる。

全力を出した心地よい疲労、それからある種の爽快感。いい試合をした後というのは不思議なもので、どこか気分は清々《すがすが》しくなる。それは和田も例外ではないのだろう、悔しさを滲《にじ》ませながらも彼の表情は明るかった。

その手を軽く握り返してから、俺はしたたる汗をぐいとウェアで拭う。

「まあ、高校生活ほぼ捧《ささ》げるくらいやってたからな。けど、それ言うならお前も相当やってたろ。多分お前、3セットマッチの方が強い類だし」

「俺？　はは、俺はそこまでじゃないよ」

謙遜か、あるいはそれとも他のなにかか。

和田はひょいと肩を竦めて否定すると、それよりと俺を見やる。

「寺田君さ、やっぱうちのサークル入らない？　うち、わりとしっかりしたテニスサークル団体所属だからさ、結構ガチの団体戦とかもあるんだよ」

「やだよやめろ、入る訳ねえだろ。俺がテニサーとか世界がひっくり返ってもねえよ」

「そう言うと思った。じゃあ、試合だけ出てもらうっていうのはどう？　そしたら寺田君はテニスができるし、こっちは戦力増強できるしでｗｉｎ－ｗｉｎじゃない？」

「ええ……」

いいのかそれ。サークルに碌《ろく》に参加してない奴が試合だけ出るのおかしいだろ。

と思ったが、どうやら聞くところによると大会では結構そういうのはあるらしい。

要するに、助《すけ》っ人《と》要員という訳だ。

うーむ……。それならまあ、意外と悪くはないか……？

俺が和田の誘いに揺れかけていると、くいとウェアの裾を引かれる。

振り向くと、藤宮が何やらむーっとむくれていた。

「ちょっと、なに絆《ほだ》され掛けてるんですか。悠《ゆう》さんがテニサーとか絶対ダメ——じゃなくて、絶対無理に決まってるじゃないですか」

「いや、でも試合に出るだけだし……」

「ダメです無理です。はあ、悠さんはほんと何にも分かってないですね……」

俺がちょっとだけ食い下がると、藤宮は大きなため息をついてやれやれと首を振った。

それからぴんと人差し指を立てて、

「いいですか？　助っ人とはいえ、試合に出るなら悠さんはサークルの一員として戦う訳です。するとどうなるか。まずサークルみんなで試合前に円陣を組む羽目になります」

「円陣かあ……」

「はい、円陣です。この一球に命を懸けろ！　みたいなばりばりのアレです。それを碌に知らない人とやるんですよ？　悠さんは耐えられますか？」

「うん、無理ですね」

即答だった。いや無理だわ。

高校の部活なら分かるが、大学のサークルでそのノリはきつすぎる。しかも大学生にもなってそういうのやりたがる奴らって、大体「オレ青春してるぜ」的な自己陶酔に浸ってるだけだからな（俺調べ）。

そうして早速挫《くじ》けかけている俺に、藤宮が更に追撃を加えてくる。

「しかもですよ？　それを乗り切ったと思ったら、悠さんを待っているのは自分の試合が始まるまでの待ち時間です。しかしサークルの一員として来ている以上、応援しない訳にもいかず、悠さんはキャイキャイウェイウェイしたノリの応援の中で一人露骨に浮いてしまい――」

「もういい。分かったから藤宮、もうやめてくれ。俺が間違っていた……」

怒濤《どとう》の勢いで地獄絵図を並び立てる藤宮に、俺は即刻で己の前言を撤回する。

うん、やっぱりテニサーは無理だわ。ていうかこの子、俺の解像度が高すぎない？

「分かって貰《もら》えたようで何よりです。だからテニサーとか絶対にダメなんですからね！」

俺の言葉に藤宮がうんうんと頷《うなず》き、念押しするようにピシッと指さしてくる。

すると、俺たちのやりとりを眺めていた和田が堪《こら》え切れなくなったように吹き出した。

「あはは、光莉《ひかり》ちゃん心配しすぎ。大丈夫だよ、別に盗《と》ったりしないから」

「ちょ！　違いますから！　私は別に、そういう心配をしてた訳じゃなくて！」

かあっと顔を赤くして、わちゃわちゃと手を振る藤宮。

いや……、そういう反応すると、むしろこう逆にあれなんだけど……。

俺がどうにもむず痒《がゆ》くなっていると、藤宮を微笑ましげに見つめていた和田がこちらの方へ視線をやった。

言葉はない。ただ、そこに「これで付き合ってないのか」とでも言いたげな呆《あき》れのような色を感じ取って、俺はすっと目を逸《そ》らしてしまった。

彼女がそう在るように望んで、俺がそれを認めた。だから、お前にとやかく言われる筋合いはない。

浮かんだ反論をそうやって口の中だけで転がし、自らに言い聞かせるように反芻《はんすう》する。

するとその最中、和田がスマホを取り出して何やら藤宮に画面を見せていた。

「そうだ。光莉ちゃんにこれ、分配しておかなきゃだった」

「あ、そうでした。買っちゃったらキャンセルできないんですもんね……」

何のことやらと見てみると、遊園地の公式アプリのチケット譲渡画面が表示されている。

「何してんの、それ」

「あ、これはですね」

「今度うちのサークルの企画で、皆で夢の国に遊びに行くつもりでね。もう集金してチケット購入しちゃってたから、光莉ちゃんの分だけ別で渡してるんだ」

「あー。理解」

にしてもスマホでチケット譲渡とか便利になったもんだなー。流石《さすが》は令和だぜ……。

などと俺が謎の感慨に浸っていると、和田がわざとらしく声を上げた。

「だから、光莉ちゃんも他の誰かと行くといいよ。チケット余らすのはもったいないし」

「そうですね！　チケット余らせるのはもったいないですし……！」

更に藤宮が追従するように頷き、二人そろって俺の方を見てくる。

え、なにこの茶番。遊園地とか別にそんな行きたい訳じゃないんだが……。

しかも夢の国とか圧倒的一番人気なとこじゃん。絶対に混んでるだろ、面倒くせえ……。

「――」

思わずそう言いかけたものの、藤宮と目が合った瞬間、その言葉は一瞬で溶けて消えた。

期待に満ちながらも、どこか不安げに揺れる彼女の瞳を見てしまったら、そんなことを言える訳がない。

大体なんでそんな不安そうなんだよ。

普段ならお前の方から行きましょ行きましょ言ってくるところだろうが。

だが、そういつまでもうだうだしている訳にもいかない。

俺は頭をがしがし掻《か》くと、意を決してどうにかこうにか誘いの言葉を絞り出した。

「あー……。じゃあ、俺と行くか。……チケット余らすのももったいないし」

「……はい、いきます」

スマートさの欠片《かけら》もない、不格好で不器用極まりない誘い文句。

だと言うのに藤宮はこくりと頷いて、えへへと嬉《うれ》しそうにはにかむ。

そんな彼女を、俺は素直に可愛いと思った。

× × ×

「やー、今日はなんだか疲れましたね」

「お前は単に試合見てただけだろ……。まあいいや、おかえり。お疲れ」

試合を終えて帰宅するや否や、藤宮《ふじみや》が長々と吐息を漏らして言うので、思わず苦笑してしまう。だが、なぜか藤宮はポカーンと口を開けたまま硬直して、俺の方をまじまじと見ていた。

「……あの、どした？」

それから玄関に突っ立ったきり、俺の声に反応する気配がない。

「あの、もしもし？　藤宮光莉さん、ちょっと、聞こえてますか？」

「――」

「おい、どうしたマジで。え？　電源切れた？　お前実はアンドロイドなの？」

流石にSF展開に今から入るのはきつくないか？

だがしかし相変わらず返事はない。藤宮はただのしかばねのようだ。

「――ゆ、悠さん」

それでもしばらくすると、ようやく藤宮が再起動する。

彼女はわなわなと震えながら、恨めしげに俺を見てきた。

「今のは、アウトです。反則です。レッドカードで即退場です」

「は？」

ちょっと何を言っているのかが分からなかった。

俺がぼけっとしていると、藤宮はぐわーと頭を抱える。

「まさかの無自覚！　最悪！　性質が悪い！　いいですか悠さん。今から、ご自身のさっきまでの発言を振り返ってみてください」

「はあ。お前実はアンドロイドなの？」

「違います！　もっと前です！　最初です最初!!」

「最初……」

むむむと回想して、はたと俺は思い当たる。もしや。

「……俺、おかえりって言った？」

「言いました。そりゃもうめっちゃ、がっつり、自然に！」

びしっと藤宮が指を突き付けてくる。その頬にはちょっぴり赤みが差し、なんというかこう、荒ぶっていた。

「止《や》めて下さいよ、急にそういうことするの！　びっくりして心臓止まるかと思ったじゃないですか！」

「あー……」

大抵の場合、人を家に出迎える挨拶は二つ。いらっしゃいか、おかえりのどっちかだ。そして、記憶によればこれまで俺はそのどちらも使って来なかった。なにかしっくりこなかったからだ。だが今俺は、その内の一つを無意識に口に出していた訳で——。

「ごめんミスった。ほんと間違えた何でもない。だからもう一回やっていい？　やるわ。藤宮、ドアを開けるところから頼む」

それはどこか、むず痒い。

「やりませんよ！　ていうかワンモア！　ワンモアプリーズ！」

「絶対言わねえ……」

ところが藤宮は、あろうことかおかわりを要求してきた。

いや無理だろ。もう一回言うくらいなら舌噛《か》み切って死ぬわ。死んだら「死に戻り」して、今のなかったことにできないかなあ……。

「はあ……。仕方ないですね」

そんな感じで俺が全力で現実逃避していると、藤宮がやれやれとばかりに肩をすくめた。

そして、んんっと喉の調子を確かめるように咳払《せきばら》いして、藤宮は手を後ろで組む。

「じゃあ、おかえりって言ってもらったので。——ただいまです、悠さん」

少し前かがみで、はにかむような表情で。そう告げた藤宮は一転、明るい笑顔になって部屋に上がる。そうして、俺たちの間にまた一つ決まりごとが増えたのだった。

それからしばし、何をするでもなくぐだーっとして試合の疲れを癒していると、ピンポンとチャイムが鳴る。基本的に来客のない我が家のチャイムが鳴ることは珍しい。なんぞやと訝《いぶか》しみながらドアを開けると、宅配のお兄さんから三十キロはあるだろう巨大な段ボール箱を渡されてしまった。宛先を見るに実家からだったので、もはや開けなくても中身が分かってしまう。

それをどうにか部屋の中に運び込むと、ひょいと藤宮が箱を覗き込んで来た。

「なんです？　その巨大な荷物」

「あー、これな……」

説明するより開けて中身を見せた方が早かろう。俺がべりべりとガムテープをはがして蓋を開けると、案の定、段ボールの中にはぎっしりと大量のみかんが詰まっていた。

「わ、すご。どんだけ注文してるんですか、悠《ゆう》さん。みかん好きすぎでは？」

「いやこれ、うちの実家から送られてきたやつだから。なんか去年も同じ時期に送られてきたんだよな……。マジで量多すぎて、処理すんのきつかった」

何しろ俺には知り合いがほぼ皆無なので、配ろうにも配れず、結果一月ぐらいひたすらみかんを食べ続けていた記憶がある。

いや、ありがたいんだけどね？　できれば送ってくる量を考えて欲しかった。

俺がそんな風に思って苦笑していると、藤宮がふむと頷《うなず》く。

「悠さんの実家から、ですか。悠さんの出身、和歌山《わかやま》とか愛媛《えひめ》とかなんですか？」

「いや、愛知《あいち》。みかんだとその二県のイメージが強いけど、愛知のみかんも有名だろ？」

「……あー」

念を押すように問いかけてみるも反応は薄い。

そうか……。そんな有名じゃないか……。悲しいなぁ……。

まあ、それはともかくとして。

「しゃーない。連絡するか……」

俺は呟《つぶや》きつつスマホのロックを解除した。

わざわざ『荷物届いた』と電話するのは面倒なんだが、昨年何も連絡しなかったら『せっかく送ったのにお礼もないの？』などと母親にグチグチ言われたので仕方ない。

確かにお礼はすべきだしな。あと量についても文句言わなきゃだし。

しかし問題は藤宮をどうするかである。正直、親との会話とか死んでも聞かれたくない。

「俺、今から家に電話するんでちょっと出ててくれない？」

「え？　やですよ寒いですし。私のことは気にしないでいいですから、お好きにどうぞ」

「いや、俺が気になるんだって」

しかし藤宮の言う通り、外に出るのは確かに寒い。そうなると……、まあLINEでいいか。楽だし。

『みかん受け取った。どうもです。けど量は考えて欲しかったわ。マジで多い』

そのまま俺は適当なメッセージをスマホをスイスイフリックして入力、送信。

よし、これでミッションコンプリート！　やったね！　などと思っていたら、その数秒後に俺のスマホが震えた。見ると母さんからの着信だった。

レスポンス早くない？　この状況で絶対に出たくないいんだけど。

「――」

そのまま俺は、ブルブル震えるスマホを凝視。十秒ぐらい経《た》つと、やがて振動が停止した。すると、その様子を見つめていた藤宮がびっくりしたように目を見開く。

「え、出ないんですか？」

「いや、出ないで――」

瞬間、俺の言葉を遮るようにスマホが再び震える。

二度目の母さんからの着信だった。そのまま俺はブルブル震えるスマホを凝視。

やがて停止。直後、振動。また停止。振動。

「――」

何なんだよ、うちの親。我が母ながら鬼電がえぐいんだが……。

すると、その様子を見ていた藤宮がドン引きしたように言った。

「……え、出ないんですか？　こんだけ電話来てるのに……？」

「――、――、――。出るかぁ……」

俺は諦めて深々とため息をついた。ここまで母さんが執念深いとは思わなかったぜ……。

つか、もうこれ意地になってるだろ、あの人。

それから渋々、受話器のボタンをタッチして俺は耳に当てる。

「もしもs――」

『あんたねえ！　どうせ電話出るなら、最初の一回で出なさいよ！！！』

瞬間、耳元でやかましい母親の声が炸裂《さくれつ》した。

「うるせえ……」

そのボリュームに思わずスマホを耳から離して顔をしかめた。ところが母さんの勢いは全く止まらないので、俺は諦めてスピーカーをオンにする。

『そもそもいつも全然連絡寄こさないくせに、偶《たま》の連絡がメールってどういうことよ！電話してきなさいよ、電話を!!』

「はいはいごめん。わざわざありがとうございます。それにしても多いんだが、みかん」

『多くないわよ。どうせ碌《ろく》な食事してないんでしょう、あんた。なら毎日三食みかんを食べたほうがまだマシかなと思って』

そんな聞き慣れた声がスマホから聞こえてきて俺もついつい口が軽くなる。

「マシじゃねえよ。主食がみかんとかそれどこの怪物だよ」

『うるさいわね。母の愛よ母の愛。有難く受け取ってちょうだい』

「愛の証明は仕送りの増加でやって欲しいんだが……」

『――あら、電波が急に乱れて。なに？　仕送りはこんなに要らないって？　その浮いたお金でパパと二人で美味《お》しいものを食べてねって言った？　優しいのね、あんた』

「言ってねえよ！　がっつり聞こえてんだろ！」

思わずスマホに向けて叫ぶと画面の向こうでクスクス笑う声がした。

不思議と笑う顔まで見える。何だこれ。だからあんまり電話したくないんだよ。

俺は頭を掻《か》いて、ため息をついた。

「あーもう。そろそろ切るぞ」

『待ちなさい。ちょっと一回部屋見せなさいよ。片付いてなかったら仕送り減らすって約束あったわよね』

その声で俺の脳裏に蘇《よみがえ》る記憶があるような、ないような気がした。

とりあえず間違えてスマホの電源を切ってしまいそうだ。

「おおおっと、手が滑って――」

『今切ったら問答無用で仕送りを減らすわ』

「――ねえわ！　あぶねえ！　セーフ！」

ちくしょう！　仕送りを人質に取られると、何も抗《あらが》えねえ……！

そうして、人質を盾に母親が要求を突き付けてくる。

『ほらいいからビデオ通話に切り替えなさい。それで部屋を映しなさい。ちゃんとチェックしてあげますから』

「……え」

「え!?　はっ、やば――」

『え？』

瞬間、三人の「え」が連鎖した。ちょっと藤宮《ふじみや》さんマジで何してくれるんですか……？

俺が無言で睨《にら》むと、藤宮が両手を合わせてぺこぺこと頭を下げてきた。

だが悲しいかな。直後、画面の向こうからウキウキワクワクした声が聞こえてくる。

『え、え、悠、ちょっと今の声だれ!?　他に誰か居るの？　居るのね？』

おっと？　これはなんかものすごくきついぞ？　もうだってヤバいじゃん。何がヤバいってマジヤバいじゃん。助けて下さい。いっそ俺を殺してください。

そんな風に全力で現実逃避しつつ、俺は平静を装って応答する。

「は？　何言ってんの？　テレビの音だっつーの」

『あー、だから電話出るのも渋ったのかあー。ふんふん、なら仕方ない。今日の所は勘弁してあげましょう。その代わりちゃんとよろしく言っておいてよ』

でも、ははにはこうかがないみたいだ……。なんなの……。かるくしにたい……。

しかし不幸中の幸いにも勘弁してあげるという言質は取った。ならば今は傷が深くなる前に撤退するのが俺に残された唯一無二の活路だ。

「言っとくが誤解だからな！　それじゃあな！」

『はいはい。それにしてもあんたが――』

俺は捨《す》て台詞《ぜりふ》のように叫ぶと母さんの言葉を聞かずにスマホの電源をブチ切る。

それからぐあーと頭を抱えて床にゴロゴロと転がった。

「やってくれたなお前……。だから電話に出たくなかったんだよ……」

「すみません……。でも、ですよ。部屋を映すとか聞こえたら仕方なくないですか？」

「仕方なくなくなくなくないんだわ……。死にてぇ……」

この世界にきついことはたくさんあるけど、やっぱり一番きついのは母親にこう、なに、ああいう風な態度を取られた時だ。間違いない。

「ああああああああああ」

しばらく俺が心を殺すために呻《うめ》き声《ごえ》をあげ続けていると、ぽつりと藤宮が呟いた。

「――でも、いいですね、なんか」

「何がだよ」

「……えっと、そうですね。上手《うま》く言葉にできないんですけど――」

問うと、藤宮は視線をあちこち彷徨《さまよ》わせて、口をもにゅもにゅする。

それからやがて、ふっと顔を綻ばせた。

「なんか、家族だなあって思いました。あったかい、かんじ」

「――」

その表情は笑顔なのに、どこか寂寥《せきりょうかん》感に満ちて、儚《はかな》くて。

ともすれば泣き出しそうなそれは、俺が初めて見る藤宮の表情だった。

そのせいでふと、俺は以前、藤宮の部屋で聞いたことを思い出してしまう。

『まあぶっちゃけ、学費含めて手切れ金みたいなものなんじゃないですかね、多分』

それで、胸がちくりと痛むのを感じた。もしかしたら、今の俺と母さんの一連のやり取りは、知らないうちに藤宮の傷をえぐっていたのかもしれない。

そんな考えに行き着いた時には、気が付けば俺の口は動いていた。

「……いや、変わんねえだろ、そんなに」

「え？」

「だから、あったかいって言うけど、別に、この家とそれほど変わんねえよってこと」

「――」

泣き出しそうな表情を見ていたくない一心で紡いだ言葉は、我ながらあまりにあれすぎて、最後らへんなんかほとんど口の中だけで呟く様な感じになってしまう。

なんでそんな分かりにくい言い方してんだよ。伝わる訳ねえだろ、そんなので。

「や、何でもない。忘れてくれ――」

しかし言い掛けた矢先、俺はその言葉を言うことすら忘れてしまう。

目を見開いた藤宮は、耳まで真っ赤に染めて俺を見つめていた。

「あ、えと、あの、その……」

そのまま、あうあうと何かを言おうとした挙句、顔を手で覆って俯《うつむ》く藤宮。

「……そういうの、ズルいと思います」

「……すまん」

だから、思う。

こんな足りない言葉なのに、こんな回りくどい言い方なのに、どうしてこいつには、ちゃんと伝わってしまうのだろう。

そのどうしようもないむず痒《がゆ》さを誤魔化そうと視線を部屋の中に逃すと、ふと押し入れが目に入った。

あらゆるものを詰め込んで、見ないふりをして閉めた襖《ふすま》。

けれど、無理やりに閉めたせいか、それは中身に押されて今にも外れそうになっていた。

『おかえり』

『だから、あったかいって言うけど、別に、この家とそれほど変わんねえよってこと』

寝静まった部屋の中、そのやりとりが私の頭を巡り続けている。

初めて交わした挨拶と、初めて知った心の温度。だから、本当に全部悠《ゆう》さんのせいだ。

この人と会ってしまったから、サークルに居る意味がなくなった。この温《ぬく》もりを知ってしまったから、もう独りには戻れなくなった。本当に全部、悠さんのせいだ。

それで、ああ寄り掛かってるなあ、なんて自覚する。

悪い性、悪い癖。それで痛い目を見てきたくせに、一向に直る気配がない。それどころか、より酷《ひど》くなっている様な気がする。

重たく、醜く、浅ましい。こんなものは気持ち悪い。お伽話《とぎばなし》の中で描かれる「綺麗《きれい》なもの」と、これは違う。本当に、比べることすらおぞましい。私のこれは、ドス黒くてドロドロした、そういう類のもの。名前をつけてはならない類の感情だ。

『はるかちゃん』

だというのに、鍵を掛けた心の蓋から、それがどろりと溢《あふ》れ出てくる。

ダメなのに。私が求めすぎたら、この関係は壊れてしまうのに。私が踏み込みすぎたら、彼はきっと離れていってしまうのに。

「——ねえ、こっち向いて下さい、悠さん」

なのに、一度溢れてしまったせいで、もう黒い感情を止めることができなくなった。

「なんで、私じゃダメなんですか」

もっと知りたい。もっと知って欲しい。

もっと近づきたい。もっと近づいて欲しい。

もっと触れてみたい。もっと触れて欲しい。

「私に何も求めないのに、なんで私の傍《そば》に居るんですか」

この人が引いた境界を越えて、この人が作った壁を壊して、この人の心の一番奥に住んでいる人を追い出してしまいたい。そして、代わりに私をそこへ置いて欲しい。

私はそれ以外には何も要らないから、彼もまた私と同じ気持ちであって欲しい。

そうじゃないと、私はこのドロドロしたものに呑《の》まれそうになってしまうから。

「……なんて」

そんなことは、悠さんが起きている時には言える訳がないんだけど。

だから彼が寝ているのを良いことに、私はちょっとだけ彼に近づいた。

「――」

すると、トクトクと心臓の鼓動が高鳴って。

同じペースで、カチコチと時計の針が時を刻む。

それからふと、柱の時計を見上げて見れば。

――かちりと、時計の秒針が夜の十二時丁度を指し示した。

最終章　寺田悠 & 藤宮光莉

第1話　そして、十二時の魔法は終わりを告げる

夢の国。言わずと知れた、日本国内で最も有名な巨大テーマパークである。田舎者の学生にとっては修学旅行のド定番、都心の学生にとっては遊びに行きたい場所ランキング不動のナンバーワンであり、更には若者に留《とど》まらず老若男女に愛されているとかいう反則じみた遊園地だ。

なお、なぜ千葉《ちば》にあるのに東京って名前が付いてるのとかは言ってはいけない。多分あれだ、愛知をまとめて名古屋《なごや》と呼称するみたいな感じなんだろう。千葉とか、もはや実質東京の一部みたいなもんだしな。いや、知らないけど。

ともあれ、二月某日。悪戦苦闘の末に期末試験を全て倒し切った俺と藤宮《ふじみや》は、その打ち上げ的な感じで夢の国へと訪れていた。

「ふふん♪　ふふん♪　楽しみだなー♪」

東西線から京葉線に乗り換え、舞浜《まいはま》へと向かう電車内。俺の隣に座った藤宮は、何というか、ものすごくご機嫌だった。肩をユラユラさせながら鼻歌交じりに呟《つぶや》き、小さく足をパタパタさせている。こいつ、本当に大学生か？

俺が苦笑していると、藤宮がニコッと笑みを向けてきた。

「悠さん、悠さん。今日はどこから攻めますかね？　とりあえず私的にはファンタジックエリアは外せないんですけど、でもマウンテンも全制覇したいですよね！」

「ほう」

「だから優先パスをどのコースターに使うかっていうのが問題で、あとやっぱりパレードは絶対に行かないといけないと思うんですけど、せっかくなので最前を確保したくてですね——」

「……ＯＫ、分かった。分かったからとりあえず落ち着け」

目をキラキラさせて喋《しゃべ》り倒す藤宮を遮ると、彼女は不満げにぷくっと頬を膨らませた。その仕草はやはり、あざといというよりはどこか幼けない。すると、そんな藤宮はそのまま俺の腕を摑《つか》むとぐいぐい揺さぶってくる。

「落ち着いてなんかいられないです！　ていうかなんで悠さんはそんなにいつも通りなんですか!?　試験終わったんですよ夢の国ですよ！　ほら、もっとテンションあげていきましょうよ！」

「なんだ今日の藤宮、超めんどくせえ……」

藤宮から顔を背けつつ小さく呟く。あまりに鬱陶しいし、何より電車内の他の方々から向けられる生暖かい視線が恥ずかしすぎて死にそうだ。

なにこれ、新手の拷問か？　死にたい。だがテンションが天元突破している藤宮がそんな視線に気が付くはずもなく、彼女はいそいそとスマホを取り出すと、んっと俺にマップを突き付けてきた。

「いいですか？　夢の国は戦場なんです。けど、幸いにして今日は二月の平日。多分ド暇な大学生くらいしかいないので、これはもう乗りまくれという神のお告げに違いありません。だからこそいかに最適なルートで回るかが勝負の分かれ目になるんですよ。走るのも辞さない覚悟が要求されますからね」

「お前は一体何と戦ってんだよ……。タイムアタックかなにかなの？　のんびり回ればいいだろ……」

「えー。だって、せっかくならたくさん楽しみたいじゃないですか」

俺が言うとシュンと藤宮が肩を落とす。

それから上目遣いで藤宮がくいくい袖を引いて来た。

「ね、いいでしょ。頑張っていっぱい回りましょうよー。……ダメ？」

「——。いや、ダメではない、が」

「やった！　じゃあ決まりですね！」

その攻撃に耐え切れず俺が思わず頷《うなず》くと、にこぱーっと藤宮が満面の笑みを浮かべた。

子供っぽい、ひどく純真な笑顔。

その、いつもとは異なる無邪気さを前にして、俺の口元も知らず緩んでしまう。

だから混ぜっ返すように、あるいは照れ隠しのように俺は適当に口を開いた。

「つか、あれだ。そもそも俺、夢の国なるものに行ったことないんだわ」

「――、は？」

そして次の瞬間、藤宮が凍り付いた。

ピシッという擬音が響き渡りそうなほど見事に藤宮の動きが停止する。

「――は？　嘘《うそ》でしょ？　マジ？　ガチのマジですか？」

「ガチのマジ」

「……え、ちょ、本当に人間？　悠さんもしかして人じゃない？」

信じられないとばかりに首を振る藤宮。その瞳の色からして、多分関わり合いになってから今に至るまでで一番ドン引きしていた。もはや俺を見る目が宇宙人を見る目のそれの類まである。

「いや、人だが……。つか流石《さすが》に大げさすぎじゃね……」

「いやいや全然大げさじゃないです。夢の国行ったことがない人に会ったの、悠さんが初めてですし。多分人生の十二割くらい損してますよ？」

問うと、真顔でそんなことを言われてしまった。いや、十二割は損しすぎだろ。そもそも損とかいうレベルじゃねえ。

けれど、そうも言いたくなるくらいに夢の国が好きなのは、藤宮の様子を見ていればわかる。

「まあ、なんで、行くとこは全部藤宮に任せた。俺はそれに付いていくから頼むわ」

「お任せあれです。けど、私のルート構築に悠《ゆう》さんの人生が掛かっているかと思うと、中々に責任重大ですね……」

「別に掛かってないけどな。夢の国に対しての感情重すぎない？」

「重くないですよ。女の子は皆プリンセスと白馬の王子様に憧れるもんです！　いつか迎えに来てくれないかなー、なんて」

言って、藤宮は冗談めかして片目を瞑《つぶ》った。

「まあ大学生にもなってそれ本気で言ってる子はガチでヤバめの子なんで気を付けて下さいね？　まあでも悠さんは白馬の王子様って柄じゃないから別に関係ないか」

「うるせえ余計なお世話だ」

てかこのやりとり、ちょっと前も似た感じでやらなかった？　デジャブなの？

「大体、そもそも白馬の王子様なんかが現実に居る訳ないだろ」

あんなものはお伽話《とぎばなし》の中の空想の産物だ。人はそれを理想というが、理想は理想であるから理想なのであって、そんなものは現実には有り得ない。それを勘違いしたままでは、理想を抱いて溺死するのがオチだ。

などと半ば自戒をこめてぐだぐだ言っていると、藤宮がしらっとした目つきになる。

「うわ、まーたそういうこと言う……。ほんとめんどくさいなこの人……。けど、夢の国は本当に舐《な》めない方がいいですよ？　多分初見だったら――」

それから彼女は人差し指をふりふり、空中で振る。

その後、指をピシッと俺に突きつけると、藤宮は悪戯《いたずら》っぽく片目を瞑って微笑《ほほえ》んだ。

「――きっと、魔法にかけられちゃいますからね？」

そして電車が目的地に到着する。発着のメロディは、言わずと知れたあの名曲だ。

「さ！　行きますよー！」

そのままぞろぞろと降車する人々に続き、藤宮が意気揚々と歩きだした。

――十二時の鐘で魔法が解けるまで、残りわずか。

醒《さ》める間際の幸福な、夢のような時間が始まろうとしていた。

×　×　×

「おお……」

「来た——！」

入場門を潜《くぐ》り抜けた俺の眼前には、驚きの風景が広がっていた。西洋風の街並み、見たことのないファンシーな建物、遠くにそびえる見事な城。そこには現実の残滓《ざんし》など微塵《みじん》もなく、俺はお伽の国に迷い込んだような錯覚すら覚える。

「すげえ……」

「ふふん。だから言ったでしょう。魔法にかかっちゃいますよって」

景色に見惚《みと》れて呟くと、隣で藤宮が得意げに胸を張る。それから、バッグからおもむろに黒いカチューシャを取り出してカポンと頭に装着した。

「じゃーん！　どうですか、似合いますかね？」

「ああうん、似合う似合う。その猫耳があざと可愛《かわい》い」

「猫耳じゃなくて、ね・ず・み・み！　悠さん、ここに居る全員に怒られますよ？」

憤慨する藤宮に指摘されて、そういえばマスコットがネズミだったと思い出した。

そうか、鼠耳《ねずみみみ》だったか。道理で耳がとんがってない訳だ。

「それにしても、ねずみみって言い辛《づら》いな……」

「はあ、そうですかね？」

藤宮が鼠耳をフニフニしながら首を傾《かし》げるので、ならばと俺は続けた。

「そうだろ。じゃあ今から言う言葉をリピートアフタミーな。ねずみみみはねみみにみずで、みずみみずとねみいみすずのみすはみずしらず。はい」

「ねずみみはねみみみず、みずみみずみみずねずみ？？？」

「鼠耳は寝耳に水で、ミズミミズと眠《ねみ》いみすずのミスは見ず知らず、な」

よし、勝った。何に勝ったかは知らんが、なんか勝ったわこれは。

恐らくこれを噛《か》まずに一発で言える人間など俺以外にはいるまい。居たら教えて欲しいくらいだ。ともあれ、これで言い辛さが伝わっただろう。

「な、噛むだろ？　鼠耳」

「言い辛いのは早口言葉ですけどね。ていうかそんなことどうでも良くて！　はい！」

「ん？」

手渡されたのは藤宮《ふじみや》とお揃《そろ》いの、黒いみみず——じゃなくて黒いねずみのカチューシャだった。俺はそれを手に持ったまま、はてなと訝《いぶか》しむ。

「なにこれ」

「何って、悠さんが着けるやつですけど？」

「え、普通に嫌なんですけど？」

藤宮は何を聞いているのか分からないとばかり、さも当然のように言った。

だが待って欲しい。常識的に考えて男子大学生の鼠耳姿とか需要ないだろ。市場バランス考えて？　しかし俺が拒否しても藤宮は譲らず、それどころかやれやれと首を振った。

「ああ、悠さんは初めてだから知らないのか。あのですね、夢の国の法律で大学生はカチューシャの着用を義務付けられてるんです」

「は？　法律？」

なに言ってんだこいつ。まあ確かに夢の国には俺が知らないルールがあるのかもしれないが、それにしても着けたくない。俺がカチューシャ片手に渋っていると、

「ほら、周り見て下さいよ。遊びに来た大学生がうじゃうじゃいるでしょ？　その中でカチューシャを着けてない人、居ますか？」

藤宮に促されるようにして辺りを見回してみると、カチューシャ、カチューシャ、カチューシャの群れ。恐ろしいことに、視界に入る若者たちは男女問わず一様に頭に鼠耳を生やしていた。

「……え、嘘だろ？　マジなの？　マジでそんなルールあんの？」

「もちろんです。ちなみに違反したら、即刻、国外追放ですから」

「夢の国えげつねえ……！」

どうやら俺はとんでもない国に迷い込んだらしい。

この国では、どこぞの独裁国家もびっくりの恐怖政治が敷かれているようだった。

「はい。という訳で、いいから諦めて着けて下さい！」

「いやだ……。体制に屈するとか、誇りある文学部生として絶対に許容したくない……」

だが、ここまで言われたら流石に着けない訳にもいかない。悔しげに唇を噛んで恥辱に打ち震えながら、俺は渋々ネズミカチューシャを頭に装着する。

すると次の瞬間、藤宮が盛大に吹き出した。

「ぶはっ！　ゆ、悠さん、似合わな！　え、ふふふ、な、なんで、そんな似合わな、あははははは!!」

「うわ、くっそムカつく……。だから着けるの嫌だったんだよ……」

「あ、ダメですよ取ったら！　今から写真撮るんですから！」

言うなり藤宮はスマホを取り出し、笑いを噛み殺しながら俺の姿をパシャパシャ撮り始めた。

「ちょ、やめ、撮るな！」

慌てて制止したものの、時は既に遅し。俺の姿はばっちりとデジタルデータとして藤宮のスマホに記録されてしまった。まずい、このままだと俺の醜態が全世界に拡散されてしまう……。

「頼むからインスタにはあげんなよ……」

「えー、どうしよっかなあ」

せめてもの抵抗として俺が懇願すると、藤宮が何やら悪戯っぽい笑みを浮かべる。

「じゃあ、今から2ショ撮りましょう。そしたら拡散は止《や》めてあげます」

「なあ藤宮。それを世間では脅迫と呼ぶんだが」

「やだなー。可愛いお願いじゃないですか」

「お前のやり方はヤクザのそれなんだよ……」

けれど、生殺与奪の権を藤宮に握られている以上、俺にはどうすることもできない。

ごめんなさい義勇《ぎゆう》さん、言いつけ守れなかったよ……。

「じゃあせっかくですし、城をバックに撮りましょうか。ほら行きますよー」

「いやだ……」

ずんずん進む藤宮の背を追って、ぼやきながらエントランスを抜ける。

それから城下に辿《たど》り着き、間近から見上げた城は息を呑《の》むくらいに精巧に作られていた。

流石《さすが》は夢の国だ。金のかけ方が半端じゃない。

図らずも俺がお城に見惚れていると、藤宮に袖をくいくいと引かれる。

「ほら悠さん、寄って寄って。これ、結構難しいんですから」

見ると、藤宮がスマホのインカメを構えながら、あれやこれや調整している。お城がしっかり映り、かつ最も盛れる自撮りの角度を探っているようだった。

うわー、映りたくねえなあ……。何が嫌って、このカチューシャがマジで嫌だ。そこで俺は水際での抵抗を試みる。

「なあ藤宮、知ってるか？　写真に写ると魂が抜かれるんだぞ？」

「一体どんだけ昔の話をしてるんですか。いいから、ほらほら」

「いやでもさ。あれだ、ここはあえてスマホのカメラではなく心のカメラにこの美しい光景を焼き付けるべきでは――」

「うるさいな。グダグダ言っていると拡散しますよ？」

「イエス、ユアマジェスティ。直ちに参ります」

背に腹は代えられない。

俺はサッと藤宮の右隣に並ぶと、藤宮の構えたスマホの画面にちょいと目を向ける。

ところが、この位置取りではどうやら藤宮様のお気には召さなかったようだ。

「んー、もっと近づいて下さいよー。これだと上手《うま》く収まらないんですけど……」

彼女は画面と睨《にら》めっこしながら、すっと俺の傍《そば》に身体《からだ》を寄せてくる。

瞬間、俺の左腕に藤宮の右腕がそっと絡まり、半ば抱き着かれるような体勢になった。

感じる彼女の体温と柔らかな感触、ふわりと鼻腔《びこう》をくすぐる甘い香り。反射的に身を竦《すく》めそうになるのを無理やり抑えつけた直後、パシャリと間の抜けたシャッター音が響く。

「――はい、ありがとうございます！」

写真の出来に満足したのだろう。藤宮はうんと頷《うなず》くと、ててて と俺から離れて行く。

それからはたと気が付いたように、藤宮がこてりと首を傾げて問うた。

「あ、悠《ゆう》さんも今の写真見ます？」

「いい、いらん、死んでも見ねえ」

百パーセント変な顔をしているに決まってる写真なんか、何が何でも見たくない。もう新手の拷問だろ、それ。ところが藤宮は不満げに頬を膨らませた。

「えぇー。結構いい感じなのに。せっかくだし見ましょうよー」

「……見た瞬間に思わずスマホをへし折っちゃうかもしれないけど、それでもいい？」

「あ、何でもないです。絶対にやめて下さい」

秒で手の平を返す藤宮だが、さもありなんだろう。何しろ、現代人にとってスマホは命の次に大事なものだと言っても過言ではない。いや、過言か。過言だわ。

だが、スマホを失《な》くしたら死にたくなるのには変わりないだろう。ソースは俺の高校時代の友人。カヌーの途中に、スマホを川に放流した絶望の顔は今でも忘れられない。

元気かな、あのスマホ……。今も大自然の中でゆらゆらと漂っているんだろうな……。

俺が遠い目をして今は亡きスマホさんに想《おも》いを馳《は》せていると、藤宮がバサッとマップを開いた。

「それじゃあ早速回っていきましょうか！　まずはこのまま真っすぐファンタジックエリ

アに向かいますので」

「おー」

平日ということもあって、園内は結構空《す》いている。この様子だと、あまり並ばずにアトラクションにも乗れるはずだ。夢の国の魔法にかかったのか、俺も若干ワクワクしつつ藤宮と共に歩みを進めようとし――。

「あ、言い忘れてたんですけど、写真撮れたんで別にカチューシャ外しても大丈夫です」

さらりと藤宮がそんなことを口にした。

いやお前、いきなり正気に戻るんじゃねぇよ……。

×　　×　　×

という訳で藤宮に連れられてまずやってきたのは、園内に七つあるエリアのうちの一つ、ファンタジックエリアだ。コンセプトは魔法に包まれた夢とお伽話《とぎばなし》の世界らしく、俺でも見たことがある数々の有名映画の世界が描かれたアトラクションが勢ぞろいしていた。

中でも藤宮のお気に入りは、魔法で醜い獣に変えられた王子と一人の田舎娘にまつわる「真実の愛」のお伽話らしい。早速該当のアトラクションにやってきた藤宮のテンションは、いつもに増しておかしかった。

「え、うっそでしょ、待ち時間20分だけ!?　ヤバすぎません!?　これは今日もしかしたら完全制覇狙えるかもです……！」

「完全制覇ってお前な……」

それもう違う競技になってるだろ。もしかして反り立つ壁とかクリアしないといけないの？　とはいえ藤宮によると、通常このアトラクションは待ち時間が二時間は下らないらしいので、やはり今日は相当空いているようだ。流石は二月のド平日である。

「で、ちなむと藤宮はこの作品のどこら辺が好きなの？」

それから待ち時間の暇つぶしがてら問うと、藤宮は待ってましたとばかりに目をキランと輝かせた。

「うーん、そうですね……。どこら辺かと具体的に聞かれると難しいんですけど、何はともあれ、まずはあのロマンティックな恋愛模様ですかね！　見た目とか関係ない、その心の在り様にこそ惹《ひ》かれ合い愛し合う関係って、やっぱり憧れるというか……。大体、現実の恋愛って嘘《うそ》とか打算とかばかりじゃないですか。相手に良く見られようと上辺を取り繕ったり、あるいは社会的地位とか年収とか容姿しか見てなかったりとか。そういうのってやっぱり「真実の愛」とは呼ばないと思うんです。その点、見てくださいよこの二人の関係性！　まずもう出会いからして最高なんですけど、関係性を深めていく過程も尊いし、舞踏会のシーンとかもうほんとに綺麗《きれい》で……。ロマンティック過ぎるでしょ……」

「お、おう、そうだな……」

やべぇ、なんかものすごい勢いでオタク語りが展開されている。どんだけこの作品好きなんだよ、藤宮。

だが彼女がロマンチストなのは知っているので、その感想は分からないでもなかった。なんなら俺もロマンチストの自覚はあるので、むしろうんうんと頷いてしまうまである。

ただ、同じ作品を見ていてもこんなにも受け取り方が違うのかという驚きもあった。

何故《なぜ》なら、俺がこの作品を見て初めに抱いたのは、ある種の諦念めいた感慨だからだ。こんなにも綺麗なものはあくまでフィクションだから描けるのであって、現実にはそんなものは有り得ない。だからそんなものは願うだけ無意味なのだ——と、俺はそんな風に考えてしまう。

それは、描かれた理想に素直に憧れを投影する藤宮《ふじみや》とは対照的な受容の仕方だ。

果たしてその姿勢の差は、実際に手にしえないと理解した経験の差か、あるいはそもそもの心根の在り方の差か。いずれにせよ、瞳をキラキラさせて語る藤宮の様子は俺には些《いささ》か眩《まぶ》しく、そして、それゆえに好ましく映った。

「……でも、わかるわ。俺も結構こういうのは嫌いじゃないしな」

俺が頷いて同意を示すと、藤宮が奇怪なものを見たように目をパチクリさせる。

「え、なんか意外なんですけど。てっきりめちゃめちゃ批評してくると思ってました。プリンセスの描き方がどうたらとか、ジェンダーロールがどうたらだとか。ほら、文学部ってそういうとこあるじゃないですか」

「あー……」

言われ、俺はしみじみと頷いてしまう。

あるわ……ある……。一部の文学部生、頼まれてもいないのに作品批評しがち……。

そんでもって、純粋に作品を楽しんでいる人間たちから冷ややかな目で見られがち……。

いや、分かるんですよ？　作品にじっくり向き合って色々と論じるのが我々の本分であり生業なのは分かるんですけど、こう、水を差されたように感じる作品ファンたちの気持ちも分からないでもないわけで。大体、作品に対するスタンスが根本から違うので、なんというか、どうにもならないというか……。

などと俺がファンコミュニティと批評界隈《かいわい》の分断について頭を悩ませていると、藤宮がものすごく大きなため息をついた。

「うーん、心底どうでもいいですね……。これだから文学部は……」

「はい、面倒くさくてすみません……」

思わず謝ってしまったが、それを言ったらこいつも大概面倒くさいんだよな……。

というかむしろ逆に、面倒くさくない人間なんているかとすら思う。

だって、誰も彼も全ての人が今ここに至るまでの歴史を持っていて、それぞれに確立された自己がある。なら、誰一人として単純明快な人間など居るはずがない。

その上、言葉一つ、行動一つとったって、それが内心をそのまま表しているとは決して言い難く、時には裏腹なこともあるのが人という存在の仕様だ。なんだそれ、面倒くさすぎるだろ。

まあだからこそ、気持ちが通じ合う瞬間っていうのがエモいんですけどね。

ふっ、やっぱ公式カップリングは最高だぜ！

それから藤宮の宣言通り、俺たちは怒濤《どとう》の勢いで七つのエリアを巡っていった。

「ヤバいヤバいヤバいヤバい落ちる落ちる落ちる落ちああああああああああ!!」

「いぇーい！　きもちいー！」

フロンティアスピリットが息づくアメリカ西部の世界がコンセプトのウエストエリアでは、わざわざ怪奇現象の起こった鉱山を暴走列車で駆け抜けたり。

「暗い暗い暗い見えない見えない見えなああああああああああああ!!」

「ひゅー！　きれー！」

科学とテクノロジーが調和する明日の世界がコンセプトのフューチャーエリアでは、ロケットに乗って真っ暗闇の宇宙から落下したり。

「待て待て無理無理マジでおいやめろ止まれ濡《ぬ》れるあああああああああああ!!」

「ひゃー！　つめたー！」

小動物たちの物語が繰り広げられる郷《さと》がコンセプトのミニマムカントリーエリアでは、真冬のど真ん中にボートに乗って滝つぼに突っ込んだり。

およそ三半規管の訓練としか思えないアトラクションばかり乗っているように見えるが、ここは日本一と名高いテーマパークである夢の国。無論、アトラクションがこれだけで留《とど》まる訳がない。

海賊がうろつくカリブ海を冒険したと思えば、野生動物が息づくジャングルをクルーズし、子供たちの歌声を聞きながら世界一周の幸福な旅に出る。

行く場所、見る景色、触れるもの——その全てが現実とはかけ離れていて、それはまさしく夢の世界の中に取り込まれたようだった。

それでふと、この場所は外の世界が見えないように設計されているとどこかで聞いたことを思い出す。

なるほど流石《さすが》は夢の国だ。伊達《だて》に日本一のテーマパークを名乗っていない。

だが、まるで夢みたいだと感じたのはきっと、一緒に居る少女のせいでもあるのだろう。

「うわーすごい、きれい！」

「ちょっと悠さん、写真撮ってください！　ばっちり盛って！」

「あ、チュロスある！　これはもう絶対食べないとですよ！　もちろん悠さんのおごりで」

「じゃん、新しいカチューシャです。可愛《かわい》いでしょ。可愛いですよね？　可愛いって言え」

「ほら次いきますよ、次！　ダッシュダッシュ！　休むのは待ち時間でできますから！」

俺の隣で藤宮が笑う。

本当に、心の底から楽しそうに。一つの翳《かげ》りもなく、どこまでも無邪気に、無防備に。

「――」

ゆえにそれは、あまりに幸福な時間だった。

あの日。俺の中で決定的に何かが変わってしまった瞬間から今までの二年間の中で、これほどまで楽しいと感じたことはなかった。

だから思う。

時間が止まってこの瞬間がずっと続けばいい――なんて、ごくありふれた陳腐なことを。

けれど、そう思えば思う程、そう願えば願う程、時間は足早に過ぎていくことを俺たちは既に知っている。

永遠も絶対も不変もなく、全ては時の流れによって否応《いやおう》なく形を変えられてしまうことを俺たちは経験上分かっている。

そう。痛いほどに知っていて、どうしようもなく理解しているからこそ、どうかせめてと願うのだ。

どうかせめて、もう少しだけこのままで。

いつか終わるのは知っているから、どうかあと少しだけこのままで、と。

それを誰に願うのかは知らない。それを何に祈るのかも知らない。

だがいずれにせよ、そのあと少しは俺たちにはもう残されてはいないのだろう。

何故なら俺たちは、あの真冬の夜の海辺で、既に魔法を使ってしまったから。

であれば必然、その後にやってくるのは魔法が解ける瞬間に他ならなかった。


「――」


ゴーンと、遠くで午後五時を告げる鐘の音が響く。

その音につられて視線を上げれば、城の彼方《かなた》に、夜の闇色と混じり合った鮮やかな夕焼け空が目に映る。

それで、残されている猶予はもうほとんどないのだと分かった。

この魔法のような瞬間も、幸せな夢のような一日も――あと僅かな時間で終わるのだ。

×　　×　　×

日の沈み切った冬の夜の世界。

しかし夢の国においては、それは静けさや寂しさとは到底無縁だった。

闇を彩るのは、煌《きら》びやかな輝きを纏《まと》って練り歩くキャラクターやダンサーたち。

響き渡るのは、誰もが耳にしたことがあるであろう、有名な曲の数々。夢の国では今、一日が終わる物悲しさを吹き飛ばさんとばかりに派手派手しいパレードが展開されていた。

「いやー、遊びましたね……」

「そうだな、遊んだな……」

そんなお伽《とぎ》の国から出てきたように現実離れした光景を、俺と藤宮は沿道に座って眺めている。騒々しいパレードの音に掻《か》き消されぬように、常よりも少し近い距離で交わす言葉は、まるで睦言《むつごと》めいていた。

「流石に疲れた……。アホみたいにアトラクション回ったよな?」

「まあ、ほとんど制覇しましたからね、私たち」

「マジかよ。バカなのか俺たち」

「大学生とは思えないはしゃぎっぷりでしたもんね……。私も、悠《ゆう》さんも」

無論、その内容は愛の囁《ささや》きには程遠い、いつも通りの軽口だ。だがお互い、普段よりもその口調は穏やかで静かだったように思う。

それはきっとこの場所の雰囲気とか、そういうものが関係しているのかもしれない。

それきり無言で、俺たちはパレードを見つめていた。

違うか。正確に言えば、藤宮は、だ。彼女は目をキラキラさせて魔法の行進に見入っていて、時折「わー綺麗」だとか「すごーい」だとか、小さな呟《つぶや》きが漏れたりしている。

その横顔は、パレードの煌めきを受けてよく見えた。

無邪気で純粋な横顔だった。行進が進み、様々な馬車や船、キャラクターたちがやってくる度、その表情がコロコロ変わる。驚きに、喜びに、感動に。

本当に、どれだけ見ていても飽きない。一緒に居て、退屈することが一度としてない。

――綺麗だなと、可愛いなと、俺は素直にそう思った。

「――」

けれど、だからこそ俺は彼女から視線を逸《そ》らして、夜空を見上げる。

空ではパレードに負けないくらいに星が眩しく輝いていて、その存在を主張している。

星は、ひどく綺麗《きれい》だった。

恐らく星は、手の届かない場所にあるからこそ、純粋に穢《けが》れなく綺麗なのだろう。

だがそうであればこそ、触れてしまえばそれは形を変えてしまう。

一度手にしてしまえば、いずれは失くすことが確定する。

ゆえに、届かない距離で眺めるのが、きっと俺にとっては一番いい。

「――!!」

その瞬間、星の光を掻き消すように、鮮やかな花が夜空に咲いた。

ひゅーん、ばーん、と次々に打ち上げられる。色とりどりの花が、夜空を彩る。

花火だ。パレードのクライマックスに相応《ふさわ》しい美しい光景に、周囲から歓声がワッと上がる。俺も思わず、その景色に見惚《みと》れてしまう。

元より花火は嫌いではない。むしろ、その在り方は好ましくすら感じる。なにせ、花火が煌めくのは刹那に満たない時間だけだから。

その一瞬のためだけに生き、美しく咲き誇る姿に、俺は感動にも似た感覚を抱くのだ。

「？」

ふと、空を見上げていた俺の袖がくいと引かれた。

視線を戻すと、藤宮《ふじみや》が何やら呟いている。

しかし生憎《あいにく》、花火の音とパレードの音のせいで何も聞こえない。俺が首を傾《かし》げて聞こえないジェスチャーをすると、藤宮が更に近くに身体を寄せてきた。

「綺麗ですね、って言ったんです」

「──、そう、だな」

彼我の距離は最早《もはや》ゼロに近く。耳元で囁かれた声は驚くほどによく聞こえた。

ぞわりと身体中の肌が粟立《あわだ》つのが分かる。何とか返した言葉は、声が掠《かす》れていた。

「──」

「──」

そして、一度花火から視線を外して藤宮の方を見てしまったからだろう。

俺と、俺を見つめる藤宮の視線が交錯した。それで、藤宮から目を逸らせなくなった。

――ドクン、と心臓が跳ねる。

藤宮の頬は、仄《ほの》かに赤く染まっていた。藤宮の瞳は、僅かに潤んでいた。

俺の服の袖を摘《つ》まんだ小さな手が、キュッと強く握られた。

「――悠、さん」

ドクン、と心臓が跳ねる。うるさいはずの花火の音が遠のいてゆく。

パッパッと開く夜空の花が、彼女の表情を艶《あで》やかに彩った。まるで、ロマンティックな雰囲気に当てられてしまったかのように、その顔は熱に浮かされている。

だから、分かった。言葉にしなくても、何も言わなくても。この先に何をするべきかなんて、手に取るように理解できる。

遊園地、夜、花火、見つめ合う二人。どこからどう見ても、完璧なシチュエーションだ。

誰が見ても、これから起こることは一目瞭然。フィクションの中で飽きるほどに見てきた光景で、現実でだって、過去に似たような経験をした覚えがあった。

「――」

結果、自然に俺の視線は藤宮の唇に向けられる。

ドクンと、心臓が鳴った。耳鳴りがした。脳内で、二文字の単語が浮かんできた。

でも、それをしたら、多分何かが決定的に変わり、俺と藤宮の関係性は確定してしまう。

そうしたら、俺と藤宮はきっと世間で一般的に言われている『普通』の一つの関係性に当てはめられてしまうだろう。それでも、以前の俺ならばそうしていた。

否。実際あの時の俺は、そうした。

ちゃんと『普通』に唇を重ねて、ちゃんと『普通』に言葉にした。

それで結局、間違えて、傷つけて、傷ついて、失ったのだ。

だからこそ今度は間違えたくないと、失いたくはないとそう思った。

「――」

――そして。

俺の意志とは関係なしに、違う違う違うと、本能が叫んでいた。

込み上げる違和感に脳内が埋め尽くされ、エラーと忌避感、警告が鳴っている。

これは違うと、うるさいくらいに内から声がしている。

その声に、驚きはしなかった。だって、寺田《てらだ》悠がそういうことを上手くできない『普通』じゃない人間なのだということくらい、俺が一番良く分かっているのだから。

「――悠、さん?」

「――ごめん」

結局、俺が導き出した結論は、意志と本能の両方で共通している。

そして、小さく謝罪の言葉を口にした。

「っ!!」

瞬間、藤宮の瞳が見開かれ、傷ついたようにその顔が歪《ゆが》む。

そんな藤宮を見て、俺は間違えたことを悟った。

だが、そもそも間違えの話をするならば、今の状況に陥ってしまったことがミスだった。

ゆえにこの状況に直面した以上、どちらの選択肢を選んだところで、間違えた結果には変わりない。

それでもどうにかしなければと思って、何を言えば良いかも分からず俺は口を開く。

「藤宮、その、俺は――」

「――ない」

「え？」

「聞きたく、ない……！」

けれども、遮るようにあげられた藤宮の声は震えていた。目には涙が溢《あふ》れていた。

表情は痛みに満ちていて、傷つけたのは俺だった。

「違う、俺は――」

だからちゃんと、話さないと。話して、説明して、誤解を解かないと――。

――言ってどうする、と心の声がする。言ったところで伝わるはずがない。理解など得られる訳がない。ならば結局は、何もかも失うだけのことでしかない。

でも、俺は。

「藤宮」

話しかけた瞬間、更に藤宮の表情が歪んだ。苦痛、悲嘆、あるいは不安、罪悪感か。

見ただけでは、彼女の心の内を知ることは叶《かな》わずに。

「ごめん、なさい」

「まっ――」

だからそれが、何に対する謝罪なのかも分からない。

分かるのはただ、藤宮が泣いていたこと。俺から逃げるように走り去っていったこと。

俺が傷つけて泣かせたこと。彼女に、一体何を言えばいいのかすら分からないこと。

「――」

それきり群衆に紛れて消えていく藤宮を追うこともできないまま、その場所には俺一人だけが取り残される。華やかなパレードと花火の音は既に遥《はる》かに遠く、何もかもが終わった後の寂寞《せきばく》と静寂だけがそこにある全てだった。

そう、終わったのだ。今この瞬間に、何もかもが。

積み上げてきた時間も、作り上げてきた関係性も、その全てを俺が壊してしまった。

それが理解された瞬間、胸中に込み上げてきたのは、絶望にも諦念にも似た安堵《あんど》だった。

だって、そうだろ。

これで終わったのならば、これ以上は傷つけなくて済む。

これで終わりなのだから、これ以上は傷つかなくて済むのだから。

「……」

大体、こんなのは初めからいずれ来ると分かり切っていたエンディングのはずだ。『普通』じゃない人間がどれだけ上手《うま》くやろうとしたところでどうにもならないことくらい、過去の経験からとっくに理解している。だからこれは、目を逸《そ》らして見ない振りをし続けたツケが今になってやって来たという、ただそれだけのことに過ぎないのだ。

……だと言うのに。

だと言うのに、ならばどうしてこんなに心は痛いのか。

なんでこんなに、あいつの泣き顔が離れてくれないのか。

「……くそ」

俺は知らず固く握っていた拳をぐっと額に押し当てると、ぎゅっと瞳をつむる。

くそ、何してんだよ、俺は。

泣かせてしまった。泣かせたくなかった。傷つけてしまった。傷つけたくなかった。

二度と繰り返したくないと願っていたのに、また同じ過ちを繰り返してしまった。

それはあまりに愚かすぎて、どこまでも度し難い有り様だ。余りに救えなすぎて、いっそ、死んだ方がいいんじゃないかとすら思う。

でも、それならば一層、ここで終わりにしてしまう訳にはいかない。

今度こそは今すぐ追いかけて、もう一度ちゃんと話して、誤解を解いて、それで——。

——それでどうする？　と頭の中で凍《い》てついた声が嘲笑《あざわら》った。

ちゃんと話すって、一体全体お前は何を話すつもりだ？

誤解もクソもねえだろ。お前は彼女を拒絶した。それはただの事実なんだから。

「——」

それともあれか？　お前の性質のことをバカ正直に言うつもりか？　まさか、そんなことできる訳ないよな。理解なんか得られる訳がない。むしろ、今の状況よりももっとずっと酷《ひど》い状況になるんじゃねえの？

「……うるせえ、黙れ」

唇を血が出るほどに噛《か》み締めて、内なる糾弾の声を無理やりに殴りつけて黙らせる。

だが、その糾弾はどうしようもなく的を射ていた。

その通りだ。今の俺には、あいつに届けられる言葉がない。伝えるべき言葉が見つからない。傷つけてしまった彼女に、果たして何を言えばいいのかが分からない。

否《いや》。それ以前に、あいつのことをどう想《おも》っているのか——そんなことすら、俺には分からないままなのだから。

×　　×　　×

視界はぼやけて、碌《ろく》に前が見えなかった。

誰かにぶつかり、誰かに押されて、誰かに悪態をつかれる。

でも、足を止めることだけはできない。だって、足を止めたら追いつかれてしまう。

悠《ゆう》さんにではない。現実に、追いつかれてしまう。

「——っ！」

だから私は走った。走った。走った。

息が続く限り、身体が持つ限りの全力で。でも、それも長くは続かない。

「は、あ、はあ、はあ——」

不意に、足が止まった。膝に手をついて、荒い息を吐いた。辺りは暗くて、夢の国の何処《ど》処《こ》にいるかなんて分からない。でも、周りに人が居ないことだけを千切れそうな心で確認して。

「う、うあ、ううううう——」

それから私は、堪《こら》え切れなかった嗚咽《おえつ》を漏らした。悠さんの前で泣く資格はないと分かっていたから、せめて見られないようにと我慢していた涙が込み上げてきて止まらない。

「ううう——」

間違えた、間違えた、間違えた。

私が間違えた。ダメだって分かってたのに、無理だって分かってたのに。

雰囲気に流されて、熱に浮かされて、取り返しのつかない行動をしてしまった。

それで挙句にこのザマだ。愚かしいにも程があるだろう。

——ごめん。

その言葉が、その表情がリフレインする度、胸が張り裂けるように痛む。

痛くて、痛くて、どうにかなってしまいそうだった。

ああ、せっかく見つけた居場所だったのに。

ここに居たいと、そう思ったはずだったのに。

十二時の魔法は解けてしまって、汚い格好を覆い隠していたドレスは消えて、ガラスの靴は砕け散った。綺麗な装飾がなくなって残ったのは、ただの灰被《はいかぶ》りの薄汚れた私だけだ。

「——あは」

涙で化粧がぐしゃぐしゃに崩れた顔を拭う。

バカみたいだ。見上げた空に瞬いた星は、遠い。

それでふと、いいなと思う。穢《けが》れもなく美しい星に、羨望を抱く。

星だって孤独なはずなのに、どうしてあんなに揺るぎなく在れるのだろう。行く当てもなく、ふらふらと彷徨《さまよ》う私とは大違いだ。

ああ、今日は、どこに行けばいいんだろう。

「はは、――」

乾いた笑いが、夜の遊園地に響いた。

どうしようもないじゃん、こんなの。どうすればいいの、これ。

分からない。分からない。分からない。

ただ、どうして欲しいのかだけは分かった。

追いかけてきて欲しい。抱き締めて欲しい。傍《そば》に居てくれと言って欲しい。

こんなのは重たくて、こんなのは醜くて、こんなのは浅ましいのは、分かっているけど、

それでも。なんて、有り得るはずのないことを私は願う。

今夜は、ひどく寒かった。

空っぽの身体と心の中に、隙間風がびゅうびゅう吹いた。

どうしようもないほどに、私は世界で独りきりだった。

第2話　これが「恋」だと言うのなら

暗い部屋を静けさが満たしていた。

時は既に午前三時を過ぎており、おおよそ世界に活動の気配はない。だが異常なほどに熱を持った頭では、眠ろうにも眠れるはずがなかった。

俺の頭の中では、後悔と、痛みと、衝動と、願いと——溢《あふ》れるばかりの収拾のつかない感情と思考の渦があれからずっと延々と巡り続けている。

「——」

それでふと外気を吸いたくなって、俺はカラリとベランダに続く窓を開けた。直後、吹き込んで来る恐ろしく冷たい空気に思わず首を竦める。

だが、その冷たさのおかげで煮詰まっていた思考は一瞬で冷却され、意識はより鮮明さを取り戻す。そのままサンダルをつっかけてベランダに出ると、手すりに寄りかかった。

「——」

吐いた息は白い。しかしその吐息は夜に紛れ、一瞬の後に見えなくなった。

消えたのだろうか。それとも、見えないだけでまだあるのだろうか。そんなことが気になって、つい白さを飲み込んでいった夜の空を見上げてみた。

そして、その黒々とした闇の中に、小さな白の欠片《かけら》を見つける。

「──あ」

雪だ。

点々と、はらはらと。黒い海の中でちらつく雪の結晶は、僅かなくせにやけに目につく。

道理で寒い訳だと、ぼんやりと思う。東京で雪が降るのは珍しい。昨冬の記憶を辿《たど》れば、少なくとも一回、二回あったかといったところか。脆弱《ぜいじゃく》な交通網が麻痺《まひ》して大変だったのを覚えている。

だから思えば、あの時からだ。降雪で心が湧き立たなくなってしまったのは。

それを大人になった証《あかし》と思うか、無邪気な心を失ったかと思うかは人それぞれだろう。

いずれにしても、俺が変わったことだけは確かな事実だった。

そうだ。

変わらないものなど、この世にはない。ずっと同じままでなどいられる訳がない。

目を逸《そ》らしても、見ないふりをしても。目を背けても、考えないようにしても。

結局のところ、いつか向き合う時が来る。

そして、俺にとってはそれが今この瞬間なのだろう。

「──」

手すりにうっすらと積もった雪にそっと手を触れてみる。

壊れ物に触るような繊細さで、傷ついた物を労《いた》わるような柔らかさで。

だが、それでも雪は即座に溶けた。儚《はかな》く消えて、俺の手の中から失われた。

ならば、と思う。

果たして俺は、手にしたものを失うことに、納得できるのだろうか。

心のうちに浮かんで来たそんな疑問。しかし、それに対する答えは明確だった。

受け入れられる訳がない。

そんなの言うまでもなく、至極当たり前のことだった。

確かに始まりは歪だったかもしれない。

俺が藤宮光莉《ふじみやひかり》を受け入れた理由は、今でも言葉にすることは困難だ。

けれど、決して善意などではなく、優しさなどでもないのは確かで。

その理由はもっとひどく独りよがりなものだ。

例えば俺は、償いのつもりだったのかもしれない。春佳《はるか》を傷つけたことへの罪悪感を、
他の人を助けることで誤魔化すためだけの代償行為で、俺はあいつに関わったのだろうか。

あるいは、例えば俺は寂しかったのかもしれない。一人は楽だと、一人でも平気だと嘯《うそぶ》きつつ、心のどこかで開いた穴を埋める何かを探していた可能性もある。

もしくは、例えば俺は同情したのかもしれない。帰りたくないという彼女の姿に絆《ほだ》され、
愚かにも思い上がった選択をしたともいえる。

だが結局、今となってはもうどうでもいいことだった。

何せ、動機はどうあれ俺は確かに藤宮光莉と日々を積み上げた。共に過ごし、会話を交わし、少し彼女のことを知ったのだ。無論、聞かなかったことばかりで、俺が知っているのは藤宮光莉の一部分に過ぎない。それでも俺は、彼女を知る前の俺とは変わっていて。変わった以上、このまま失うことを受け入れることはできなかった。

しかし、けれど。

いずれ失うのは、避けがたい終わりのようにも思う。

何故《なぜ》なら、俺が望む関係性は彼女が望む関係性とは異なっていて、それを昨夜の一時で痛いほどに実感した。

そして恐らく、『普通』は彼女が望む関係性が正しいのだ。

否。正しい／間違っているではなく、世間一般の概念としてより大衆に周知されている。一方で俺が望む関係性は、『普通』とは大きく逸脱していることは想像に難くない。

その上、二つの間に厳然とそびえる差は、どう足掻《あが》いても埋められないものだ。

であれば、今繋《つな》ぎ止めたとしても、先に待っているのは避け得ない別離に他ならない。

ならば、それは徒労でないのか。

いずれ失うのなら、今失うのと何が違う。

いっそ今失う方が、傷が浅いままで済むのではないか。

そんな風にすら、過去の痛みが俺に訴えかけてくる。
思考は巡る。過去のこと、現在のこと、未来のこと。
考えれば考えるほどに、どの行動も正しくて、間違っているようにも思う。
ただ、それでも。
今に在るのは現在だけで、ならば今、後悔しない選択をしたいと思った。
だって、有り得たはずのもしもを仮想の中で考えたくはない。
あの時こうしていればなんて、虚《むな》しいＩＦを想定したくはない。
だから。
たとえどんな結末に至ろうとも、今、俺が望む行動をしたい。
そうすれば、後悔だけはしないでいられると思うのだ。
そうして、俺の脳裏に傷ついた藤宮の表情が過《よ》ぎる。涙が脳裏に蘇《よみがえ》る。
どうでもいい下らない日常が思い出される。
ゆえに、俺が望むことはやっぱり一つだけだった。
この感情が「恋」なのかは分からない。
何をもって人を「好き」だと判断するのかは分からない。
それでも、この想《おも》いに最も誤謬《ごびゅう》のない名前を付けるのだとしたら。
それでも、ただ一つだけ言葉にできるものがあるとしたら。

いつの間にか、気が付いたら。

──藤宮光莉は、俺の中で「特別」になっていた。

×　×　×

部屋の中をひっくり返して捜し物を見つけ、俺は家の外へと出た。

外には、一面の銀世界が広がっていた。朝の陽光を反射して、降り積もった雪が煌《きら》めく。

そんな美しい光景は、何でもないはずの日々の朝を特別なものに変えていた。

アパートから続く道路にはいまだ足跡はなく、積雪の完全さを踏み荒らすことに僅かな躊躇《ためら》いを覚える。だが、それでも俺は踏み込んだ。そうすることを決めたから。

一歩。さくっと音がして、俺の靴が雪の層を踏み抜く。

そしてその場には、確かに踏み込んだ証が刻まれる。

二歩、三歩。初めは大分歩き辛《づら》くておっかなびっくり進んでいたものの、気づけば俺はそのスピードを上げていた。

「──っは」

白い息を吐き出しながら、雪に覆われた朝の街を走る。

すれ違う小学生たちは、楽しそうに雪合戦をしながら登校している。対照的に、通勤するサラリーマンは一様に憂鬱な表情をしている。

ならば、その狭間《はざま》に居る俺は一体どんな表情をしているのだろうか。

この光景を前にしたら、藤宮はどんな表情をするのだろうか。

「どこ、いるんだよ、あいつは」

高田馬場駅のロータリーにも、常のような人気はない。見回してみても、一人ぼっちの少女の姿は見当たらない。あいつが行くような場所に、俺は全然心当たりがない。

だから思う。俺はやっぱり、まだまだ藤宮光莉のことを何も知らないのだと。

もしも、お互いが何を考えているのか分かるような関係ならば。お互いのことを完全に理解し合っている関係ならば、こういう時にすぐに見つけることができるのだろう。

「あー、くそ」

けれど、そうではない俺たちだから、俺はがむしゃらに走り回るしかない。

居そうな場所なんて分からないから、藤宮の行動範囲を徹底的に捜すしかない。

でも、見つからないとは思わなかった。

それは思い上がりかもしれないけれど、ただの俺の願望かも知れないけれど。

藤宮光莉は、見つけて欲しいと願っているはずだと、そう思うから。

「はっ、——っは」

街を駆け抜けながら、以前もこんな風に藤宮を迎えに行ったことを思い出した。

あの時は夜だったか。

和田《わだ》からの狂言メッセージに踊らされて、俺は藤宮を迎えに行ったのだ。

『──本当に悠《ゆう》さんのせいなんですから』

『──ちゃんと、どうにかしてくださいね』

かつて言われた言葉が蘇り、走るスピードが僅かに上がった。

どうにかしろって何だよ、何をして欲しいのかもっと具体的に言えっての。

心の中でそう突っ込むと、自然とまた別のことが思い出される。

『──悠さん、お願いです。……寝るまで、手握ってて下さい』

風邪をひいて弱り切った藤宮。普段のやかましい彼女からそれは想像もできないくらいに儚くて、でもだからこそ、その言葉は彼女の核に近いのかもしれない。

ならば、俺にどうにかできるとしたら、それくらいのことなのだろう。

そうして記憶を辿ると、芋づる式のように次々に思い出される。

色んな表情、色んな会話。そういうものを積み上げて、今に至った。

だからこれからも、そうやって俺は藤宮光莉を知りたいと思うのだ。

「──いた」

そんな風に俺が考えていたその時、大通りのすぐ横にぽつんと設置されている小さな公園に、見慣れた人影を見つけた。

「藤宮」

そのまま、気が付けばその名前を呼んでいた。

×　　×　　×

ふらふらと朝の街を歩く。ただ、行く当てはないから彷徨《さまよ》っているだけ。

そんな中、降り積もった雪のせいで足が取られ、少し私の身体《からだ》がぐらついた。

そして何とかガードレールを摑《つか》み転倒を回避する。昨夜からこっち碌《ろく》に寝ていないからか、身体中が熱を持ったようにだるかった。寒いのに熱いような、不快な感覚だ。

「何してるんだろ、私」

呟《つぶや》いて、気が付けば目に付いた公園のベンチに座り込んでいた。

雪がさっきまで積もっていたせいかベンチは冷たい。その冷たさで私はあの日の夜の海のことを思い出した。あの時も、こうやって寒さに震えて彼のことを思っていたのだ。来るはずないと思いながら、来て欲しいなと願いながら。

「――」

今でも、悠さんの声が聞こえた瞬間を覚えている。あの瞬間、心を満たした暖かさを忘れる訳がない。けれどそれは、今では痛みとなって私の胸を苛《さいな》む。

それで、失《な》くしてしまったものの大きさを思い知った。

どれだけ私が悠さんとの日々を大切に感じていたのかを、まざまざと思い知らされた。

思い返せば、初めからそうだったように思う。

だって悠さんは変な人だった。私が今まで会ってきた誰よりも、私の扱いがぞんざいだった。あわよくばなんて打算は微塵《みじん》も感じられなくて、それどころか興味もなさげ。それでも悠さんは助けてくれたし、逆に私はそんな扱いが嬉《うれ》しかった。

バカみたいな始まりと、バカげた日常。

夢みたいな日々は、でも夢のようにパチンと弾《はじ》けて消える。だからやっぱり夢だったのかもしれない。いっそ夢の方がよかった。それなら私も諦めがつくから。

でも、この胸の痛みが今は夢ではないことの確かな証《あかし》だった。

すごく、痛い。胸が、痛い。いたい、いたい、いたい。

——それでも私は、隣に居たい。

たとえこれが「恋」なんて綺麗《きれい》なものじゃなくて、もっと醜いものだとしても。

「悠さん」

なんて、呟く声は届かない。今度こそは有り得ない。

だってここは、現実だ。

お伽話《とぎばなし》のように、私を見つけてくれる白馬の王子様は居ない。

フィクションのように、運命の赤い糸が導くなんて有り得ない。

なのに。そのはず、なのに。

「藤宮《ふじみや》」

私は声を聞いた。私を呼ぶ声を聞いてしまった。

それは待ち焦がれた、待ち望んでいた、二度と呼ばれないと思っていた、声音。

私が振り向くと、そこに居たのは——。

×　　×　　×

「悠、さん」

藤宮の姿を見つけた瞬間、気が付けばその名前を呼んでいた。そうして、俺の言葉に藤宮がゆっくりと振り返った。濡《ぬ》れた瞳は充血していて、俺の名前を呼ぶ声も弱々しい。

「藤宮」

常と乖離《かいり》したそんな姿に心がずきりと痛む。

それで、初めに言おうと思っていた言葉が全て飛んだ。

「結構捜したんだけど。マジでどこにいるんだよお前……」

結果、口を突いて出たのはいつも通りの軽口だ。しかし藤宮は応じる様子もない。

「……なんで、来たんですか」

彼女は俺から目を逸《そ》らしポツリとそう呟いた。それはまるで、叱られるのを恐れるような、答えを聞くのを怖がるような幼げな態度だ。しかし俺の返事は決まっている。

「帰って来ないから迎えに来た。当たり前だろ」

「――、え」

想定外の答えだったのか、藤宮が目を見開いて掠《かす》れた声を漏らした。

続く藤宮の問いかけは、先よりも更にか細く消えてしまいそうなほどだった。

「な、んで」

「そうだな」

問われたのは、理由だった。問われたのは、動機だった。問われたのは、感情だった。

それが問う内容は、多分今に限ったことではなくて。

彼女は俺と出会ってからこっち、その疑問を長らく抱え続けて来たのかもしれない。

だって、思えば俺はこれまでそれを一つとして言葉にしてこなかったのだから。

言葉にしたら、形が変わってしまうからと言い訳して。

言葉にしても、相手に自らの意図が十全に伝わるはずがないと誤魔化して。

けれどそれは、臆病さの裏返しだ。伝えることは踏み込むことだから。伝えてしまえば、あの曖昧でぬるま湯のように心地よい関係性は変わることを余儀なくされる。
ゆえに俺は何も言わなかった。何も言わないまま、何も聞かなかった。
でも今は違う。
「なんでって聞かれたら、理由は一個だ」
一つ深く息を吸い込み、ともすれば曖昧さや適当さに逃げたくなる自分を叱咤《しった》する。
ちゃんと伝えなければ、ちゃんと伝わらない。
だが恐らく、ちゃんと伝えたとしても、全部は伝わらない。それはこの世界の仕様で、
ゆえに完全な相互理解は存在しない。全部が分かることは有り得ないのだから。
でも、それで諦めたら何も始まらない。
だって、それでも理解しようとすることはできるから。
分かってもらおうとして、分かろうとして、手を伸ばすことはできるから。
そうやって手と手が触れ合うから、きっと人と人は繋《つな》がることができるのだ。
そうやって俺は、藤宮光莉《ひかり》をもっと理解していきたいのだ。
「俺は、藤宮に、うちに居て欲しい。だから迎えに来た。それだけだ」
「っ――」
俺が言葉にした瞬間、藤宮の瞳が一際大きく揺れた。
それから嫌々をするように藤宮は左右に頭を振り、震える声で言葉を紡ごうとする。

「……なんで、ですか。だって悠さんは昨日、ごめんって――」

「それは、違う」

そう、違うのだ。その拒絶はただの俺の性質であって、俺の想《おも》いでは決してない。

「っ、違うって言われても分かんないですよ!! 私、悠さんが何考えてるか全然分かんないです!!」

「――」

血を吐く様な藤宮の叫び。それはまるで過去の瞬間の再演のようで、癒えぬ傷がズキリと痛む。それでも、今は昔と違うから。分からないのであれば、分かって貰《もら》えるまで伝え続けるしかないことを俺はちゃんと知っていた。

「だから、お前に傍《そば》に居て欲しいんだって。分かるだろ? 普段から、こんな可愛《かわい》い光莉ちゃんと一緒に居られて嬉しいでしょ、とかなんとか言ってるんだから」

「っ、誤魔化さないで下さい!!」

「……別に誤魔化してるつもりはないんだけどな」

切々とした声で請われ、俺は苦笑する。これも理由の一つではあるのだ。そして、もちろん理由は他にもあって。

俺は幾多の、言うまでもないと思っていた事柄をあげていく。

「一人で居るより、お前といた方が楽しい。お前と話すのは面白いし、居心地もいい。あとご飯が美味《うま》いし、ついでに可愛い。意外と世話焼き。家が寒くない。放っておけない。時々結構めんどくさいけど、それも含めて悪くない。もう一度、一人に戻るのは嫌だと思うくらいには、この生活を気に入ってる。……、お前にうちに居て欲しい理由なんて、ざっとこんなもんだろ」

思うまま、浮かんだ言の葉をただ紡いだ。

普段なら言わないようなことも言えないようなことも、全部躊躇《ためら》わず言葉にした。なんなら言わないでいいことまで口走った気がするが、それも全て本心だ。

「――」

俺の言葉を聞いた藤宮は呆然《ぼうぜん》としていた。何を言われたのか分からないとばかりに硬直して、ただ俺を見つめている。だから、どれだけ俺の言葉が届いたのか分からない。

「ほら、言ったぞ。ちゃんと分かったのか」

「あ、う、えと」

分からないから確かめるようにそう問うと、藤宮がようやく再起動した。

目をパチクリさせて、自らの頬を両手で覆う藤宮。

その頬がどんどん赤くなっていくのが見て取れた。

「あ、えと、その、ですね」

さっきまでの萎《しお》れた様子はどこへ行ったのやら、赤い顔であうあうあわあわしている。

そのまま藤宮は、すうはあと息を整えてくしくしと前髪を弄《いじ》った。

「……ちょっと処理できてないというか、心が追いついてないというか、夢でも見てる気がしてるというか。つまりそのまだちゃんと全部伝わってないので——」

ぽわぽわした言葉は精彩を欠いていて、それでも何か言いたいことがあるようで。

視線が俺と地面の間を行ったり来たりし、両手は落ち着きなく動き回る。

「——私が信じられるように、もっとちゃんと伝えて下さい」

けれど、ややあって藤宮は真剣な眼差《まなざ》しで俺を見据えて、希《こいねが》うようにそう言った。

潤んだ瞳と緊張した彼女の様子からも分かる。

これは昨夜のやり取りの焼き直しだ。

藤宮は、昨夜俺に拒絶されたのだとそう思っているのだろう。

だから、それに代わる証明を藤宮は求めていた。

二言で済む告白とか、行動一つで済む口付けとか、そういった目に見える類での証明を。

「……藤宮」

「……はい」

でも、俺にはそれはできないから。求められているものとは違うのを承知の上で、俺は俺にできる最大限の証明をするしかない。

「手、出せ。これ、お前にやる。家中捜して見つけ出してきたやつ」

「へ？」

　そして差し出してきた藤宮の右手に、俺は一つのものを握らせた。

「――、鍵、ですか？」

　俺が渡したのは、何の変哲もない簡素なデザインの銀色の鍵。ただし、それは世界に二つしかない特別なものだ。

「それ、うちの合鍵な。藤宮も持ってないと、何かと不便だろ」

「――合、鍵」

　藤宮は呟《つぶや》くと、きゅっとそのカギを握って胸に掻《か》き抱《いだ》いた。果たして、これで証明になってくれただろうか。残った不安と僅かばかりの後ろめたさが、俺に口を開かせる。

「……すまん。俺はまだ、ちゃんと証明する言葉も手段も分かんなくて。それで、これぐらいしか思いつかなかった」

　俺のこと。俺自身の性質のことも、いつか全部言わなければならないのは分かっている。ちゃんと言った先で、道を違える可能性があるとしても。

　でも今はそのための覚悟も勇気も、何もかもが足りていないから、せめてもう少しだけぬるま湯に。不完全で曖昧なものから一歩進んだ、公認の同居人という関係性でどうか納得して欲しいと願った。

「ごめんなさい。ちょっとあんまり何言ってるか分かんないんですけど」

「だろうな」

言って、藤宮が申し訳なさそうに眉根を寄せる。

それでも藤宮は、鍵を握りしめたまま、ようやく笑みを浮かべてくれた。

「――でも、何となく気持ちは伝わった気がします。……ありがとうございます。ちゃんと分かりましたし、ちゃんと受け取りました」

そのはにかんだような笑顔に思わず目を奪われる。

そして藤宮は、念を押すように俺に問うた。

「私は、悠《ゆう》さんの家に居てもいいんですよね？」

「今、そう言ったろ」

「私、面倒くさいですよ？」

「それもさっき、悪くないって言ったろ」

「私、重いですよ？」

「ええ、それはやだなあ……」

「え、」

「嘘《うそ》、冗談。知ってる。俺も大概だからセーフ」

やり取りがどこか気恥ずかしくて、俺は照れ隠しのように軽口を叩《たた》いた。

「つか、その鍵失《な》くすなよ？」

「失くしませんよ。……絶対、失くしません」

すると、はにかんだ藤宮《ふじみや》の笑顔が楽しげな表情に変わる。

「それより、悠さん」

そうやって俺の名を呼ぶ姿はいつも通りの藤宮光莉で。

「もう返せっていっても遅いですからね。いくら悠さんでも、絶対にこの鍵は返してあげませんから」

「――」

「それじゃあ、悠さん。帰りましょう！」

そのまま俺の視線から逃れるように、くるりと藤宮が身を翻した。

軽快な足取りで、さくさくと歩いて行く。

「だな、帰るか」

だから、俺からは今、藤宮の表情は見えない。

それをどこか悔しく感じながら、一息吐《つ》いて俺もその背を追った。

これから、またちょっとずつ知っていけばいいだけだ。

そうやって、目には見えないちょっとずつを積み重ねて。

そうやって、一つ一つ曖昧なものを積み上げて。

見つけて、問うて、考えて。方程式と計算式を探し出して。

俺は、確かに胸の内にある、この感情の証明をしたいと思う。

いつかちゃんと、言葉にするために。

いつかちゃんと、伝えるために。

「悠さん、はやくー！」

振り返って急《せ》かす藤宮を、陽光を反射した雪が照らし出す。

それをひどく美しいと、俺は確かにそう思った。

×　×　×

藤宮と二人、家路に就く。見慣れたはずの道は雪化粧ですっかりその形を変えていて、まるで知らない場所に来たかのようだった。そんな非日常感に、あるいは別の理由からかもしれないけど、俺は心が浮き立っているのを自覚する。

それは藤宮も同じなようで、彼女は道端の車のボンネットに積もった雪と戯れていた。

そして藤宮が弾んだ声で俺の名を呼ぶ。

「悠さん、悠さん」

「ん、どうし――」

「てぃっ!!」

「ぶはっ！」

直後、そんな掛け声と共に俺の顔面に何か冷たいものが着弾した。

何かというか、言うまでもなく雪玉だった。くそ冷たい。

「クリーンヒット！　悠さん、隙だらけです。そんなんじゃ戦場じゃ生き残れませんよ？」

「てめえ、やりやがったな……！」

ふふんと勝ち誇ったように胸を張る藤宮。だがこうなると、売られた喧嘩《けんか》は買わない訳にはいかない。なので、俺は自らの行動を縛る大人の理性を放棄することにした。

「ふっふっふ、警戒を怠るからいけないんです。常に全方位に気を配っていれば、この程度の攻撃など容易に——わふっ！」

「は、こちとら性能が違うんだよ!!」

そして、得意げに語っていた藤宮の顔面に狙い過《あやま》たず投擲《とうてき》が命中した。

敵は所詮、量産機、こちらに負ける要素はない——！

「む、やりましたね——！」

「この俺にケンカを売ったことを後悔させてくれるわ！」

それから、壮絶な戦いの幕が切って落とされる。飛び交うは雪の砲弾の弾幕。両者とも
ただ相手に攻撃を加えることしか念頭にないため、被弾数は尋常ではない。だが、それこ
そが戦いの醍醐味《だいごみ》だ。そう。この戦いは、ただ己が倒れる前に敵を屠《ほふ》ればいいだけのこと

なのだから――――！

「せい、とりゃあ!!」

「この、うるあ！」

雪を投げ、受け、地面に転がり、また投げる。なお、安全面と世間体を配慮して、戦場は無人の公園に移されているので心配は要らない。そうして、俺と藤宮は雪塗《ゆきまみ》れになりながら、思う存分に戦い続けた。


その数分後。

「は――、も、もう無理……」

「燃料が、切れた……」

俺たちは二人して地面に倒れ込み、ぜーはー息を切らしていた。

背中に感じる雪の冷たさが火照った身体《からだ》に心地よい。

見上げた空は晴天で、冬らしい澄んだ青空だった。

それでようやく我に返って、俺は思わずぼやく。

「何してんだ俺ら」

「ほーんと、何してるんですかね。大学生にもなって雪合戦って……。しかも全力で」

「言っとくけど、藤宮が仕掛けて来たんだからな」

「いえ、悠さんがムキになるからいけないんです」

頭を突き合わせて寝転がっているせいで顔は見えず、声だけの応酬が続く。

「――っふ」

「――っ」

しかし吹き出すタイミングは驚くほどに重なっていた。

「ははは、なんだこれ！　マジでバカだろ俺ら、小学生かよ!!」

「あはは、ほんとバカです！　もう雪塗れで服もびしょ濡《ぬ》れなんですけど!!」

空を見上げたまま、ゲラゲラと笑い転げる。

こんなことが前もあったような気がして、でも前よりずっと俺たちの距離は近い。

だから、こんなことでも驚くほどに面白く感じてしまうのだろう。

「はー。疲れた……。なんか寒くなってきたな」

「そりゃ今真冬ですしね。これ風邪引きますよ、私たち」

「それは勘弁だわ……」

呟き、俺は勢いをつけて身体を起こす。

そのまま、寝っ転がっている藤宮に向けて右手を差し出した。

「んじゃま、帰るか」

「はい、帰りましょうか」

俺の手に、藤宮の手が重ねられる。細くて、冷たくて、柔らかい。

俺は壊れ物を扱うようにそっとその手を握り、引っ張り上げた。

「えっと」

立ち上がった藤宮が、重ねられた手を見て曖昧な笑みを浮かべる。

でも、立ち上がらせるために手を貸した訳じゃない。

「ほら、行くぞ」

だから、手と手を繋《つな》ぎ直して俺はゆっくり歩き始めた。

「はい」

するとすぐ横、小さい声で返事が聞こえる。

お互い顔は見なかった。見なかったのではなく見られなかったのかもしれない。

「――」

さっきまでの賑《にぎ》やかさはどこへやら、俺たちは無言で家まで歩く。沈黙はむず痒《がゆ》く、でも決して居心地が悪いものではない。やがて自宅の前に到着した。

「鍵は、っと」

藤宮の手を放し、俺はポケットを漁《あさ》る。

しかし俺が見つける前に、藤宮が一歩ドアの前に近づいた。

「あ、あの。私が開けても、いいですか」

そうして、たどたどしく問われる。けど、俺の返す言葉は決まっている。

「ああ、頼むわ」

「はい、頼まれました」

頷《うなず》き、藤宮が鍵を鍵穴に差し込む。すると鍵は、鍵穴と綺麗《きれい》に合わさった。

凸凹でも、いびつな形でも、他のどれにも合わなくとも。

それには、ぴったりと嵌《はま》るたった一つがあるから。

そういう風にできているから。

「はい、開きました」

「サンキュ」

慣れた家に足を踏み入れる。

玄関で靴を脱ぎ、後ろから入って来た藤宮が家の鍵を閉める。

だから俺は振り返って、彼女に言うのだ。約束となった、特別なあいさつを。

「――おかえり、藤宮」

「――ただいまです、悠《ゆう》さん」

そうして、言葉を交わし合って。

俺と藤宮光莉《ひかり》の日々は、多分、これからも続いていく。

あとがき

欠けたものを埋め合うような関係性って素敵ですよね。

きっと誰しもがどこかに欠落を抱えていて、その穴を埋めるなにかを探して生きている。

それは例えば愛だったり、夢だったり。あるいは物語なんていうのはその最たるもので。

私自身、欠けているからこそ書けているんだと思います。

申し遅れました。

この度、第10回オーバーラップ文庫大賞金賞を受賞いたしました北条《ほうじょう》 連理《れんり》と申します。

まずは、数多《あまた》ある物語から本作を見つけて下さったあなたに心からの感謝を。貴重なお時間を頂いた分、楽しいひとときをお届けできていたらよいのですが……。

さて本作は、面倒で拗《こじ》らせた、それでいて痛いほど切実な恋と青春のお話です。

彼らの葛藤は、彼らの悩みは、彼らの想《おも》いは、あなたの目にはどう映ったでしょうか？

けれど、ここで一つ断っておかなければいけないことがあります。

それは、性の在り方はグラデーションと言われるように、誰一人として同じ性の在り方の人間はいないということです。ですので、本作のアセクシャルに関する描写はあくまでも寺田《てらだ》悠《ゆう》個人の感覚であり、アセクシャルを自認する方全てに共通するものとは限らない、ということをご理解頂ければと思います。

しかし、寺田悠のように一人で思い悩んでいる人が現実にも居るというのは事実です。だからまず、そういう人が居ることを知ってもらいたいと思いました。そして、知ってもらった上で、今度はあなたから他の誰かに伝えてあげて欲しいのです。こんな人も居るんだよ、と。そうやって少しずつ輪を広げていけば、いつかはきっと世界をも変えていけるはずだから。

そんな思いもあって、本作ではアセクシャルを題材として扱わせて頂きました。もし私の野望に賛同して下さる方がおりましたら、ご協力頂けると嬉《うれ》しいです。なにせ、私個人では物語を書くことまでしかできませんから……。

世界を変えていくには、あなたの力が必要なのです。どうぞよろしくお願いいたします。

それでは続いて、謝辞に移らせて頂きます。

まず、担当編集の末田様。あなたがこの作品を見つけて下さったからこそ、私は今ここで本を出すことができています。本当に、本当に、ありがとうございました。初めてお会いした時からずっと、真摯に作品作りに向き合って下さったこと、心の底から嬉しかったです。今まで一人きりで書いてきた分、一緒に走って下さる末田様の存在が大きな心の支えになっておりました。これからもよろしくお願いいたします。

続いて、イラストレーターのサコ様。頂いたイラストを拝見した際、あまりの良さにひっくり返っていました。あの日、あの瞬間、本当の意味で私は悠と光莉《ひかり》たちに会えた気がします。彼らに命を吹き込み、形を与えて下さったこと、ありがとうございました。サコ様の素晴らしいイラストに恥じぬよう、これからも精進して参ります。

また、この作品の選考・制作・出版に関わって下さった全ての皆様。あなた方の誰一人が欠けても、本作を出版することはできませんでした。心より感謝を申し上げます。

最後に、本の向こうのあなた様。重ねてになりますが、無数の物語の中から本作を見つけて下さったこと、本当にありがとうございます。よろしければ、彼と彼女が歩んでいく、おかしくて騒がしくてちょっぴり切ない、ひどく曲がりくねった道のりをこれからも見守って頂けると嬉しいです。

それではまた、第2巻でお会いしましょう。

北条　連理

〈参考文献〉

『LGBTを読みとく　―クィア・スタディーズ入門』森山至貴（ちくま新書　２０１７年）
『見えない性的指向 アセクシュアルのすべて――誰にも性的魅力を感じない私たちについて』ジュリー・ソンドラ・デッカー著 上田勢子訳（明石書店　２０１９年）
『人口問題研究 Journal of Population Problems』第77巻第2号「特集Ⅱ：性的指向と性自認の人口学―日本における研究基盤の構築（その3）日本におけるアロマンティック／アセクシュアル・スペクトラムの人口学的多様性―「Ａｒｏ／Ａｃｅ調査２０２０」の分析結果から―」三宅大二郎・平森大規（国立社会保障・人口問題研究所　２０２１年）

OVERLAP

これが「恋」だと言うのなら、誰か「好き」の定義を教えてくれ。1

発　行　2024年1月25日　初版第一刷発行

著　者　北条連理
発行者　永田勝治
発行所　株式会社オーバーラップ
〒141-0031　東京都品川区西五反田 8-1-5
校正・DTP　株式会社鷗来堂
印刷・製本　大日本印刷株式会社

Printed in Japan　ISBN 978-4-8240-0706-3 C0193